Auf der Brücke

A.K. GENT

Auf der Brücke

Bibliografische Informationen der Deutschen Nationalbibliothek:
Die Deutsche Nationalbibliothek verzeichnet diese Publikation in der
Deutschen National-bibliografie; detaillierte bibliografische Daten
sind im Internet über http://dnb.dnb.de abruf-bar.

Umschlaggestaltung, Satz, Herstellung und Verlag:
BoD – Books on Demand, Norderstedt

ISBN: 978-3-7543-8989-8

»Wohin du auch gehst,
geh mit deinem ganzen Herzen.«

— *Konfuzius*

I

Alex zuckte erschrocken unter einem festen Druck auf seiner Schulter zusammen. Die Stewardess stand über ihn gebeugt und ihre schmalen Finger bohrten sich in den Strick seines Pullovers wie die Beine eines überdimensionalen Insekts.

»Wir gehen bald in den Landeanflug über, Mr. Fischer«, säuselte sie mit einem charmanten französischen Akzent und schenkte ihm ein höfliches Lächeln. Auf ihrem spitzen Schneidezahn glänzte etwas frischer roter Lippenstift. Es war die einzige Nachlässigkeit ihrer adretten Erscheinung.

»Wären Sie so freundlich, Ihren Sitz in die Ausgangsposition zu bringen und sich anzuschnallen?«

Alex nickte, noch leicht benommen von seinen wirren Träumen und deren abruptem Ende, während die Stewardess mit wiegenden Hüften ihren Weg durch den Gang zu den vorderen Reihen fortsetzte. Er setzte sich auf und griff nach der Cola, die er nach dem Einsteigen geöffnet hatte und dann unberührt im Seitenfach hatte stehen lassen. Sie schmeckte warm, süß und abgestanden.

Alex war gleich nach dem Start eingeschlafen und hatte den gesamten Flug tief und fest verschlafen. Draußen hinter dem rauschenden Flugzeugfenster erstreckte sich am babyblauen Horizont ein dichtes Wolkenmeer wie aus Watte. Alex' Magen wand sich vor Hunger. Ein wenig neidisch beäugte er das Tomatenomelette (oder zumindest das, was davon übrig war) seines Sitznachbarn, dessen Kabinentür offenstand. Es handelte sich hier um einen untersetzten Gentleman, der mit gerunzelter Stirn in einer aktuellen Ausgabe der *Harvard Business Review* blätterte. Er war zu beschäftigt und wohl zu ehrgeizig, um sich für Alex zu interessieren. Aus Gewohnheit zog sich Alex dennoch seine Kapuze tiefer ins Gesicht, aber er wagte es, kurz seine Sonnenbrille abzunehmen, um seine brennenden Augenlider zu massieren. Angestrengt versuchte er, das Gegenwärtige in die Wirklichkeit einzuordnen.

Schon seit Wochen quälte ihn dieses dumpfe, hartnäckige Pochen in seinem Kopf, das seine Sinne vernebelte und ihn daran hinderte, klar zu denken. Wenn er in Hotels aufwachte, konnte er sich in einem Zustand seltsamer Zerstreutheit oft nicht daran erinnern, wo er sich befand oder welcher Wochentag war.

Alex hatte in den vergangenen Jahren ununterbrochen unter Strom gestanden. Alles um ihn herum war intensiv, laut, bunt, grell, schnell und unwirklich gewesen.

Es hatte damit angefangen, dass er unverhofft einen kometenhaften Aufstieg zum international gefeierten Star und Produzenten erlebt hatte. Aus für ihn unerklärlichen Gründen dröhnten plötzlich Tag und Nacht aus allen Musikanlagen seine Hits. Ehe Alex sich's versah, stand er bei einem begehrten Label unter Vertrag, besaß eine Villa in L.A. County mit Infinity Pool und trat auf der ganzen Welt auf. Sein Erfolg mutete beinahe lächerlich an, da er sich ihn nie erträumt und eigentlich auch nie gewünscht hatte. Oft meinte er sich einzubilden, das Herz in seiner Brust würde auf den Konzertbühnen in seinen Ohren lauter vibrieren als die Musik aus den gigantischen Lautsprechern. Es überstieg jedes Mal seine Vorstellungskraft, dass die bebenden, jubelnden Menschenmengen kamen, um ihn zu hören und zu sehen. Und trotz tausender Menschen, die sich aneinander drängten wie bunte Murmeln in einem Glas und ihn umzingelten, fühlte er sich, als wäre er hinter dem DJ-Pult allein auf der Welt. Die flackernden Lichter auf ihn gerichtet, der schimmernde Schriftzug seines Künstlernamens in riesigen Neonlettern, wie neblig umhüllt.

Über die Lautsprechanlage meldete sich der Kapitän zu

Wort und erzählte etwas Belangloses über das Wetter, bevor die übliche Betriebsamkeit vor der Landung einsetzte. Die Flugbegleiter schoben Wagen mit zollfreien Waren vor sich her, sammelten Müll ein und wiesen die Passagiere an, sich anzuschnallen.

Das Flugzeug flog über die Alpen hinüber zum glitzernden Mittelmeer und schwebte in einer steilen Kurve hinab. Schließlich berührte das Fahrwerk die Landebahn und erbebte, bevor das Flugzeug in Nizza neben einer trockenen, von Gänseblümchen gesprenkelten Wiese zum Stehen kam. Vereinzelt ertönte ein zaghaftes Händeklatschen. Als Alex sein Handy einschaltete, vibrierte es wie verrückt. Unzählige verpasste Anrufe und Sprachnachrichten leuchteten auf seinem Bildschirm auf. Er widerstand dem Impuls, sofort aufzuspringen, als Ungeduld und Nervosität in ihm aufkeimten. Als die Kabine begann, sich langsam zu leeren, drängte er sich mit seiner Reisetasche an den wartenden Passagieren und den empörten Stewardessen vorbei nach draußen. Wie immer war der Zeitplan straff und nervenaufreibend. Alex brachte die Koffer ins Hotel und fuhr dann zu dem Club, der ihn gebucht hatte. Er hatte gerade genug Zeit, ein unpersönliches Interview zu geben und ein paar Selfies mit kreischenden Fans zu schießen, bevor die Vorbereitungen mit einem niederländischen DJ-Kollegen für die letzte Show seiner Tournee begannen.

Am nächsten Tag verschlief Alex das Frühstück. Er aß in der marmorierten Hotel-Lobby ein Clubsandwich, dann kehrte er wieder in sein Zimmer zurück und warf sich auf das federweiche Hotelbett. Er atmete tief durch. Es war vorbei. Für die nächsten paar Wochen hatte er seine Ruhe. Keine Shows, Deadlines, Termine, Taxifahrten, Flüge und schlaflosen Nächte an seinem Mischpult. In seiner Abwesenheit würde sich das Label um alles kümmern. Sein Manager hatte sogar einen Social-Media-Ghostwriter angeheuert, um Alex' Internetpräsenz aufrechtzuerhalten.

Alex hatte für seine Auszeit ein Ferienhaus in der Nähe von Graz gemietet. Dort verbrachte er ein paar Tage wie ein Eremit. Er schlief viele Stunden am Tag, sah sich seine Lieblingsfilme an, las Zeitschriften oder er saß einfach nur auf der Terrasse und hing seinen Gedanken nach. Es war Anfang September und die Temperaturen hatten sich abgekühlt. Wenn Alex nach ausgiebigem Frühstück ein paar Runden im beheizten Pool schwamm, lief er anschließend fröstelnd über die Terrakottafliesen in seiner Badehose barfuß zurück zum Haus. Er verließ das bewaldete Grundstück nur, um Lebensmittel einzukaufen. Wenn er das tat, war er beinahe paranoisch darauf bedacht, nicht aufzufallen. Glücklicherweise waren in dem benachbarten Bergdorf weit und breit keine Fotografen oder aufdringlichen Fans in Sicht, denn nichts hasste Alex mehr, als in seiner Freizeit für Klatschblätter oder Instagram abgelichtet zu werden. Nur der Gärtner kam einmal vorbei, ansonsten war Alex vollkommen ungestört.

Nach ein paar Tagen der Abgeschiedenheit kam ihn Kenan, ein Freund aus seiner Heimat, besuchen. Alex hatte Kenan seit Monaten nicht gesehen. Früher waren sie beinahe unzertrennlich gewesen. Sie hatten zusammen gewohnt, zusammen gearbeitet und zusammen die Städte unsicher gemacht. Kenan war Alex' erster richtiger Mentor und Manager gewesen, bevor Alex' Karriere eine Dimension angenommen hatte, die sich für Kenan zu groß anfühlte.

»Kurz hatte ich Angst, der Taxifahrer will mich entführen und Lösegeld erpressen oder so, so abgelegen ist deine Bude von der Zivilisation«, begrüßte Kenan Alex mit einem brüderlichen Handschlag und sah sich um. Wie üblich trug er einen geschmacklosen Designer-Jogginganzug im Monogrammmuster und eine Sonnenbrille mit verspiegelten Gläsern. An den tätowierten Handgelenken des braungebrannten Hünen funkelte eine goldene Rolex mit blauer Lünette. Er hatte sich nicht verändert. »Wo sind die Weiber? Wo sind die Partys? Ich dachte, wir sind hier in Südfrankreich, verdammt nochmal.«

Alex grinste zweideutig.

»Davon hatte ich in der letzten Zeit wirklich mehr als genug. Du musst dich wohl mit mir begnügen, tut mir leid.«

Kenan quartierte sich in einem der leeren Schlafzimmer im oberen Stockwerk ein. Und obwohl es schon beinahe Abend war und es begonnen hatte, leicht zu regnen, badeten Alex und Kenan noch im Pool.

»Ich habe das alles hier wirklich mal gebraucht«, erklärte Alex, und Kenan verstand. Er stützte lässig einen Ellbogen am Rand des Pools ab, zündete eine Zigarette an und schwieg versöhnlich so, wie das gute Freunde taten. Der Regen prasselte leise, und unter ihnen im Tal am grauen Horizont schimmerten verschwommen Stadtlichter. Alex trieb auf einem überdimensionalen aufblasbaren Einhorn im Wasser und fuhr sich durch seine feuchten Haare, die viel zu lang geworden waren.

»Ich muss mal wieder zum Friseur«, sagte Alex mehr zu sich, doch Kenan nickte zustimmend.

»Du siehst fast aus wie Orlando Bloom. Aber keine Sorge, das kriegen wir hin. Papa Kenan wird sich darum kümmern.«

Wie lange musste es her sein, dass Alex einen Tag ganz normal verbracht hatte. Seit er in L.A. lebte, war er nicht einmal im Kino, im Supermarkt einkaufen oder in einem Café gewesen. Sein Friseur hieß nun Stylist und statt ins Fitnessstudio zu gehen, hatte Alex einen Personal Trainer, den sein Manager für ihn ausgesucht hatte.

Als das Angebot aus L.A. gekommen war, hatte Alex nicht lange darüber nachdenken müssen. Es war eine große Chance für ihn gewesen, allem zu entfliehen und neu anzufangen. In Gedanken hatte er weiten, weißen Stränden, dem kristallblauen Ozean und einem Leben voller Annehmlichkeiten entgegengesehen.

Inzwischen sah er L.A., den Trubel um seine Person und sein Leben in der Öffentlichkeit mit anderen Augen. Er konnte selten irgendwo hingehen, ohne verfolgt und fotografiert zu werden. Er konnte beinahe nichts öffentlich sagen oder tun, ohne sich einer Masse an Meinungen gegenüberzusehen – hunderttausende gesichtsloser Stimmen schlugen ihm entgegen. Fans wollten bei Laune gehalten, ein riesiges Netzwerk aus Geschäftspartnern gepflegt und Partys und Preisverleihungen besucht werden. Unter seinen prominenten Bekannten war Alex als *The German Guy* bekannt, und oftmals wurde seine Introvertiertheit als Arroganz missverstanden, die ihm nur bereitwillig verziehen wurde, weil seine Musik sensationell erfolgreich war und das mehr wog als Sympathie. Beinahe drei Jahrzehnte lang hatte Alex Musik wie die Luft zum Atmen gebraucht. Er konnte Noten lesen, bevor er das Alphabet beherrschte, und bis er fünfzehn war, hatte er wie ein Besessener Klavier gespielt. Danach hatte er begonnen zu komponieren und später, zum Ende seiner Schulzeit hin, Musik zu produzieren und aufzulegen. Jahrelang hatte Alex die Fülle seiner Ideen keine Ruhe gelassen, doch zuletzt hatte seine Kreativität genauso rapide nachgelassen wie die Freude an seiner Musik. Alex hatte sich zunehmend überdrüssig und unmotiviert gefühlt. Obwohl er genauso viel wie früher gearbeitet hatte, war er mit dem Herzen nicht mehr wirklich dabei gewesen. Erst wenige Monate zuvor hatte Alex sein Studio mit dem teuersten Equipment ausgestattet, das er je besessen hatte, doch ironischerweise hatte er seitdem nur Schund produziert. Niemand außer ihm schien das zu bemerken oder sich daran zu stören. Hunderte unbeantworteter Mails hatten sich in seinem Postfach angesammelt, und seine Datenträger quollen unübersichtlich mit Dateien über, die er entworfen und später unberührt liegengelassen hatte. Immer wieder quälten ihn Kopfschmerzen, die er zu ignorieren versuchte, bis bei einem seiner Auftritte in L.A. seine Hände zu zittern begonnen hatten und seine Knie warm und weich geworden waren wie geschmolzene Butter, bevor er das Bewusstsein verlor. Alex war erst im Krankenhaus wieder zu sich gekommen. Er hatte eine Prellung an seiner Schulter gehabt, ansonsten war er unversehrt gewesen. Ob er häufiger solche Blackouts hätte, hatten die Ärzte wissen wollen, und obwohl dies nicht der Fall war, behielten sie ihn über Nacht für weitere Untersuchungen da. Die Befunde blieben unauffällig. Die Ärzte schoben alles auf den Stress, verschrieben Alex ein paar Tabletten und schickten ihn nach Hause.

Das war unmittelbar vor dem Beginn seiner Tournee passiert und hatte seinen Manager Murawsky nicht gerade heiter gestimmt.

»Du siehst träge aus«, hatte dieser bei ihrem letzten gemeinsamen Mittagessen trocken festgestellt. »Und fett, irgendwie. Du hast mindestens zehn Pfund zugenommen. Pass auf, dass du nicht aufgehst wie die Pfannkuchen meiner polnischen Großmutter.« Alex hatte Murawskys boshafte Sprüche weggelächelt, doch seine Linguine alle vongole hatte er fast unberührt wieder abräumen lassen.

Murawsky hatte bei seinem Label viele große Künstler unter Vertrag, einige von ihnen waren viel erfolgreicher als Alex. Alex wusste es zu schätzen, dass Murawsky ihn bereits früh in seiner internationalen Karriere an die Hand genommen hatte. Andererseits hatte Murawskys Beistand seinen Preis. Er war hart, ungeduldig und fordernd. Persönliche Befindlichkeiten interessierten ihn nicht, für ihn zählten einzig und allein Leistung und Zahlen: Anzahl der Streams, Klicks, Downloads, verkaufte CDs, Follower, Likes.

Alex hingegen war Perfektionist, und er feilte so lange an seiner Musik, bis er davon überzeugt war, dass es wirklich nichts mehr zu verbessern gab und dass jede weitere

Änderung die Harmonie mindern würde. Manchmal musste die Musik einfach von ihm entdeckt werden. Es gab kein Ziel und keine Richtung und es konnte Tage, Wochen und manchmal sogar Monate dauern, bis ein Song Gestalt annahm. Die Herausforderung bestand darin, aus der Fülle der Möglichkeiten eine stimmige Komposition herauszuschälen. Wenn Alex einmal einen vielversprechenden Anfang gemacht hatte, konnte er sich ewig damit aufhalten, tausende Details auszuprobieren, bis er aufrichtig zufriedengestellt war, und wenn er nur einen Fehler machte, war alles ruiniert, und er musste von vorn beginnen.

Das trieb den Zahlenmenschen Murawsky zur Weißglut. Alex' letzter Hit hatte eine besonders heftige Auseinandersetzung zwischen Murawsky und ihm heraufbeschworen. Alle Songs trugen Alex' Signatur, doch mit diesem Song, einzigartig wie er war, verhielt es sich anders. Selbst als er nur als Gerüst existierte und noch weit davon entfernt war, fertig zu sein, wusste Alex, dass er noch nie etwas Besseres produziert hatte. Er arbeitete ununterbrochen an der Fertigstellung des Liedes und vernachlässigte darüber andere Aufträge, bis er sich vor Murawsky dafür rechtfertigen musste. Als Murawsky sich nicht mit seinen Erklärungsversuchen abspeisen ließ, blieb Alex nichts anderes übrig, als ihm seine Arbeit zu präsentieren, und Murawsky war restlos begeistert gewesen. Alex' Einwänden zum Trotz bestand Murawsky darauf, dass so schnell wie möglich ein Text geschrieben wurde, und die A&R-Manager trieben den Text wie gefordert innerhalb von eineinhalb Wochen auf. Alex fand die Strophen selbst für die Verhältnisse elektronischer Musik außerordentlich nichtssagend, doch er hatte, angesichts Murawskys kurz gesetzter Deadline, nichts anderes erwartet. Murawsky fragte drei Künstler an und entschied sich dann für eine weibliche Interpretin, eine junge Newcomerin aus Großbritannien. In Windeseile wurde ein Musikvideo gedreht, das Alex nicht gefiel.

»So können wir das nicht veröffentlichen. Das ist Schrott!«, hatte Alex sich in Murawskys Büro ereifert.

»Ein kluger Mann namens Sturgeon hat einmal richtigerweise festgestellt, dass 90 Prozent von allem Schrott ist. 90 Prozent meiner Mitarbeiter sind unfähige Idioten, die ich sofort rausschmeißen würde, wenn ich nicht wüsste, dass ebenso große Versager ihre Nachfolge antreten würden. 90 Prozent meiner Kunden sind arrogante Arschlöcher, aber was bleibt mir anderes übrig, als freundlich zu lächeln, wenn sie mir ihre lächerlichen Anfragen unterbreiten? 90 Prozent der naiven, verblendeten Musiker meines Labels halten sich für große Künstler, dabei sind sie genauso gewöhnlich und austauschbar wie ein Sack Reis in China. 90 Prozent der Musik, die von ebendiesen Musikern unter meinem Label produziert wird, verdient die Bezeichnung ›Musik‹ kaum. Aber soll ich dir etwas sagen? Das alles spielt überhaupt keine Rolle. Die Leute lieben es und werfen uns ihr Geld in den Rachen, und das ist am Ende des Tages alles, was zählt.«

Nach diesem Ereignis hatte Alex angekündigt, nach seiner Tournee eine vierwöchige Auszeit nehmen zu wollen, was Murawsky ihm nur zähneknirschend bewilligt hatte. Seither, so erfuhr Alex zufällig durch Bekannte, bezeichnete Murawsky ihn in der Szene als sein ›kleines Sorgenkind‹ und hielt bereits die Augen offen nach einem neuen vielversprechenden Talent.

Als der Regen stärker wurde, gingen Kenan und Alex ins Haus. Sie aßen zu Abend, dann verpasste Kenan Alex im Badezimmer einen neuen Haarschnitt, der beinahe einem Militärschnitt glich.

»Und, wie findest du es?«

Alex fuhr über seinen Hinterkopf und betrachtete prüfend sein Spiegelbild.

»Gar nicht schlecht«, lobte er.

»Dann war meine Friseurlehre also doch nicht umsonst.«

»Du hast eine Friseurlehre gemacht?«

Kenan lachte.

»Na klar, habe ich dir das nie erzählt? Ich bin nicht als Rapper zur Welt gekommen.«

»Ich habe es mir anders überlegt, Kenan.«

»Was hast du dir anders überlegt?«

»Ich möchte wieder rausgehen. Ein bisschen Spaß haben. Ich habe es wirklich satt, mich immer nur zu Hause zu verstecken oder Tag und Nacht zu arbeiten.«

»Ich habe ohnehin nicht verstanden, warum du das tust. Wenn ich Du wäre, würde ich schon längst in St. Tropez am Strand sitzen, mit Champagner herumspritzen und den ganzen Tag Selfies mit heißen Mädchen schießen.«

Es waren beinahe zwei Wochen vergangen, seit Alex nach Nizza geflogen war, und es war seinem Empfinden nach höchste Zeit, seinen verdienten Urlaub in vollen Zügen auszukosten.

Alex ließ sich auf die Gästeliste einer VIP-Bar in Cannes setzen, in der er schon öfter aufgelegt hatte und zu der er und Kenan am nächsten Mittag aufbrachen. Sie hatten noch nicht einmal den Außenbereich erreicht, bevor Alex von dem Clubmanager angesprochen und in ein aufdringliches Gespräch verwickelt wurde, aus dem er sich erst nach einigen Minuten herauswinden konnte. Als er wieder nach Kenan Ausschau hielt, trieb dieser sich bereits an der überdachten Poolbar herum. Er lehnte in einer übertrieben lässigen Pose an der Theke und unterhielt sich mit einer jungen südländischen Schönheit, die mit einem Strohhalm in einem Campari Orange herumstocherte. Kenan warf Alex einen kurzen Blick über die Schulter zu, als Alex an ihm vorbeiging und sich auf die gegenüberliegende Seite der Bar setzte, um Kenan bei seiner Bemühung, das Objekt seiner Begierde zu erobern, nicht zu stören. Alex bestellte einen Espresso und drehte dann die kleine Tasse in seinen Händen, seine Umgebung langsam in Augenschein nehmend. Am Pool herrschte wenig Trubel. Auf ein paar Liegeflächen hatten sich Gäste ausgestreckt. Sie lasen, plauderten, oder bräunten sich unter dem strahlend blauen Himmel vor der Kulisse des glitzernden Mittelmeers.

Als Alex wieder zu Kenan hinübersah, bemerkte er die düstere Miene der jungen Frau und ihre zusammengepressten Lippen. Amüsiert beobachtete er, wie sie in einer aggressiven Bewegung ihren Campari auf die Tischplatte stellte. Der Alkohol schwappte über den Rand des Glases. Dann holte sie aus und schlug Kenan mit der ausgestreckten Handfläche ins Gesicht. Kenan redete beschwichtigend auf sie ein, aber die junge Frau stolzierte gleichgültig an ihm vorbei. Alex konnte es sich nicht verkneifen, laut aufzulachen.

Kenan verzog sein gerötetes Gesicht zu einer Grimasse und zuckte im nächsten Moment mit den Achseln. Er zog sein Shirt aus und sprang anschließend, unter den verärgerten Ausrufen des Bademeisters und eines nass gespritzten Barbesuchers, in den Pool. Nach dem Lunch flanierten Alex und Kenan unbehelligt über die *Croisette*, bis sie am späten Nachmittag in das Ferienhaus zurückkehrten und sich auf der Terrasse einen Drink genehmigten.

»Dein Lied, Alter!«, sagte Kenan plötzlich und drehte die Musikanlage auf. »Das ist der Sound des Sommers.«

Kenan sang lauthals mit.

»Ich finde, es ist eines meiner schlechtesten Lieder.«

»Erzähl doch nicht so einen Mist, Alex. Der Song ist total gut. Meiner Meinung nach ist er sogar noch besser als *Wingman*.«

»Wenn du meinst.«

»Und was jetzt?«, fragte Kenan. »Worauf hast du jetzt Lust?«

»Keine Ahnung. Hast du eine gute Idee?«

»Ich war schon ewig nicht im Casino«, bemerkte Kenan.

»Und ich war noch nie in Monte Carlo«, fügte Alex belustigt hinzu.

»Casino in Monte Carlo am Dienstagabend. Na, wenn das nicht dekadent ist.«

Sie bestellten ein Taxi und fuhren nach Monaco. Kenan verprasste sein ganzes Bargeld im Black Jack und lieh sich dann Geld von Alex, um sich im Roulette zu versuchen.

»Das hier ist doch alles Betrug«, ereiferte sich Kenan, als er wieder alles verlor. »Hast du gesehen, wie die verfluchte Kugel die elf genau um ein Feld verfehlt hat? Aber wie sagt man so schön, Pech im Spiel, Glück in der Liebe, nicht wahr?«

»Mehr Glück als heute Morgen?«, neckte Alex ihn. Kenan tat, als hätte er nichts gehört. Sie passierten einen Pokertisch, an dem zwei exotische Snobs Platz genommen hatten. Einer der beiden trug einen schneeweißen Anzug und goldene Hausschlappen, der andere eine mit Nieten besetzte Lederjacke von *Philipp Plein*. Es wurden die letzten Runden gespielt, und die Einsätze waren horrend. Aus einer Laune heraus entschied Alex, in das Spiel einzusteigen.

»Wann geht's hier endlich los?«, fragte Kenan in seinem eher dürftigen Englisch ungeduldig, als der Dealer keine Anstalten machte, die Karten zu mischen.

»Wir warten auf den letzten Spieler«, erklärte der junge Mann höflich und richtete nervös einen seiner Manschettenknöpfe zurecht.

Besagter Spieler ließ die Männer eine gute Viertelstunde auf sich warten, dann erschien er in Gestalt einer attraktiven Frau in einem mitternachtsblauen Abendkleid. Als Alex sie interessiert näher in Augenschein nahm, blieb ihm vor Fassungslosigkeit beinahe das Herz stehen.

Sie ist es nicht, sagte er sich. *Sie kann es nicht sein.*

Aber sie war es. Er sah Lily an und sie ihn und ihr Anblick verschlug ihm schier den Atem. Diamanten funkelten um ihren Hals und an ihren Ohren. Ihre Augen waren dunkel umrahmt und schimmerten unter den dichten Wimpern wie das Wasser der Côte d'Azur.

»Mes excuses pour le dérangement, messieurs«, sagte sie in die Runde und setzte sich auf den freien Platz, der von Alex am weitesten entfernt war. Das Spiel begann. Alle Spieler tätigten die Mindesteinsätze, und Karten wurden ausgeteilt. Lilys Gegenwart war eine schier unerträgliche Qual für Alex. Ab und zu hob er den Blick von seinen Karten, um sie zu mustern, aber Lily gab sich größte Mühe, seine Blicke nicht zu erwidern, und ihre Miene verriet nicht den Bruchteil einer Sekunde, dass seine Anwesenheit etwas in ihr auslöste. Alex hatte ein miserables Blatt, aber weil Lily im Spiel blieb, tat er es auch. Als die Einsätze nach oben kletterten, stiegen die beiden Mitspieler aus und Alex verlor die Fassung.

»Kannst du bitte endlich aufhören so zu tun, als würdest du mich nicht kennen, Lily?«

Lily seufzte leise. Endlich blickte sie ihn an.

»Entschuldige, ich wollte dich nicht verärgern.«

»Hattest du etwa ernsthaft vor, dein Spielchen bis zum Schluss durchzuziehen?«

»Vielleicht wäre es besser, wenn ich es getan hätte.«

»Du möchtest also nicht einmal mit mir reden?«

»Hältst du mich für unhöflich?«

»Unhöflich?« Alex lächelte höhnisch. »Feige trifft es besser. Du kannst mir ja nicht einmal in die Augen sehen.«

»Es tut mir leid. Ich weiß nicht, wie ich reagieren soll, was ich sagen soll ... Ich meine, du hier ... Wenn ich gewusst hätte ...« Ihre Stimme verlor sich. Der Dealer räusperte sich verhalten ob der ungewöhnlichen Unterbrechung des Spiels, doch Alex ließ sich nicht davon beirren.

»Was machst du in Monaco?«

»Urlaub.«

»Mit Freddie?«

»Nein, ich bin alleine hier.«

»Bist du mit ihm glücklich?«

»Würde es dir Genugtuung geben, wenn ich es nicht wäre?«

»Ich denke schon. Schließlich hast du mir das Herz gebrochen.«

Er warf seinen Einsatz in die Mitte und sah sie angriffslustig an. Lily legte ihre Karten auf den Tisch und stand auf.

»Ich steige aus«, verkündete sie. »Gut gespielt, Alex.«

Kenan, der während des Spiels an der Bar gesessen hatte, nahm neben Alex Platz und ließ ein anerkennendes Pfeifen vernehmen.

»Was für eine Braut!«

»Mach dir keine Hoffnungen«, brummte Alex. »Sie ist vergeben.«

»Du hast ja nichts anbrennen lassen.«

»Dass sie vergeben ist, wusste ich schon vorher.« Tonlos ergänzte er: »Wir kennen uns von früher.«

Kenan sah Alex voll bohrender Neugier an. Alex seufzte schwer.

»Ich weiß ja nicht, wie es dir geht, aber ich brauche dringend was zu trinken. Lass uns hier abhauen. Ich gebe einen aus.«

II

Am nächsten Mittag wachte Alex verkatert auf und fühlte sich miserabel. Kenan wartete bereits am Pool auf ihn und klopfte ihm brüderlich auf die Schulter, als Alex sich missmutig auf der Liege ausstreckte.

»Alles klar, Alex?«

»Mh«, murmelte Alex und räusperte sich, unangenehm berührt darüber, dass der Alkohol seine Zunge am Vorabend etwas zu sehr gelockert hatte. »Hör mal, Kenan. Was auch immer ich da gestern erzählt habe, ich war echt betrunken und habe ziemlich viel Unsinn geredet. Vergiss am besten alles, was ich über Lily gesagt habe, okay?«

»Klar, wenn du meinst.«

»Ich weiß gar nicht, warum ich mich gestern überhaupt so aufgeregt habe. Eigentlich ist dieses Kapitel schon seit langer Zeit für mich abgeschlossen.«

»Ja, ich habe schon verstanden, Alex«, unterbrach Kenan ihn geduldig. »Du willst nicht mehr an sie erinnert werden. Dann sollten wir wohl nicht mehr über sie sprechen.«

Kenan packte sein iPhone aus und begann, *Angry Birds* zu spielen. Alex probierte, in der Autozeitschrift zu lesen, die Kenan vom Flughafen mitgebracht hatte, aber er war viel zu abgelenkt, um sich auf Sportwagen und PS-Angaben konzentrieren zu können. Seine Begegnung mit Lily war so flüchtig gewesen wie der herbstliche Windhauch auf seiner Haut, dennoch konnte Alex sie nicht mehr aus seinen Gedanken verbannen. Es ärgerte ihn, wie die Emotionen ihn überrannt hatten, wie Lilys kühle Zurückhaltung ihn aus der Haut hatte fahren lassen, wie das unerträgliche Schweigen und das Unausgesprochene zwischen ihnen schwer auf ihm lastete. Das Bedürfnis, mit ihr zu sprechen, brannte übermächtig ihn ihm. Obwohl er seit Jahren nicht geraucht hatte, zündete sich Alex auf dem Balkon eine von Kenans Lucky Strikes an. Er rauchte nur die Hälfte der Zigarette, dann zog er sein Handy aus seiner Hosentasche. Er hatte Lilys Nummer schon vor langer Zeit gelöscht, doch seine Finger tippten die richtige Zahlenfolge beinahe von allein ein, und er wählte die Anruftaste, ehe Unsicherheit oder Zweifel ihn an seinem Vorhaben hindern konnten. Und entgegen seiner Erwartung nahm sie ab.

»Hi«, sagte Alex, das iPhone fest an sein Ohr pressend, und Lily entgegnete ebenfalls leise: »Hi.«

Er holte tief Luft.

»Ich wusste nicht, ob du noch die gleiche Nummer wie früher hast.«

Lily sagte nichts. Alex hatte vorgehabt, sich für sein Verhalten ihr gegenüber zu entschuldigen, doch stattdessen fragte er:

»Wo bist du?«

»In Menton. Im Haus meiner Eltern.«

»Können wir uns sehen? Ich würde gern mit dir reden.«

»Ich weiß nicht, Alex.«

»Bitte, Lily«, sagte er eindringlich.

Er riss mit der freien Hand ein stachliges Blatt von einem herabhängenden Ast und zerdrückte es in seiner Hand. Den Schmerz registrierte er kaum.

»Ich kann nach Menton kommen«, schlug er vor. »Wir können uns irgendwo in einem Café treffen. Hauptsache, es ist ein bisschen abgeschieden. Ich verspreche dir, dass ich gehe, wenn es dir zu viel wird.«

Lily seufzte, und es klang beinahe wie das resignierte Seufzen, das ihren Lippen im Casino entwichen war.

»In Ordnung. Wir können uns heute Nachmittag gegen 15 Uhr treffen.«

»15 Uhr, okay.«

»Du kannst hierherkommen. Vielleicht ist es dir lieber als ein Treffen an einem öffentlichen Ort.«

Sie nannte ihm die Adresse und legte auf, ohne sich von ihm zu verabschieden. Alex fühlte sich wie ein Tiger im Käfig und konnte kaum stillsitzen, bis der Nachmittag schließlich anbrach. Er fuhr los, ohne Kenan zu erzählen, was er vorhatte. Kurz überlegte er, Lily Blumen mitzubringen, doch diesen Einfall tat er als unpassend ab. Er fuhr am Ufer des Mittelmeers entlang, bis ihn das Navigationssystem kurz vor der Grenze Italiens zu einem gusseisernen Tor mit Gegensprechanlage führte. Es gab kein Namensschild. Alex klingelte zwei Mal und ein paar endlose Minuten später schwang das Tor auf. Er fuhr eine lange gepflasterte Auffahrt hinauf, die von riesigen Zypressen, Akazien und Pinien gesäumt war. Am Eingang einer mediterranen Villa mit Naturstein-Fassade erwartete Lily ihn in einem sommerweißen Jumpsuit. Alex parkte den Mietwagen neben einem Jaguar Cabriolet und stieg aus.

Ihre Begrüßung fiel ein bisschen steif aus, aber schließlich umarmten sie sich und Lily ging durch einen Lavendelgarten voraus zu einem efeubewachsenen Pavillon, ohne ihn im Haus herumzuführen. Der runde Tisch aus Steinguss war bereits gedeckt. In der Mitte stand ein großer Wildblumenstrauß. Darum herum reihten sich eine elegante Porzellan-Etagere, auf der farbenfrohe Macarons und Petits Fours hübsch arrangiert waren, ein Kuchenständer mit glasiertem Apfelkuchen und silberne Tabletts mit Mille-feuilles, Eclairs und Schälchen gefüllt mit Creme brûlée und Minzblättern in Miniaturformat.

»Bitte, setz dich. Möchtest du etwas trinken? Tee oder Cappuccino zum Beispiel?«

Bevor Alex antworten konnte, ergänzte Lily mit einem etwas hilflosen Lächeln.

»Ach, was frage ich da eigentlich. Du trinkst deinen Kaffee ja lieber schwarz.«

Sie servierte ihm einen Espresso und fügte, ohne zu fragen, einen Löffel Zucker hinzu. Dann setzte sie sich ihm gegenüber.

»Das ist ein wunderschönes Haus. Wie lange habt ihr es schon?«, fragte Alex.

»Seit ein paar Jahren. Aber meine Eltern fahren lieber nach Mallorca oder Madeira und vermieten das Haus in der Regel. Und wenn es nicht vermietet ist, habe ich es ganz für mich allein. Ich mache hier gerne Urlaub.«

»Ich hatte mich das schon gestern gefragt, als du das gesagt hast. Seit wann machst du Urlaub, Lily?«, witzelte Alex, darum bemüht, die Stimmung ein wenig aufzulockern. Lily verzog keine Miene und Alex merkte, dass er etwas Falsches gesagt hatte.

»Nun, wie du vielleicht weißt, hat mich der Vorstand der AG rausgeschmissen«, sagte sie ernst.

»Ja, das habe ich gehört«, entgegnete Alex betroffen. »Entschuldige bitte. Das war echt ein blöder Spruch.«

»Schon gut.« Sie winkte beinahe gelangweilt ab. »Kann ich dir etwas Süßes anbieten?«

»Gerne. So viel Mühe hättest du dir doch gar nicht geben müssen.«

»Das war keine Mühe. Die Köchin meiner Eltern hat das alles vorbereitet. Ihre karamellisierte Tarte Tatin ist zum Niederknien.«

Alex schnitt sich ein Stück des Kuchens ab. Wie Lily angekündigt hatte, schmeckte er großartig. Lily entschied sich ihrerseits für ein herzförmiges Petit Four. Sie wickelte es aus dem Papier und schob es, sich in ihrem Stuhl zurücklehnend, in einem Bissen in den Mund. Sie schwiegen einen Moment und tauschten einen langen Blick aus, so, als hätten sie zum ersten Mal die Möglichkeit, einander richtig anzusehen. Alex fragte sich, was Lily dachte. In seiner Zeit in L.A. hatte er viele Frauen kennengelernt, die schöner oder attraktiver waren als sie, aber aus irgendeinem Grund fühlte er sich zu ihr auf die gleiche elektrisierende Art und Weise hingezogen wie früher. Immer noch lebte in Alex die kindliche Bewunderung, die er für diese Frau nie verloren hatte. Plötzlich lächelte Lily und legte die Fingerspitzen aneinander.

»Was ist?«, fragte sie ihn neckend. »Bist du gekommen, um mit mir zu reden oder um mich anzustarren?«

»Ich kann nicht anders. Du siehst schön aus, Lily.«

»Sei vorsichtig mit deinen Komplimenten. Ich bin eine verheiratete Frau.«

»Du hast geheiratet?«, fragte Alex und lächelte ein wenig wehmütig.

»Ja, vor zwei Jahren.«

»Tja, dann bleibt mir wohl nichts anderes übrig, als dir zu gratulieren. Auch wenn ich Freddie ein bisschen beneide, freue ich mich in erster Linie für euch. Bitte verzeih mir meine Worte von gestern Abend, Lily. Das wollte ich dir eigentlich schon die ganze Zeit sagen. Als ich dich gesehen habe, sind meine Gefühle mit mir durchgegangen. Ich wollte immer, dass du glücklich wirst. Ich hoffe, dass du das weißt.«

Lilys Lächeln nahm einen sehr traurigen Zug an.

»Freddie hatte vor eineinhalb Jahren einen schrecklichen Unfall, Alex.«

»Was ist passiert?«

»Er hat auf dem Hamburger Derby ein Hindernis falsch angeritten und ist gestürzt. Sein Pferd hat sich überschlagen und ist auf ihn gefallen. Es war schlimm, das alles anzusehen. Er hat großes Glück, dass er noch lebt. Aber er kann sich seitdem kaum bewegen und sitzt im Rollstuhl. Wahrscheinlich für immer.«

»Es tut mir leid, das zu hören.«

»Das war wirklich keine leichte Zeit für uns. Freddie ist sehr verzweifelt und nicht ganz bei sich. Seit seinem Unfall kümmere ich mich allein um seine Anlage und um die Pferde. Manchmal gebe ich Reitunterricht für die Kinder.

Freddies Sportpferde habe ich verkauft, um die Halle und die Boxen wieder in Schuss zu bringen. Mittlerweile züchten und bilden wir auch junge Pferde aus und tun alles, was sonst noch dazugehört. Du weißt schon ...«

Lily war noch nie gut darin gewesen, ihre Emotionen vor Alex zu verbergen. Ihre Körperhaltung, ihre Miene, ihr Tonfall, alles an ihr verriet ihm, wie viel Überwindung es sie kostete, ihm dies darzulegen. In Lilys Welt der Superlative wäre sie in seiner Vorstellung eher Bundeskanzlerin geworden, aber nie wäre Alex in den Sinn gekommen, sie könnte einst einen Reiterhof leiten. Es war auf spektakuläre Weise gewöhnlich. Lily musterte ihn stirnrunzelnd.

»Ich weiß, was du denkst.«

»Was denke ich denn, Lily?«

»Du denkst, ich führe ein langweiliges Leben.« Sie kräuselte ihre Lippen. »Dass ich langweilig bin.«

»Ganz im Gegenteil. Du bist die interessanteste Person, die ich kenne.«

»Was sagst du da?«

Sie lachte unsicher und strich sich eine dunkelblonde Strähne aus dem Gesicht.

»Genug von mir. Lass uns lieber über dich sprechen. Ich habe dein neues Lied gehört und finde es großartig. Ich höre es beinahe in Dauerschleife beim Joggen.«

»Du hörst meine Musik?«, fragte Alex, überrascht darüber, dass Lily eine der vielen Zahlen auf Murawskys Monatsreports zu sein schien.

»Wer tut das nicht?« Sie lächelte ein bisschen verkniffen.

»Also, erzähl es mir. Wie fühlt es sich an, ein richtiger Star zu sein?«

»Auf eine Art und Weise nicht anders als früher, denke ich. Außer dass plötzlich Millionen von Menschen zu wissen verlangen, welche Sorte Cornflakes ich zum Frühstück esse und wo ich meine Socken kaufe.«

Er grinste und fuhr sich mit der Hand durch die Haare.

»Das ist großartig, Alex. Du kannst so stolz auf dich sein.«

»Nein, ich hatte einfach Glück. Und eigentlich habe ich in erster Linie alles nur dir zu verdanken.«

»Du wärst auch ohne meine Hilfe erfolgreich geworden. Daran habe ich keinen Zweifel. Ich habe das schon immer in dir gesehen.«

»Was meinst du?«

»Naja, diese Fähigkeit für eine Sache zu brennen, sich ihr völlig hinzugeben, ohne Zweifel, Ängste und Kompromisse. Das habe ich nie gekonnt. Jetzt erst beginne ich langsam zu begreifen, dass mein Ehrgeiz mir in allem immer im Weg gestanden hat.«

Alex glaubte zu verstehen, was Lily meinte.

»Ehrlich gesagt ist nicht alles toll daran. Ein Star zu sein, meine ich. Seit ich denken kann, wollte ich eigentlich immer nur Musik machen. Früher habe ich nie wirklich geglaubt, dass meine Musik jemanden interessieren könnte, außer mich selbst natürlich. Ich weiß nicht einmal, ob ich überhaupt wollte, dass sie jemanden interessiert. Es war zum großen Teil einfach immer nur ein Hobby. Als ich als Teenager noch zu Hause gewohnt habe und für mich selbst produziert und aufgelegt habe, war das musikalisch gesehen für mich die schönste Zeit überhaupt, obwohl ich nicht den Bruchteil der Reichweite von heute hatte. Wahrscheinlich hätte ich auch weiter aufgelegt und produziert, wenn ich nie erfolgreich geworden wäre. Aber jetzt, wo ich das alles habe, frage ich mich oft, ob ich es überhaupt noch will. Ich spüre mehr als jemals zuvor die Endlichkeit meiner Neugier zur Musik, und das macht mich ein bisschen melancholisch ...« Er unterbrach seinen Monolog. »Hört sich das dumm an?«

»Nein, überhaupt nicht. Ich schätze, berühmt und reich zu sein, ist noch nicht die Antwort.«

»Was ist denn die Antwort?«

»Diese Frage kannst du dir nur selbst beantworten, Alex.«

Auf der Rückfahrt nach Hause dachte Alex über Lilys Worte nach. Sie hatten nicht lange miteinander gesprochen, vielleicht eine Dreiviertelstunde oder etwas mehr, ehe sie angedeutet hatte, dass es für Alex an der Zeit war, zu gehen. Obwohl es beinahe wie früher mit ihr gewesen war, war die Befriedigung, die er sich von diesem Treffen versprochen hatte, ausgeblieben.

Als Alex die Tür zum Ferienhaus aufschloss, fand er Kenan im Wohnzimmer vor. Er lümmelte auf der großen Eckcouch, rauchte und schaute die Fernsehserie *Game of Thrones*.

»Ach, du bist es, Alex«, sagte er beinahe erleichtert und wedelte mit der Fernbedienung. «Ich habe mir schon beinahe Sorgen gemacht. Wo warst du denn so lange? Ich hoffe, einkaufen. Unser Kühlschrank ist leer. Außerdem habe ich am ganzen Körper Mückenstiche. Diese Biester sind echt überall.«

»Nein, ich hatte eine Verabredung. Es tut mir leid, ich hatte es selbst ganz vergessen und musste vorhin schnell los, um mich nicht zu verspäten.«

Sie entschieden schließlich, etwas zum Abendessen zu bestellen, und als Alex aus der Dusche stieg, kam ihm Kenan auf den Treppen entgegen.

»Ein Anruf für dich.«

Er hielt Alex das klingelnde iPhone hin. Alex erkannte auf Anhieb Lilys Nummer und riss Kenan das Telefon beinahe aus den Händen.

»Lily?«

»Hi, Alex.«

»Was gibt's?«, erkundigte Alex sich und probierte beiläufig zu klingen, was ihm nicht wirklich gut gelang. »Warum rufst du an?«

»Nun, weißt du. Ich habe etwas nachgedacht. Über

gestern Abend und über heute. Ist es nicht eigentlich unglaublich, dass ausgerechnet wir uns hier wieder begegnet sind? Warum lassen wir die Vergangenheit nicht Vergangenheit sein und verbringen noch zwei lustige Tage zusammen, bevor ich nach Deutschland zurückfliege?«

»Sehr gerne, Lily.«

»Das freut mich wirklich. Dann hast du ja vielleicht Lust, mit mir morgen Mittagessen zu gehen?«

»Das ist eine tolle Idee, aber wir haben uns für morgen in Nizza schon eine Yacht mit Besatzung gemietet. Wir wollten ein bisschen an den Küsten herumfahren und schwimmen gehen.«

»Wir?«

»Ich und ein Freund von mir aus Berlin. Er besucht mich hier. Er war mit mir im Casino.«

»Stimmt, ich erinnere mich.«

»Warum kommst du nicht mit uns?«

»In Ordnung.«

Sie verabredeten sich am Hafen, dann legte Alex auf. Kenan fragte:

»War das die Lady im dunkelblauen Kleid?«

»So ist es.«

»Ich dachte, dieses Kapitel wäre für dich abgeschlossen?«

»Das ist es auch. Wir treffen uns nur als Freunde.«

»Du weißt schon, dass Männer und Frauen nicht miteinander befreundet sein können, oder? Das ist fast sowas wie ein Oxymoron.«

»Woher weißt du, was ein Oxymoron ist?«

Kenan zwinkerte ihm belustigt zu.

»Ich werde wohl nie aufhören, dich zu überraschen, was?«

Als sie sich am nächsten Vormittag mit Lily zu der verabredeten Uhrzeit am Hafen einfanden, stellte Alex Kenan und Lily einander vor. Lily wurde verlegen.

»Ich heiße nicht mehr Lindenbaum mit Nachnamen, Alex«, erinnerte sie ihn.

»Oh, richtig. Entschuldige bitte.«

Nach diesem kleinen Fauxpas bestiegen sie die Yacht über den schmalen Holzsteg und setzten sich in den überdachten Bereich. Eine Dame von der Besatzung reichte raffinierte Häppchen herum und bot ihnen etwas zu trinken an. Lily bestellte einen Gin Tonic, Alex einen Long Island Ice Tea und Kenan einen Mojito. Die Motoryacht stach in See, und während sie aus dem Hafen hinausmanövrierte, waren Alex, Kenan und Lily damit beschäftigt, ein gemeinsames Gesprächsthema zu finden. Alex war erstaunt darüber, wie schnell Kenan und Lily miteinander warm wurden, nachdem das Eis gebrochen war. Es dauerte nicht lange, bis sie über Gott und die Welt sprachen und Alex und Kenan die lustigsten und abwegigsten Schlagzeilen über sich zum Besten gaben.

»Kannst du dich noch an unsere Nominierung für den Deutschen Musikpreis erinnern? Und wie sie zurückgezogen wurde, weil sich alle darüber so aufgeregt haben, Alex? Das waren vielleicht Zeiten!«

Alex musste grinsen. »Stimmt!«

Lily rührte mit dem Strohhalm in ihrem Gin Tonic auf Eis und sagte, an Alex gewandt:

»Ich habe neulich in der *Intouch* gelesen, dass du jetzt mit Emma Watson zusammen bist.«

»Stimmt nicht«, widersprach Alex. »Ich bin nicht mit ihr zusammen und war es auch nie.«

»Aber habt ihr nicht zusammen diesen Parfümwerbespot gedreht?«, warf Kenan ein. Alex zuckte innerlich zusammen, als ihm der alberne, philosophisch angehauchte Text in den Sinn kam, den er hatte vortragen müssen.

»Das war die bisher dümmste Idee von Murawsky. Ich habe fast gekündigt, als er das angeleiert hat.«

Irgendwann verfielen sie in ein ungezwungenes, einvernehmliches Schweigen. Die salzige Meeresbrise wehte durch ihre Haare, während die Yacht in den schaumigen Wellen des Mittelmeeres sanft hin und her wiegte. Die Yacht legte vor den rostroten Klippen einer verlassenen Bucht bei Antibes an. Alex, Kenan und Lily zogen sich in den Kabinen um und sprangen in ihren Badesachen direkt vom Boot aus ins kühle, klare Wasser. Alex und Lily umkreisten einander schwimmend, bis Alex es schließlich wagte, sich Lily zu nähern, sie zu berühren und sie ein wenig zu ärgern. Als Antwort darauf kreischte sie lachend auf, bespritzte ihn energisch mit Wasser und probierte vergeblich, ihn unter die Wasseroberfläche zu drücken. Und obwohl die Sonne hinter einer Wolkenfront verschwand, verkündete Lily plötzlich atemlos:

»Ich werde mich jetzt ein bisschen in die Sonne legen.«

Lily stieg aus dem Wasser. Kenan und Alex folgten ihr zurück an Bord. Sie breitete ein Handtuch auf dem Bug aus und legte sich hin. Alex tat unbeteiligt, aber dann sah er doch zu ihr hinüber. Sie trug eine Sonnenbrille, einen Sonnenhut mit breiter Krempe und einen neonblauen Bikini, in dem sie eine großartige Figur machte. Einzelne Tropfen des Salzwassers perlten an ihrem Bauch, während sie telefonierte. Alex fragte sich, mit wem sie wohl sprechen mochte. Mit ihrem Mann vielleicht. Oder mit ihren Eltern. Oder mit ihrem Bruder. Plötzlich bemerkte Alex, dass Kenan ihn anstarrte.

»Sieh mich bitte nicht so an«, sagte Alex und zerquetschte eine leere Aluminiumdose eines Softdrinks in seiner Hand.

Kenan lächelte vielsagend, dann widmete er seine Aufmerksamkeit wieder seinem Handy. Sie nahmen später zu dritt ein leichtes Mittagessen in einer Strandbar zu sich und waren erst am späten Nachmittag bei Sonnenuntergang wieder zurück in Nizza, wo sie sich voneinander verabschiedeten. Lily bedankte sich für den Ausflug und lud

Alex und Kenan am nächsten Abend zu sich nach Hause zum Abendessen ein.

»Wir kommen gerne«, versicherte Alex.

»Schön, ich freue mich auf euch.«

In dieser Nacht lauschte Alex in der Dunkelheit seines Schlafzimmers noch lange der Stille des Regens, und plötzlich fielen Alex nach und nach Dinge ein, an die er seit Jahren nicht mehr gedacht hatte.

Er dachte an Lily, an seine Eltern und an die Gesichter seiner besten Freunde, die mit ihm gemeinsam erwachsen geworden waren. Was aus ihnen geworden war, wusste Alex nicht. Er hatte Kenan viel später kennengelernt und dennoch war er der Einzige, zu dem der Kontakt nicht abgebrochen war. Vielleicht weil Kenan den Verschnitt aus seinem alten Leben in Hamburg und seinem neuen Leben in L.A. bildete.

Während Alex in seinen Erinnerungen ertrank, spiegelten sich in den dunklen Regentropfen auf der Fensterscheibe die Lichter seiner verlorenen Vergangenheit.

III

Alex' Erinnerungen an seinen Vater glichen der Trübheit milchigen Glases. Er wusste noch, dass sein Vater so sonnengebräunt und dunkelhaarig gewesen war wie seine Mutter blass und blond. In Alex' Erinnerung hatte sein Vater eine komische Art zu sprechen, was wahrscheinlich auf seinen südamerikanischen Akzent zurückzuführen war, er roch nach Alkohol und Tabak und er strich Alex oft über den Kopf und nannte ihn ›Sohn‹ oder ›Junior‹, ohne ihn dabei richtig anzusehen.

Alex' Eltern hatten sich an der Musikhochschule kennengelernt. Alex' Mutter Anna war eine ernste, nachdenkliche und etwas langweilige Studentin mit einer Vorliebe für Jane-Austin-Romane, und Alex' Vater ein attraktiver, aber ewig klammer Jazzpianist mit Hang zu exzessiven Eskapaden auf der Reeperbahn. Warum sie sich ineinander verliebt hatten, blieb Alex schleierhaft. Fest stand nur, dass sie sich beinahe genauso schnell wieder entliebt hatten, doch da war Alex' Mutter schon mit Alex schwanger.

In seiner Kindheit bezeichnete Alex' Mutter den Vater ihres Kindes als Nichtsnutz oder Versager, und sie ermahnte Alex durchgehend, nie so wie sein Vater zu werden. Alex wusste nicht genau, was sie damit meinte, aber er verstand, dass ihr wichtig war, dass Alex ihr stets gehorchte, still war, las und viel Klavier übte. Das Klavier war der einzige Ort, an dem Alex das Gebrüll seiner Eltern nichts ausmachte. Die Musik umgab ihn wie eine zur Außenwelt schützende und undurchdringliche Wand, die in ihrer eigenen Sprache zu Alex flüsterte. In der Musik fand Alex Zuflucht und er konnte bereits früh die Noten und die Zeichen in seinen Notenblättern besser begreifen als die Buchstaben auf einem Blatt Papier. Nach einem besonders heftigen Streit packte Alex' Vater seine Sachen und seine Mutter erklärte Alex, dass er fortan im Ausland leben würde. Sein Vater versprach, Alex jede Woche anzurufen, aber schließlich rief er nur ein einziges Mal im Monat an, dann zu Weihnachten und irgendwann gar nicht mehr. Als Alex etwa sieben Jahre alt war, stellte seine Mutter ihm Joachim vor, den sie nach der Arbeit mit nach Hause brachte. Alles an Joachim wirkte groß: die Schultern, die Hände, der Mund. Seine dunkelblonden Haare reichten ihm beinahe bis zu seinen Schultern. Der Unbekannte musterte Alex aus haselnussbraunen Augen, um die sich zarte Lachfalten abzeichneten. Alex bemerkte, dass er seinen Arm um die Hüfte seiner Mutter gelegt hatte. In der anderen Hand trug er ein Paket bei sich, das in Geschenkpapier verpackt war. Anna lächelte Alex an und ein Zug der Nervosität umspielte ihre Lippen.

»Alex, ich möchte dir jemanden vorstellen. Das ist mein guter Freund Joachim.«

Alex sagte nichts.

»Na los, Alex«, drängte seine Mutter. »Wo bleiben deine Manieren?«

Joachim hob besänftigend die Hand und löste sich von seiner Mutter. Er umrundete den Küchentisch, an dem Alex saß, und hockte sich neben ihn. Er betrachtete aufmerksam die Abbildungen in dem Buch, das aufgeschlagen auf dem Tisch lag. Aus der Ferne hatte der Besucher auf Alex imposant und einschüchternd gewirkt, aber jetzt, wo er neben ihm in der Hocke saß, verschwand diese Furcht.

»Gefallen dir Dinosaurier?«

Alex nickte.

»Ich habe als Kind auch Dinosaurier gemocht. Was ist dein Lieblingsdinosaurier?«

»Der *Allosaurus*.«

»Den kenne ich nicht. Mir gefiel der *T.Rex*.«

»Der *Allosaurus* sah fast aus wie der *Tyrannosaurus rex*, aber er hatte längere Arme und war viel kleiner. Das liegt daran, dass der *Allosaurus* vor 150 Millionen Jahren gelebt hat, als es in der Atmosphäre noch nicht so viel Sauerstoff gab. Der *Tyrannosaurus rex* lebte kurz vor dem Aussterben der Dinosaurier vor 65 Millionen Jahren.«

Joachim neigte beeindruckt den Kopf.

»Du weißt aber schon eine ganze Menge für dein Alter.«

Alex zuckte mit den Schultern und faltete ein Eselsohr in die Buchseite.

»Ich habe ein Geschenk für dich.«

Joachim reichte Alex das verpackte Paket. Alex öffnete es voller Neugier. Es enthielt ein rot lackiertes, ferngesteuertes Flugzeug und war das schönste Spielzeug, das Alex je besessen hatte.

Joachim kam oft zu Besuch, und seine Mutter gab sich plötzlich größte Mühe, Ordnung in der Wohnung zu halten. Sie zog hübsche Kleider an und trug roten Lippenstift. Außerdem begann sie, statt Toast Hawaii oder Pizza Margherita aufwendige Gerichte zu servieren. Manchmal blieb Joachim nur zum Abendessen, manchmal über Nacht. Das wusste Alex, da er, obwohl seine Mutter ihn an diesen Abenden früh ins Bett schickte, immer lange genug wach blieb, um das Gelächter und das Poltern der Schritte auf der schmalen Wendeltreppe zu hören, bevor sie im angrenzenden Schlafzimmer verklangen. Einmal stand Joachim in der Einfahrt seiner Schule.

»Ich hoffe, du hast nichts dagegen, dass ich dich heute abhole«, sagte er gut gelaunt. Er half Alex in den Kindersitz auf dem Beifahrersitz seines glänzenden Mercedes. Der Innenraum des Autos roch nach Leder und lackiertem Holz.

»Ich mag deine Mutter sehr«, sagte Joachim irgendwann auf der Fahrt.

»Sie dich auch.« Alex seufzte gequält. »Für dich hat

sie sogar Kochen angefangen, aber das Essen schmeckt schrecklich.«

Joachim lachte. Sein Lachen war laut und kehlig, und er entblößte dabei seine spitzen Eckzähne. Mitleidig tätschelte er Alex' Schulter.

»Mir schmeckt es auch nicht, aber das behalten wir für uns.«

Mit Joachim kamen viele Veränderungen in Alex' Leben. Joachim besaß eine riesige Altbauwohnung in der Hamburger Innenstadt, in der Alex das obere Stockwerk ganz für sich alleine bewohnen durfte. Eine Haushälterin machte morgens sein Bett und räumte die Spielsachen weg, die Alex überall in seinem Zimmer verstreute. Seine Mutter ging mit ihm in teuren Geschäften einkaufen und er bekam einen PC und ein neues Klavier ohne besonderen Anlass. Jeden Sonntag gingen sie zu dritt beim Italiener essen und sie verbrachten das erste Mal Sommerferien in Italien anstatt im Schrebergarten, den Alex' Mutter von ihren verstorbenen Eltern geerbt hatte. Auf dem Flug durfte Alex sogar neben Joachim im Cockpit des Flugzeugs sitzen.

Im Gegensatz zu seinen Eltern stritten Joachim und seine Mutter nie und Alex bekam nicht ein einziges Mal Ärger mit Joachim.

Alex war ein stilles und eigenbrötlerisches Kind. Als er eingeschult wurde, lernte er so schnell lesen, schreiben und rechnen, dass er sofort eine Klasse überspringen musste, und er spielte mit sechs schon so gut Klavier, dass seine Mutter sich nicht mehr zutraute, ihn selbst zu unterrichten. Zusammen mit Alex wurde sie bei Professor Wolff vorstellig, einem alten Musikprofessor, der sich im Verlauf seiner Karriere auf *Rachmaninoff* spezialisiert hatte. Professor Wolff war von Alex' Vorspiel begeistert und stimmte umgehend zu, ihn zu unterrichten. Alex spielte gerne bei Professor Wolff. Der alte Herr unterrichtete mit viel Geduld und Gelassenheit und half Alex mit den einfallsreichsten Kniffen, scheinbar unüberwindbare Passagen zu spielen und bis an die Grenze seines Talents und seiner Fähigkeiten zu gehen. Außerdem stellte Professor Wolff Alex Yumi vor, eine talentierte Geigenspielerin, die Alex oft auf dem Klavier begleitete und die seine einzige richtige Freundin wurde.

Als Alex vierzehn war, wurde seine Mutter schwanger, und noch bevor sich Alex richtig an den Gedanken gewöhnen konnte, ein großer Bruder zu werden, kamen Joachim und seine Mutter aus dem Krankenhaus ohne das Baby nach Hause.

»Darf ich zu Mama?«, fragte Alex Joachim, doch Joachim schüttelte bloß den Kopf.

»Nicht jetzt, Alex. Deiner Mutter geht es nicht gut. Lass ihr ein bisschen Zeit.«

Die ersten Tage nach ihrer Rückkehr aus dem Krankenhaus schlief Anna. Sie schlief morgens, wenn Alex sich für die Schule anzog und frühstückte. Sie schlief, wenn er abends mit Joachim zu Abend aß und Hausaufgaben machte. Wenn Alex seine Mutter nicht manchmal leise in ihrem Schlafzimmer schluchzen gehört oder sie eines Nachts blass und im langen Nachthemd durch das Haus geistern gesehen hätte, hätte Alex gar nicht geglaubt, dass sie überhaupt wieder nach Hause zurückgekommen war.

Joachim, der sich Urlaub genommen hatte, um sich um den Haushalt und um seine kranke Frau zu kümmern, war überfordert und gereizt. Er hatte Alex verboten, Klavier zu spielen, fernzusehen, Klassenkameraden nach Hause einzuladen, zu lachen und die Treppe hinaufzulaufen, um seine Mutter nicht zu stören. Alex flüchtete so oft wie möglich nach der Schule zu Yumi nach Hause. In dem unscheinbaren Reihenhaus eines gepflegten Hamburger Vororts war es stets friedlich und behaglich. Yumis Mutter kochte ausgefallene japanische Gerichte: Okonomiyaki,

Bentos mit eingelegtem Gemüse, Sushi und gebratene Tintenfischbällchen. Meistens übten Yumi und Alex zuerst zusammen und schauten sich später in Yumis Heimkino *Star Wars* und *Der Herr Der Ringe* an oder sie kuschelten im Garten mit ihren Kaninchen.

Als der Sommer anbrach und Alex' Mutter sich erholt hatte, verkündeten Joachim und sie aus heiterem Himmel, dass sie beschlossen hatten, Hamburg zu verlassen und aufs Land zu ziehen, und zwar noch vor den Sommerferien, damit Alex sich in der neuen Umgebung einleben konnte. Wie sich herausstellte, hatte Joachim bereits eine Festanstellung als Testpilot bei Airbus gefunden. Beinahe überstürzt wurden die Hamburger Penthousewohnung ausgeräumt, Möbel verschenkt und eine Abschiedsparty organisiert. Und ehe Alex sich's versah, blickte er, einen Basketball unter seinen Arm geklemmt, finster aus dem Fenster, während Felder, Bäume und Windräder an ihm vorbeizogen. Joachim und seine Mutter hatten in Joachims Heimatdorf einen alten Kastanienhof mit verwildertem Garten am Waldrand erworben. Am Wochenende nach seiner Ankunft im Kastanienhof verließ Alex sein Zimmer kaum. Er hockte auf einer Schlafmatratze, die Joachim ihm provisorisch eingerichtet hatte, starrte Löcher an die Decke und dachte an gar nichts. Alex spürte die Besorgnis seiner Mutter über seinen fehlenden Enthusiasmus. Sie folgte ihm auf Schritt und Tritt und kam mehrmals am Tag in sein Zimmer, um ihn zu überreden, draußen etwas zu unternehmen.

Am Sonntagnachmittag vor seinem ersten Schultag in seiner neuen Schule ließ sich Alex schließlich dazu erweichen, sich den Kastanienhof genauer anzusehen. Der Garten der Terrasse mündete in den Wald. Alex folgte dem ausgetretenen Pfad durch hochgewachsene Sträucher und dann dem Lauf eines klaren, grün schimmernden Bachs. Der Wald war erfüllt von Vogelgezwitscher.

Sonnenlicht brach grün leuchtend durch die dichten Baumkronen, und in der schwülen Luft lag der Geruch von Tannen und trockenem Holz. Alex gelangte zu einer Kreuzung und entschied sich für den Weg, der durch trockenes Laub und Tannenzweige einen steilen Hügel hinaufführte. Dort lichtete sich der Wald ein wenig. Alex entdeckte eine lange Stahlbrücke, die durch ein Meer von blühenden Sträuchern zu grasgrünen Feldern führte, aber er entschied sich, umzukehren. Bei einem Baumstumpf auf der Lichtung am Bach legte er eine Pause ein, zog seine Schuhe aus und tauchte seine Füße in das klare Wasser, während er geistesabwesend auf einem Grashalm herumkaute. An diesem Tag verliebte Alex sich in den Wald, der tausend Zufluchtsorte beherbergte, an denen er seinen Gedanken alleine und ungestört nachhängen konnte.

Am darauffolgenden Tag hielt seine Mutter um Viertel vor acht am abgeblätterten Gittertor der neuen Schule an.

»Da wären wir. Freust du dich schon?«, fragte sie.

Alex antwortete nicht. Sie griff auf die Rückbank und reichte ihm seinen brandneuen Dakine-Rucksack, ein Bestechungsgeschenk, das Alex über den plötzlichen Umzug aus Hamburg kaum hinweggetröstet hatte.

»Hast du alles dabei? Einen Block? Etwas zu schreiben? Dein Mittagessen?«

»Ja, Mama ...«

»Mein armer kleiner Schatz. Ich weiß, es kam alles so plötzlich. Du vermisst Hamburg. Aber wir kriegen das alles hin. Versprochen.«

Seine Mutter küsste ihn auf die Wange, die Alex sich erschrocken mit seinem Ärmel abwischte.

»Hör auf! Was ist, wenn das die Leute aus meiner neuen Klasse sehen? Das ist voll peinlich, Mama.«

»Schon gut, schon gut.« Anna lächelte entschuldigend. »Viel Spaß in der Schule. Ich hole dich um drei Uhr ab und wir machen uns danach einen schönen Tag, okay?«

Alex' neuer Klassenlehrer, Herr Kraut, erwartete ihn bereits vor dem Büro der Schülerverwaltung und begleitete ihn zum lärmerfüllten Klassenzimmer.

»Nur keine Scheu, Alexander.«

Herr Kraut schob Alex hinein, und alle Blicke richteten sich auf ihn. Papierflieger landeten auf dem Boden. Die Schüler sanken auf ihre Plätze und verstummten. Offenbar war Herr Kraut eine Autoritätsperson.

»Liebe Schüler, ich möchte euch euren neuen Mitschüler vorstellen.« Herr Kraut wandte sich Alex zu. »Willst du deiner neuen Klasse etwas über dich erzählen?«

Alex schluckte schwer und seine Stimme vibrierte vor Nervosität, als er verkündete:

»Ich heiße Alexander Fischer und ich komme aus Hamburg.«

»Aber das ist doch noch nicht alles, oder?« Herr Kraut lächelte aufmunternd und legte eine Hand auf Alex' Schulter. »Alexander hat eine Klasse übersprungen. Und er spielt hervorragend Klavier. Er ist bereits Jungstudent an der Universität Hamburg und hat schon viele Wettbewerbe gewonnen.«

Alex hörte, wie ein paar Jungen auf den hinteren Schulbänken verhalten kicherten, doch Herr Kraut tat, als hätte er nichts gehört und fuhr unbeirrt fort: »Also, seid nett zu Alexander und heißt ihn in der Klassengemeinschaft herzlich willkommen.«

Mit heißem Gesicht stolperte Alex zum nächsten freien Platz in der ersten Reihe und setzte sich.

Der Unterricht begann mit einer Doppelstunde Mathematik. Der Stoff, den Herr Kraut unterrichtete, war für Alex wenig herausfordernd, denn Alex hatte in Hamburg eine progressive Schule mit naturwissenschaftlichem Schwerpunkt besucht. Halbherzig machte sich Alex Notizen und senkte hastig seinen Blick, wenn Herr Kraut Fragen stellte oder Freiwillige aufforderte, an die Tafel zu kommen. Als es klingelte, stürzten die Schüler aus dem Klassenzimmer. Alex war der Letzte, der seine Sachen zusammenräumte und in die große Pause schlenderte. Er versteckte sich auf einer Bank hinter den Fahrradständern, kaute lustlos auf einem Käsebrötchen herum und hörte auf seinem iPod Musik. Den iPod hatte Joachim ihm von einer Dienstreise aus den USA mitgebracht, und einst hatte jeder in Hamburg Alex darum beneidet.

Nach dem Unterricht parkte der Wagen seiner Mutter bereits auf dem Parkplatz. Alex stieg ein, warf seinen Rucksack in den Fußraum, glitt in einer fließenden Bewegung auf den Beifahrersitz und schnallte sich an. Als sie an einer roten Ampel hielten, konnte Anna ihre Neugier nicht länger zügeln.

»Und wie war's?«

»War okay.«

»Sind deine neuen Mitschüler nett?«

»Ich denke schon.«

»Und der Unterricht?«

Alex zuckte mit den Schultern.

»Der ist auch nett.«

»Sehr witzig.«

»Mhm.«

»Es wird bestimmt bald interessanter, du musst nur ein bisschen Geduld haben.« Sie lächelte zuversichtlich. »Hast du Lust auf ein Eis?«

Alex sah träge aus dem Fenster. Fahrradfahrer sausten an ihnen vorbei. Er erkannte ein paar lachende Mädchen aus seiner Klasse, bevor sie mit wehenden Haaren an der Kreuzung abbogen und verschwanden. Anna fuhr bei einer Eisdiele in der Ortsmitte vorbei und bestellte einen riesigen Eisbecher mit Alex' Lieblingssorten Stracciatella und Zitrone, die Alex im Schatten der Kastanienbäume auf der überdachten Terrasse löffelte. Am Nachmittag packte Anna Umzugskartons aus und Alex setzte sich zum Üben ans Klavier. Joachim war auf Geschäftsreise, deswegen bestellten sie abends Pizza, bevor Alex ins Bett kroch und die Decke über den Kopf zog, die ihn in Einsamkeit und Traurigkeit einhüllte.

In den ersten Tagen wurde Alex von seinen Mitschülern weitgehend gemieden, und er fügte sich bereitwillig in die ihm zugewiesene Rolle des neuen sonderbaren Außenseiters, um keine Aufmerksamkeit auf sich zu lenken. Er trottete allein von Klassenzimmer zu Klassenzimmer, blätterte in der Pause in seinen Lieblingszeitschriften und prägte sich Namen, Gesichter und Eigenheiten seiner neuen Klassenkameraden ein, anstatt dem Unterricht zu folgen. Eine Woche nach seinem ersten Schultag fuhr Alex zum ersten Mal allein mit dem Fahrrad zur Schule. Wie jeden Tag langweilte er sich im Unterricht und schlich in der Pause zu den Fahrradständen. Und wie üblich kehrte er als Erster aus der Pause in das Klassenzimmer zurück, um sich vor dem Unterricht in seine Notizen zu vertiefen.

»Hi«, riss ihn plötzlich eine glockenhelle Stimme aus seinen Überlegungen. Alex fuhr vor Schreck zusammen. An seiner Schulbank lehnte ein Mädchen. Es war älter als er. Seine langen dunkelblonden Haare waren vom Wind zerzaust und es trug Blue Jeans und Sneakers mit neonblauen Schnürsenkeln. Ein Piercing glitzerte in seinem sonnengebräunten Bauch. Als es seine Sonnenbrille abnahm und die melancholischen Augen und die winzigen Sommersprossen auf der schmalen Nase zum Vorschein kamen, war sich Alex gewiss, dass es das schönste Mädchen war, das er je gesehen hatte.

»Du bist der Neue, oder?« Es war mehr eine Feststellung als eine Frage und Alex war viel zu überrascht, von einer Mitschülerin angesprochen zu werden, um zu antworten. Sie fuhr fort. »Ich heiße Lily und bin auch in deiner Klasse. Ich war die ganze letzte Woche krankgeschrieben. Deswegen dachte ich, ich sage dir mal ›hallo‹.«

»Hallo«, stammelte Alex.

»Stimmt es, dass du eine Klasse übersprungen hast? Und dass du Jungstudent an der Universität Hamburg bist?«

Alex nickte und Lily wirkte beeindruckt.

»Und was studierst du genau?«

»Naja, eigentlich studiere ich gar nicht richtig. Ich bekomme nur ein bisschen Unterricht in Klavier und Musiktheorie von einem Professor.«

»Dann bist du wohl richtig gut?«

Alex zuckte bloß verlegen mit den Schultern.

»Ich bin ganz okay, schätze ich«, murmelte er.

Sie musterte ihn eingehend und Alex konnte sich ausmalen, wie wenig eindrucksvoll seine Erscheinung auf sie wirken musste. Er war klein, schlaksig und er trug eine Brille mit dicken Gläsern. Doch zu seinem wachsenden Erstaunen wurde Lilys Lächeln breiter.

»Darf ich dich ›Alex‹ nennen?«

»Wenn du das möchtest.«

»Wie haben dich denn deine Freunde in deiner alten Schule genannt?«

Alex hatte in seiner alten Schule keine richtigen Freunde gehabt, deswegen sagte er nur: »Alex ist gut.«

Zum ersten Mal traute er sich, Lilys Lächeln zu erwidern. Im gleichen Moment trat ein Junge in Alex' Blickfeld von hinten an sie heran und tippte Lily energisch mit dem Zeigefinger auf die Schulter. Es war Cedric Neugebauer, einer der beliebtesten Schüler der Klasse. Im Gegensatz zu Alex war Cedric groß und kräftig und wirkte viel älter, als er war. Die Konturen seiner Gesichtszüge sahen kantig und hart aus im Kontrast zu seinen hellen, strohigen Haaren, die zerzaust unter seiner verkehrt herum aufgesetzten Cap herauslugten.

»He, Lily. Da bist du ja endlich wieder. Fühlst du dich schon wieder besser? Ich habe die ganze Woche für dich im Unterricht mitgeschrieben.«

»Danke, Ced. Das ist echt nett von dir.«

Cedric lächelte befriedigt, doch sein Lächeln erlosch, als er Alex neben Lily bemerkte.

»Was machst du denn da bei ›Mozart‹?«, fragte Cedric spöttisch.

»*Mozart*?« Lily runzelte die Stirn. Offensichtlich war ihr Alex' Spottname in der Klasse noch nicht zu Ohren gekommen. »Wir unterhalten uns nur ein bisschen.«

Cedrics Blick wurde noch abschätziger. »Du redest mit dem, Lily?«

Alex' Befürchtungen und Cedrics Hoffnungen, Lily würde sich von Cedrics Meinung beeinflussen lassen, bewahrheiteten sich nicht. Lily blinzelte Cedric nur verärgert an.

»Das würde dir auch nicht schaden. Vielleicht hast du Glück und etwas von seiner Intelligenz färbt auf dich ab, Neugebauer. Man kann nie wissen.«

Cedric und Alex waren beide gleichermaßen sprachlos. Schließlich ließ sich Lily auf den freien Platz neben Alex sinken und begann, ihre Schulsachen auszupacken.

»Willst du nicht wieder neben mir sitzen?«, fragte Cedric sie bestürzt.

»Nein, ich möchte heute lieber hier sitzen.«

Ehe Cedric etwas erwidern konnte, schwang die Klassentür auf.

»Ruhe«, bellte Herr Kraut und warf einen Stapel Papier auf das Lehrerpult. »Setz dich sofort hin, Neugebauer.«

Cedric blickte bedauernd über die Schulter zu Lily, nahm aber ohne Widerrede Platz, und Herr Kraut richtete sein Wort an die Klasse.

»Ich habe hier eure Tests von letzter Woche.«

Der Lehrer berührte mit den Fingerspitzen den Stapel, den er mitgebracht hatte.

»Die Ergebnisse waren katastrophal.«

Leises Getuschel brach aus. Der Lehrer schrieb den Klassenschnitt an die Tafel, danach ging er schweigend durch die Reihen und verteilte die Prüfungen. Herr Kraut hatte es Alex freigestellt, die Prüfung mitzuschreiben und Alex hatte beschlossen, es zu probieren. Er hatte die Aufgaben einfach gefunden, doch das hatte er für sich behalten, denn seine Mitschüler hatten nur wüste Beschimpfungen für Herrn Kraut und seinen unangekündigten Chemietest übriggehabt.

»Oh, Scheiße«, zischte Cedric laut, der eine Reihe hinter Alex saß, als er seinen Test in die Finger bekam. »Ich habe eine fünf, Leute!«

Alex blickte hinunter auf seinen eigenen Prüfungsbogen, in dessen rechte Ecke klein und mit eckiger Schrift ›sehr gut minus‹ gekritzelt worden war. Darunter stand: ›Weiter so!‹

»Glückwunsch, du Streber.«

Lily zwinkerte ihm zu. Alex errötete und ließ seine Prüfung in seinem Rucksack verschwinden. Als die Aufregung über die Prüfungsergebnisse abebbte, begann der Unterricht. Lily hatte ihr Gesicht in die Hände gestützt. Sie schrieb nicht mit, sondern blickte nur mit andächtiger Miene und halb geschlossenen Augen auf die Tafel, auf die Herr Kraut Reaktionsgleichungen zeichnete, während Alex selbstvergessen ihr Profil betrachtete. Ein warmes, pfirsichfarbenes Licht erfüllte den Raum und in den sanften Strahlen der Mittagssonne wirbelten tausende winzige Staubkörner durch die Luft. Lilys glänzendes Haar war hinter ihr Ohr zurückgestrichen. An ihrer schimmernden zierlichen Ohrmuschel steckten am Rand drei schmale goldene Kreolen und in dem runden Ohrläppchen ein Totenkopf, an dem ein Skelett hinunterbaumelte.

»Lily?«, riss Herr Krauts Stimme Alex plötzlich aus seiner Schwärmerei. Lily schien genauso überrascht wie Alex.

Sie ließ ihre Hände sinken.

»Ja, Herr Kraut?«

»Kannst du meine Frage beantworten?«

»Welche Frage, Herr Kraut?«

»Meine Frage war, um welche Art von Bindung es sich bei Bromwasserstoff handelt.«

»Polare Elektronenpaarbindung«, kam Alex Lily flüsternd zu Hilfe.

»Es handelt sich um eine polare Elektronenpaarbindung«, verkündete Lily selbstbewusst. Herr Kraut sah ein wenig aufmerksamer zu ihnen herüber.

»Und warum?«

»Elektronegativität«, fügte Alex so leise wie möglich hinzu.

»Ich denke, wegen der Elektronegativität.«

»Das ist absolut richtig. Sehr gut, Lily«, lobte Herr Kraut. «Die Elektronegativität von Brom beträgt 2.96, während die Elektronegativität von Wasserstoff 2.2 beträgt. Wenn man nun 2.2 von 2.96 subtrahiert, erhält man eine Differenz von 0.76. Brom zieht aufgrund seiner größeren Elektronegativität die Bindungselektronen stärker an sich als der Wasserstoff und erzeugt so den typischen Dipolcharakter von Bromwasserstoff ...«

Lily blickte Alex an und schenkte ihm ein eigentümliches Lächeln, das bei Alex Gänsehaut verursachte und seinen Herzschlag beschleunigte. Er platzte fast vor Stolz und fühlte sich zugleich unerträglich albern. Er konnte sich keine Minute länger auf den Unterricht konzentrieren. Fieberhaft bekritzelte er Kästchen in seinem Heft, bis das Klingeln endlich das Ende der Stunde einläutete. Lily packte ihre Sachen zügig zusammen und schwang sich ihre Tasche über die Schulter. Dann gesellte sie sich zu ihrer Freundin, die vor der Tür auf sie wartete, und schlenderte mit ihr aus dem Klassenzimmer. Am nächsten Schultag kam Lily fünfzehn Minuten zu spät zum Unterricht und bekam einen Klassenbucheintrag. Alex blickte ein paar Mal im Unterricht hoffnungsvoll zu ihr herüber. Erst kurz vor Ende der zweiten Stunde erwiderte sie endlich seinen Blick und lächelte. Alex lächelte zurück. Als es zur Pause klingelte, wollte Alex ihr nach draußen folgen, aber Cedric Neugebauer passte ihn vor dem Ausgang des Klassenzimmers ab, und Alex verlor Lily im Gedränge in den Fluren aus den Augen.

»Na, Kleiner. Hast du eben zehn Minuten für mich Zeit?«

Alex nickte ein wenig besorgt, doch merkwürdigerweise legte Cedric ihm beinahe brüderlich eine Hand auf die Schulter und führte ihn auf den Pausenhof hinaus.

»Weißt du, ich habe mir gestern Abend ein paar Gedanken gemacht«, sagte er freundlich. »Da Lily dich mag, musst du wohl ganz in Ordnung sein. Und du musst wissen: Lilys Freunde sind in der Regel auch meine Freunde. Also dachte ich, wir könnten uns ja mal kennenlernen.«

Alex war so verwundert, dass ihm keine passende Erwiderung einfiel. Cedric schien nicht auf Alex' Zustimmung zu warten, als stünde es für ihn außer Frage, dass Alex ihn ebenfalls kennenlernen wollte. Stattdessen deutete er auf den Basketballplatz.

»Warum spielst du eigentlich nie mit? Ich habe dich letzte Woche nach der Schule auf dem Basketballplatz gesehen. Du hast eine ordentliche Technik und kannst ganz gut werfen.«

Es musste der Tag gewesen sein, als seine Mutter wegen ihres Arzttermins zu spät gekommen war und Alex einen etwas zu schlaffen Basketball auf dem Pausenhof gefunden hatte, mit dem er aus Langeweile ein paar Körbe geworfen hatte.

»Ich habe als Kind ein paar Jahre im Verein gespielt«, erklärte Alex. »Aber ich habe schon vor langer Zeit aufgehört. Wegen der hohen Verletzungsgefahr.«

»Ah, richtig. Du bist ja unser kleiner Mozart, ganz vergessen.«

Cedric kratzte sich nachdenklich am Kinn, an dem bereits ein spärlicher Bart spross, als würde er über eine schwierige Mathematikaufgabe grübeln.

»Macht dir das denn wirklich ... Spaß?«, fragte er dann geradeheraus. »Diese klassische Musik und so ...«

Es war offenkundig, dass Cedric nicht viel vom Klavierspielen hielt.

»Naja«, sagte Alex gedehnt, »schon, ein bisschen, schätze ich. Ich spiele schon, seit ich vier bin, und ich kann es einfach besser als alles andere. Außerdem spiele ich nicht nur Klassik.«

»Aha.«

»Aber ich spiele auch sehr gerne Basketball. Eigentlich sogar lieber als Klavier, wenn ich so drüber nachdenke«, beeilte sich Alex hinzuzufügen.

Cedric sah befriedigt aus. Er grinste.

»Schon klar, wer tut das nicht ... Nächstes Mal kannst du mal mit mir und meinen Freunden mitspielen. Ich heiße übrigens Cedric. Aber mich nennen alle Ced.«

»Ich bin Alex.«

»Komm mit, Alex. Ich zeige dir ein bisschen die Schule.«

Die restliche Pause schlenderten Alex und Ced über den Pausenhof, plauderten über ihre Basketballhelden aus der NBA, und Alex erzählte Ced von dem Umzug aus seinem Zuhause in Hamburg.

»Man, das stinkt echt. Da haben dir deine Eltern ziemlich was eingebrockt.«

Ced deutete auf eine Gruppe Jugendlicher, von denen ein Großteil Mädchen waren.

»Kennst du eigentlich schon die Leute aus unserer Klasse?«

»Nur ein paar.«

»Nimm dich in Acht vor den Müttern.«

»Vor den Müttern?«

»Na, die Mädels aus unserer Klasse. Wir nennen sie die

Mütter, weil sie sich wie unsere Mütter benehmen. Uns ständig erzählen, dass wir leise sein und uns im Unterricht benehmen sollen. Außerdem verpetzen sie uns immer bei den Lehrern. Außer Lily natürlich. Lily ist cool.«

»Ach so«, sagte Alex nur. Als die Pause endete, musste sich Alex von Ced trennen. Alex und Ced hatten nicht viele Überschneidungen in ihren Stundenplänen, denn Alex besuchte gemeinsam mit Lily den bilingualen Zweig, außerdem hatte Alex statt Latein Französisch gewählt. Doch als Alex und Ced am nächsten Tag im Unterricht wieder aufeinandertrafen, behandelte Ced ihn fast wie einen alten Freund und schlug Alex vor, die Mittagspause mit ihm und seinen Freunden zu verbringen. Alex bemerkte, dass Ceds Freunde ihn nicht besonders gern mochten, aber sie duldeten ihn in ihrem Kreis und Alex war froh darüber, der Isolation endlich zu entkommen, obwohl er mit den anderen Jungen aus seiner Klasse um Ceds Freundschaft buhlen musste. Alex wurde bewusst, dass die anderen Jungen mit der gleichen Unterordnung um Ced kreisten wie die Planeten um die Sonne. Alle wollten mit Ced befreundet sein, neben ihm im Unterricht sitzen, mit ihm Yu-Gi-Oh-Karten tauschen und nach der Schule etwas mit ihm unternehmen. Für alles, was Ced tat, bekam er Anerkennung und Beifall, auch wenn er zu Lehrern unverschämt war, Müll auf den Boden warf, oder seine grausame Neigung auslebte, unbeliebte Mitschüler zu ärgern, sobald Lily wegsah. Seine Lieblingsopfer waren ein Mädchen mit Hasenscharte und Karsaz, der Flüchtlingsjunge aus Syrien, der vor Alex lange Zeit der neue Schüler der Klasse gewesen war und immer zu weite, verwaschene Kleidung trug. Herr Kraut hatte verlauten lassen, dass Karsaz in seiner alten Schule in Syrien ein sehr guter Schüler gewesen war, doch in Alex' Klasse war Karsaz der Einzige, der noch schlechtere Noten als Ced schrieb. Karsaz sprach nur gebrochen Deutsch und hinzukam, dass sein Gesicht von einer schlimmen Akne übersät war, die er hinter seinen schwarzen fettigen Haaren zu verbergen versuchte. Alex ärgerte Karsaz zwar nicht, doch traute er sich auch nicht, Ced daran zu hindern. Innerlich zerbrach etwas in Alex, das er nicht näher benennen konnte, wenn er tatenlos dabei zusah, wie Ced Karsaz mit klebrigem Kaugummi bewarf, mit seinem Federmäppchen Fußball spielte, oder die Inhalte seines zerschlissenen Rucksacks auf dem Schulhof verteilte, und Alex ahnte, dass er so wie Karsaz hätte enden können, wenn sich Lily nicht für ihn eingesetzt hätte.

Lily, die eigentlich Amelie Lindenbaum hieß, war Klassensprecherin, und zwar so beliebt wie Ced, jedoch nicht annähernd so gesellig. Nur eine bunt gemischte und auserwählte Runde, zu der Ced entgegen seinen Behauptungen nicht wirklich gehörte, durfte sich als Lilys Freunde bezeichnen und ihr beim Mittagessen Gesellschaft leisten. Zum einen war das der Mädchenschwarm David Emanuel Jung aus der Parallelklasse, der Ceds Rivale um den heiß begehrten Titel des Klassenclowns war. Der etwas stämmige Oscar Hoffmann, der in der Jugendnationalauswahl Feldhockey spielte, aber von dem Sportlehrer, den alle den Bademeister nannten, eine Fünf in Sport bekommen hatte, weil er den Puck immer zu fest ins Netz schlug und nach dem Turnen die Matten im Unterricht nicht weggeräumt hatte. Die rothaarigen und sommersprossigen Feuerstein-Zwillinge, von denen der Ältere in Alex' Klasse ging und der Jüngere eine Stufe über ihnen war, weil einer der Zwillinge ein Mal und der andere zwei Mal sitzen geblieben war. Die Feuersteins waren die Sprösslinge eines wohlhabenden Ärztepaares, denen ein großes zahntechnisches Labor in Hamburg gehörte. Und Lilys beste Freundin Maja Manteuffen, die braunhaarig und langbeinig war und deshalb von Ced als ›Bambi‹ bezeichnet wurde. Maja war auf ihre eigene Art und Weise beinahe so hübsch wie Lily, sagte jedoch nie ein Wort und folgte Lily überall hin wie ein Schatten.

Gelegentlich unterhielt sich Lily zwischen den Unterrichtsstunden auch mal fünf Minuten mit Alex und Ced, doch nur zwei Mal pro Woche hatte Alex sie ganz für sich allein, und zwar, wenn sie neben ihm im Chemieunterricht saß.

Chemie wurde schnell Alex' Lieblingsfach. Er bereitete sich jedes Mal penibel auf den Unterricht vor und erledigte seine Hausaufgaben mit der größten Sorgfalt, die er aufbringen konnte, um Lily anschießend alles erklären oder sie abschreiben lassen zu können. Lily war eine eher mittelmäßige Schülerin, doch sie hatte eine gute Auffassungsgabe, und als sich ihre Chemie-Noten innerhalb weniger Wochen besserten, schien ihr Ehrgeiz geweckt.

Sie begann, nach dem Unterricht immer häufiger mit Fragen zu allen möglichen Themen zu Alex zu kommen, und sie setzten sich gemeinsam in das leere Klassenzimmer, um zu lernen und zusammen Hausaufgaben zu machen. Alex opferte seine Mittagspause vor seinem Klavierunterricht, um Lücken in den Argumentationsketten ihrer Aufsätze zu füllen, Vorzeichen in ihren mathematischen Lösungswegen zu korrigieren und Grammatikfehler in ihren Übungsblättern auszubessern. Er investierte in Lilys Aufgaben weitaus mehr Mühe und Fleiß als in seine eigenen und Lily war aufrichtig fasziniert von seinem Talent. Schule war Alex schon immer leichtgefallen. Es gab nur ein einziges Fach, in dem er eine Niete war, und das war Sport. Doch weil Jungen und Mädchen getrennt voneinander Unterricht erhielten, war dies Lily bisher nicht aufgefallen.

»Wow, Alex. Wie machst du das bloß? Ich glaube, ich habe noch nie jemanden wie dich getroffen. Gibt es eigentlich überhaupt etwas, das du nicht kannst?«

Alex lächelte glückselig. Wie immer in den gemeinsamen Nachhilfestunden sonnte er sich in Lilys ungeteilter Aufmerksamkeit und Bewunderung.

»Was ich dich noch ganz vergessen hatte zu fragen: Hast du nicht Lust, die Projektarbeit für Erdkunde mit mir zusammen zu machen?«

»Ich würde die Projektarbeit für Erdkunde sehr gerne mit dir machen, Lily.«

Lily strahlte.

»Dann lass uns gleich morgen damit anfangen. Wenn du möchtest, gehen wir nach der Schule zu mir.«

Alex hatte mittwochnachmittags immer Klavierunterricht in Hamburg und seine Mutter würde nie erlauben, so kurz vor einem wichtigen Wettbewerb Unterrichtsstunden ausfallen zu lassen. Aber es ging um eine Einladung von Lily, und Alex befürchtete, dass sie einen anderen Partner für die Projektarbeit suchen würde, wenn er ihr absagte, deswegen willigte er ein. Am nächsten Tag blieben sie nicht länger nach der Schule im Klassenzimmer, sondern gingen direkt zum Parkplatz, wo bereits ein großer Mercedes SUV parkte.

»Ich werde jeden Tag nach der Schule von dem Fahrer meines Vaters abgeholt. Ich hoffe, das ist in Ordnung für dich. Er ist Pole und versteht ohnehin kaum ein Wort Deutsch, also ist es fast so, als wären wir allein.«

Lily wohnte am Stadtrand in der Nähe des Gewerbegebiets, gar nicht weit von Alex entfernt.

»Diese Straße gehört uns«, kommentierte sie gelassen, als der SUV in besagte Straße einbog. »Gleich da vorne, das ist unser Bürogebäude und die Fertigungshalle. Direkt daneben ist das Haus meiner Großeltern. Und das Gebäude mit dem Flachdach da hinten ist unser Reitstall, wo alle unsere Pferde stehen. Und das ist unser Haus.«

Alex kam aus dem Staunen gar nicht mehr heraus. Lily stieg aus und er folgte ihr. Sie stellte sich neben einen Briefkasten und legte ihren Zeigefinger auf einen Scanner, der sich in einer Einbuchtung an einer cremefarbenen Mauer befand. Ein grünes Licht blinkte auf, dann schwangen die Tore auf und wütendes Hundegebell erklang.

Lilys Haus im Kolonialstil thronte auf einer Erhebung einer giftgrünen, ordentlich gestutzten Rasenmatte. Vor der Garage standen zwei Porsche, ein schwarz lackierter 911er und ein silberner Cayenne. Ein paar gepflegte Rosenbüsche und Buchsbäume schmückten die Einfahrt. Inmitten des Gartens war eine marmorierte Tafel platziert. In goldener Gravur war dort der Familienname der Lindenbaums eingemeißelt. Lily warf ihm einen flüchtigen Blick über die Schulter zu und wartete, bis Alex sie eingeholt hatte, dann überquerten sie gemeinsam die Einfahrt und Lily schloss, erneut mit ihrem Zeigefinger, die zweiflüglige Haustür mit einem vergoldeten Pferdekopf-Türklopfer auf.

»Das ist euer Haus?«, hörte Alex seine Stimme ehrfürchtig durch die geräumige Eingangshalle mit hohen Decken schallen, als sie hineingelangten. Wo immer Alex' Augen sich hin verirrten, gab es Statuen, Vasen, Bilder und Möbel, die aussahen, als hätten sie ein kleines Vermögen gekostet.

»Gefällt's dir?«, fragte Lily und klang beinahe gelangweilt. Alex schaute sich um.

»Ja«, gestand er beeindruckt und fragte unschuldig: »Sind deine Eltern reich?«

Lily dachte kurz nach und lachte dann.

»Ja, ich denke schon.«

Von allen Zimmern im Haus, die Alex zu Gesicht bekam, sah Lilys Zimmer am gewöhnlichsten aus, obwohl es zweistöckig war. Der Boden war ausgelegt mit einem flauschigen hellen Teppich. Oben standen unter einer Dachschräge ein großes Bett und an der gegenüberliegenden Wand eingebaute Kleiderschränke. Unten gab es einen Schreibtisch und eine in Blautönen gehaltene Sitzecke mit einem großen Flachbildfernseher, neben den Lily ein Snoop-Dogg-Poster aufgehängt hatte. Auf der anderen Seite stand eine gläserne Vitrine voller Pokale, Schleifen und samtenen Schärpen. Als Alex nähertrat, erkannte er die Konturen von Pferden und Reitern auf den Abzeichen.

»Hast du die alle selbst gewonnen?«, fragte er.

»Ja, habe ich«, antwortete Lily und ein bisschen Stolz schwang in ihrer Stimme mit.

»Ich wusste gar nicht, dass du so gut reiten kannst.«

»Bist du etwa überrascht, dass ich auch in etwas gut bin?«, fragte sie ihn neckend.

»Nein, so habe ich das gar nicht gemeint!«, entgegnete Alex betroffen.

Es klopfte an der Tür und die Haushälterin rief Lily und Alex zum Mittagessen in der Küche. Alex kam es überraschend bodenständig vor: Frikadellen und als Beilage Kartoffelpüree und gekochtes Gemüse aus der Dose mit einer herben Fleischsoße. Zum Dessert gab es Götterspeise mit Vanillepudding.

»Bist du alleine zu Hause?«, erkundigte sich Alex.

»Mein Vater ist auf Geschäftsreise und meine Mutter besucht meine Großeltern in der Schweiz. Nur mein Bruder ist zu Hause, aber er ist grade beim Reiten.«

»Hast du nicht gesagt, deine Großeltern wohnen in dieser Straße?«

»Das sind die Eltern meines Vaters. Die Eltern meiner Mutter wohnen in Zürich.«

»Dann bist du also zur Hälfte Schweizerin.«

»So ist es«, antwortete sie in einem komischen Dialekt, über den Alex lachen musste.

Nach dem Essen räumte Lily ihre Teller und das Besteck in die Spülmaschine und sie gingen zurück auf ihr Zimmer.

»Wollen wir *Modern Warfare* spielen?«

»Modern was?«, wiederholte Alex ahnungslos.

»Du kennst *Call of Duty* nicht? Das ist ein Shooter für die Playstation.«

»Wollten wir nicht an der Erdkunde-Projektarbeit arbeiten?«

Lily zuckte mit den Achseln.

»Das können wir auch später noch machen.«

Alex hatte in seinem Leben noch nie Playstation gespielt und schon gar nicht einen Ego-Shooter. Im Gegensatz zu Lily war er ein miserabler Mitspieler in der US-amerikanischen Spezialeinheit. Er bewegte sich zu langsam, verfehlte häufig die Gegner und wurde am Ende fast immer von den Terroristen von hinten überrascht und umgebracht. Irgendwann fragte Lily ihn, ob er nicht Lust hätte, eine Zigarette zu rauchen.

»Ich weiß nicht«, entgegnete Alex nervös.

»Ach, komm schon, Alex. Sei kein Langweiler.«

Lily schlich in das Zimmer ihres Bruders und Alex folgte ihr. Das Zimmer ähnelte Lilys Zimmer, war aber deutlich unordentlicher. Auf dem Schreibtisch herrschte ein wildes Durcheinander aus Videospielen, Autozeitschriften, CDs und Gläsern, gefüllt mit abgestandener Cola. Die Tastatur war verstaubt, und die riesigen Computerbildschirme waren zugeklebt mit Hiphop-Band-Stickern und Schwarzweißbildern aus Fotoautomaten von einem älteren Jungen, der Lily ähnelte, und einem braunhaarigen Mädchen, das Alex als Maja erkannte. Offenbar waren Lilys Bruder und ihre beste Freundin ein Paar. Lily durchwühlte die vollgestopften Schreibtischschubladen und fand ein Päckchen Zigaretten und Pornos. Sie schauten sich ein Paar der Filme kichernd an, außerdem probierte Alex sich an seiner ersten Zigarette. Nachdem er einen Zug genommen hatte, hustete er und verzog angewidert das Gesicht, was Lily zum Lachen brachte. Nachher legten sie die DVDs und Zigaretten wieder zurück an ihren Platz und versteckten sich in Lilys Zimmer. Nur kurze Zeit später kam Lilys Bruder vom Reiten nach Hause. Alex und Lily beobachteten durch den Türspalt, wie er die dreckigen Reitstiefel und sein verschwitztes Oberteil achtlos in den Flur warf und dann in seinem Zimmer verschwand. Als Alex am Abend zu Fuß nach Hause schlenderte, fiel ihm ein, dass Lily und er nicht eine einzige Minute an der Erdkunde-Projektarbeit gearbeitet hatten und dass er noch nie so viel Spaß gehabt hatte wie an diesem Nachmittag. Der einzige Haken an der Sache jedoch war, dass seine Mutter bereits an der Türschwelle auf ihn wartete und keinen Hehl aus ihrem Zorn machte.

»Wo, verdammt nochmal, warst du? Ich habe dich bestimmt zehn Mal angerufen.«

Alex tat unschuldig.

»Was meinst du, Mama? Ich war bei Professor Wolff. Wie immer.«

»Blöd nur, dass Professor Wolff vorhin angerufen hat, um sich zu erkundigen, ob du dich schon besser fühlst nach deiner *Magen-Darm-Grippe*. Deswegen frage ich dich nochmal: Wo warst du und warum hast du nicht auf meine Anrufe reagiert?«

Als Alex seiner Mutter gestand, dass er den Klavierunterricht bei Professor Wolff geschwänzt hatte, um den Nachmittag bei einer Schulfreundin zu verbringen, war seine Mutter sprachlos. Unglücklicherweise roch sie auch noch den Geruch von Zigaretten an ihm und verlangte beinahe hysterisch die Kontaktdaten von Lilys Eltern. Alex weigerte sich, ihr Lilys Namen zu verraten.

»Sie wusste nichts. Ich habe ihr gesagt, dass ich heute frei habe. Ehrlich, ich schwör's.«

Alex bekam von seiner Mutter zwei Wochen Hausarrest, aber es war ihm erstaunlich gleichgültig. Spätestens an diesem Abend, als er mit hinter dem Kopf verschränkten Armen im Bett lag und lächelnd an die Decke blickte, wusste er mit einer blendenden Gewissheit, dass er sich unsterblich in Lily verliebt hatte. Lily war bereits überall. Er dachte an Lily, wenn er in der Schule sie anstatt die Wandtafel verträumt anstarrte, nachmittags unkonzentriert am Klavier saß oder abends schlaflos im Bett lag, weil er es nicht erwarten konnte, sie am nächsten Tag wiederzusehen. Sie verwischte vor seinen Augen Zahlen, Buchstaben und Noten und stürzte seine Gedanken in pures Chaos. Sogar Professor Wolff hatte kürzlich zum ersten Mal seine schleppenden Fortschritte beklagt und seine schulischen Leistungen waren lange nicht mehr so glänzend wie früher. Doch für den Dritten Satz der Mondscheinsonate und Lineare Gleichungssysteme gab es in Alex' Kopf keinen Platz mehr, denn dieser wurde vollständig von Lily ausgefüllt.

Als Alex Ced in der Schule erzählte, dass er bei Lily zu Hause gewesen war, platzte Ced fast vor Neid.

»Mich hat sie noch nie zu sich nach Hause eingeladen«, bemerkte er ein wenig beleidigt. »Ist das Haus echt so krass, wie man sich erzählt?«

Alex beschrieb es ihm ausführlich und Ced nickte fachmännisch.

»Lilys Familie gehört halb Moosbach. Ihre Eltern führen in zweiter Generation einen Landmaschinenhandel. Früher haben sie nur Traktoren und Nutzfahrzeuge produziert, aber mittlerweile verkaufen sie Fahrzeugeinzelteile in die ganze Welt. Wikipedia sagt, dass die jährlich einen Umsatz von über 300 Millionen Euro machen.«

»300 Millionen Euro?«

Alex klappte die Kinnlade hinunter. Der diffuse Überfluss und Reichtum, den er gesehen hatte, wurde nun quantifizierbar.

»Was habt ihr denn überhaupt bei Lily gemacht?«, fragte Ced interessiert.

»Ach, wir haben nur ein bisschen rumgehangen ...«

»Und dann?«

»Dann bin ich wieder nach Hause gegangen, und meine Mutter hat mir Hausarrest gegeben, weil ich meinen Klavierunterricht geschwänzt habe.«

»Was hören meine unschuldigen Ohren da? Schwänzen? Hausarrest? Ich bin stolz auf dich, Alex. Langsam wirst du ja einer von uns«, sagte Ced grinsend.

Lily war plötzlich neben ihnen aufgetaucht und zu Alex' Bestürzung verkündete sie gut gelaunt: »Ich hoffe, ihr könnt euch euren Hausarrest bis nächste Woche aufsparen, denn kommenden Samstag schmeißt mein Bruder eine Party und ich möchte, dass ihr auch kommt.«

»Klar, kommen wir, Lily«, entgegnete Ced mit einer unnatürlich tiefen Stimme.

»Cool. Wir treffen uns um 20 Uhr am Aueteich.«

Lily lächelte ihnen zu, dann schlenderte sie zu ihrem Sitzplatz und schlug ihr Deutschbuch auf. Ced stupste Alex mit dem Ellbogen an.

»Sieh zu, dass du auch mitkommen kannst, Alex. Das wird der Hammer.«

Natürlich bekniete Alex seine Mutter die ganze Woche darum, auf die Party gehen zu dürfen, aber sie war unnachgiebig.

»Nein, Alex. Das kommt gar nicht in Frage. Hausarrest ist Hausarrest. Außerdem bist du noch viel zu jung für Partys.«

Am Samstag war Alex früh wach. Er ließ das Frühstück sausen, bereitete einen Großteil der Erdkunde-Projektarbeit vor, schlang das Mittagessen hinunter und spielte am Nachmittag mehrere Stunden am Stück sein Programm für den anstehenden Klavierwettbewerb hastig und ohne große Sorgfalt. Dann packte er seinen Rucksack mit einer alten Sofadecke und einer Taschenlampe. Aus dem Vorratsschrank stahl er mehrere Dosen Bier, zwei Flaschen Wein und ein paar Snacks. Zu guter Letzt wickelte er die Hälfte des Karottenkuchens, den seine Mutter am vergangenen Abend gebacken hatte, in Aluminiumfolie ein. Alex wollte sich heimlich durch den Wintergarten davonstehlen, doch ausgerechnet dort lief er seiner Mutter in die Arme, die gerade die Blumen goss.

»Wo willst du denn hin?«

»Ach, nur ein bisschen Fahrrad fahren und so«, murmelte Alex.

»Hast du etwa schon fertig geübt?«

»Hast du mich nicht spielen gehört?«

»Wenn du das Geklimper von vorhin als Üben bezeichnest ...«

Alex zuckte die Achseln. »Ich habe alle Stücke gespielt.«

»So kannst du Professor Wolff jedenfalls nicht wieder unter die Augen treten. Besonders bei der Czerny-Etüde hast du sehr wenig von dem umgesetzt, was er bei deiner letzten Unterrichtsstunde angemerkt hat. Vergiss nicht, der Wettbewerb ist schon in zwei Monaten.«

Alex verdrehte ungeduldig die Augen. »Die letzten Wochen in Hamburg hast du dich doch auch nicht dafür interessiert, ob ich geübt habe oder nicht. Warum jetzt auf einmal wieder?«

Seine Mutter stellte die Gießkanne weg. Ihr Gesicht glühte vor Zorn.

»Sag mal, was ist das für ein neuer Umgangston? Was fällt dir eigentlich ein?«

»Ach, Mama. Bitte nicht jetzt.«

»Und überhaupt. Willst du mich für blöd verkaufen? Du gehst nirgendwo hin. Du hast Hausarrest.« Sie betonte jeden einzelnen Buchstaben. »H-A-U-S-A-R-R-E-S-T!«

Alex blieb nichts anderes übrig, als sich geschlagen zu geben, aber er schmiedete einen neuen Plan. Nach dem Abendessen kündigte er an, müde zu sein und ins Bett gehen zu wollen. Er zog sich einen Pyjama an und putzte sich die Zähne. Vor seinem Badezimmerspiegel nahm er seine Brille ab und wusch sein Gesicht, um sich danach prüfend im Spiegel zu mustern. Seine ebenholzfarbenen Haare waren wellig, und wenn sie zu lang wurden, begannen sie, sich in seinem Nacken zu locken, was Alex hasste. Er richtete seine Haare so gut wie möglich mit etwas Gel und wollte gerade in sein Zimmer hineingehen, als er die Stimme seiner Mutter hörte.

»Ich habe Angst, Joachim.«

Die Stimme kam aus dem Schlafzimmer seiner Eltern, und Licht fiel durch den schmalen Spalt der Tür in den Flur. Sie hatten offenbar vergessen, die Tür zu schließen.

»Es wird alles gut werden.«

»Ich habe solche Angst um ihn.«

»Mach dir keine Sorgen, Anna. Egal, was passiert. Ich werde mich immer um ihn kümmern und auf ihn aufpassen.«

Alex fand diesen Austausch seltsam pathetisch, und er hätte sich liebend gerne bei Joachim für seine rührenden Worte bedankt und seiner Mutter versichert, dass sie sich wirklich keine Sorgen um ihn machen musste, dass er Freunde gefunden hatte und es nicht mehr so schlimm in Moosbach fand, ganz im Gegenteil sogar, dass er glücklicher war als jemals zuvor, doch dafür hatte er keine Zeit. Er schloss seine Schlafzimmertür von innen ab, zog seinen Pyjama wieder aus und zog sich sein Lieblings-T-Shirt und Shorts an. Dann kletterte er aus dem Fenster und flüchtete über die Veranda in den Wald. Der Treffpunkt am Aueteich war von Alex' Zuhause fußläufig in etwa zehn Minuten zu erreichen. In der Dämmerung streifte er durch den Wald, bis er gegen halb zehn Uhr abends ein Waldhaus an einem kleinen See erreichte.

Eine große Gruppe Jugendlicher hatte sich auf der Veranda, am Steg und am Seeufer versammelt. Sie lagen in Badehosen auf bunten Handtüchern, unterhielten sich angeregt, tranken Bier und hörten laut Musik aus einer Musikanlage, die in ihrer Mitte auf einem Campingstuhl platziert worden war. Der Geruch von Feuerholz und Grill lag in der Luft. Alex erkannte die vertrauten Gesichter von Ced und Oscar und gesellte sich zu ihnen.

»Da bist du ja endlich. Wir dachten, du kommst gar nicht mehr. Lily hat schon nach dir gefragt«, begrüßte Ced ihn freudestrahlend.

»Wirklich?«, entgegnete Alex euphorisch.

»Ja. Sie sitzt gleich da vorne.«

Ced deutete zu Lily hinüber, die mit überkreuzten Beinen an einem Lagerfeuer saß. Neben ihr saß ihre Klassenkameradin Maja und in deren Schoß ruhte, dem Himmel zugewandt, der Kopf von Lilys Bruder. Obwohl es beinahe dunkel geworden war, trug er eine Sonnenbrille und er wirkte so regungslos, dass Alex glaubte, er würde schlafen. Doch als Alex sich der Gruppe über knackende Äste näherte, wandte Lilys Bruder sein Gesicht in Alex' Richtung.

»Wer bist du und was machst du auf meiner Party, du Knirps?«, fragte er herablassend.

»Das ist Alex, ein Schulfreund von mir«, antwortete Lily an Alex' Stelle. »Wir gehen in die gleiche Klasse. Ich habe ihn eingeladen, Karl.«

»Der ist aber ganz schön klein für einen angehenden Zehnklässler.«

»Er hat eine Klasse übersprungen.«

»Aha.«

Karl steckte seine Sonnenbrille weg und nahm Alex mit hochgezogenen Brauen genauer ins Visier. Karl hatte die gleichen klaren und hellen Augen wie seine Schwester, aber anders als Lilys Augen waren sie voll versteckter Feindseligkeit und Bosheit.

»Willst du etwas trinken, Alex?«, bot Lily an. »Bier vielleicht?«

Karl grinste breit.

»Du solltest keinen Alkohol an Kinder ausschenken, Lily. Sonst kriegst du noch Ärger mit Mum.«

»Halt die Klappe, Karl.«

Lily reichte Alex einen Pappbecher und Alex nahm mit glühenden Wangen neben ihr Platz. Vorsichtig nippte er an seinem schaumigen, kühlen Bier und mied Karls durchdringenden Blick.

»Haben deine Eltern dir doch erlaubt zu kommen?«, fragte Lily nun auch noch zu allem Überfluss.

»Äh, ja. Sie sind geschäftlich unterwegs und meinten, das ist kein Problem, wenn ich hier vorbeischaue.«

»Was arbeiten deine Eltern eigentlich?«

»Meine Mutter ist Klavierlehrerin und mein Vater Pilot.«

»Ach so, na das passt natürlich.« Lily trank ebenfalls einen Schluck Bier. »Und wo arbeitet dein Vater genau?«

»Momentan ist er Testpilot bei Airbus. Vorher hat er lange Zeit bei der Lufthansa in Hamburg gearbeitet und davor hat er Privatjets geflogen.«

»Und, hat er mal jemand Berühmtes geflogen?«

Alex nickte.

»Paris Hilton. Sie hat nach einem Flug ihr Handy bei ihm im Flugzeug vergessen.«

»Irre«, sagte Lily begeistert. »Er hat es doch behalten?«

»Nein, er hat es am Flughafen abgegeben.«

»Ich hätte es mitgehen lassen. Was glaubst du, wie viele Nummern von berühmten Leuten auf diesem Handy gespeichert waren?«

Karl, der wieder sein Interesse an Alex verloren hatte, widmete seine Aufmerksamkeit seinem Handydisplay, einen Arm lässig hinter seinem Nacken auf den sonnengebräunten Oberschenkeln seiner Freundin. Maja fuhr ihm währenddessen mit abwesender Miene mit den Fingern zärtlich durch die Haare. Offenbar schienen Karl und Maja alles spannender zu finden, als sich miteinander zu unterhalten, was Alex reichlich befremdlich fand. Alex sprach noch eine ganze Weile mit Lily, bis sie von ein paar älteren Jugendlichen, die Alex noch nie gesehen hatte, dazu eingeladen wurde, Trinkspiele mit ihnen zu spielen. Weil Alex nicht allein mit Karl und Maja bleiben wollte, ging er wieder zurück zu Ced und Oscar. Zu dritt machten sie sich über Alex' Proviant her. Alex merkte, dass sein Kopf merkwürdig schwer wurde. Alex hatte noch nie so viel Bier und Wein auf einmal getrunken. Er begann, alles um sich herum unnatürlich wahrzunehmen, und dachte über die merkwürdigsten Dinge nach. Ihm wurde klar, dass das die Wirkung von Alkohol sein musste, von der er schon so viel gehört hatte. Später, als sich die Temperatur draußen weiter abkühlte, gingen Ced, Oscar und Alex in die Jagdhütte, in der bereits ausgelassen getanzt wurde. Die meisten hatten noch ihre Badeklamotten an und hielten beim Tanzen ihre Pappbecher oder Zigaretten in die Höhe. Einer der Jugendlichen hatte ein Hirschgeweih von der Wand abgenommen und es irgendwie geschafft, es sich auf den Kopf zu setzen. Aus den Lautsprechern brummte *Remmidemmi* von *Deichkind* und der Bass vibrierte durch Alex' ganzen Körper. Alex war ekstatisch. Er tanzte selbstvergessen im Rhythmus der Musik und fühlte sich wie der König der Welt. Ced und Oscar brachten ihm Shuffle bei, und sie konnten sich plötzlich zu dritt vor Lachen gar nicht mehr einkriegen, bis ein muskulöser Mann in einem weißen Muskelshirt Alex' Aufmerksamkeit auf sich lenkte. Er war älter als alle anderen auf der Party, vielleicht Mitte zwanzig, und hatte etwas an sich, das Alex einen Schauer über den Rücken jagte. Seine stechend blauen Augen glommen in der Dunkelheit wie die eines Raubtieres.

Alex stieß Ced mit dem Ellbogen an.

»Wer ist das?«, fragte Alex.

»Der? Das ist Oleg Zelenko. Der saß bis vor Kurzem im Knast«, gab Ced zurück.

»Was?«, hauchte Alex.

»Man erzählt sich, er sei Drogendealer, aber wenn du mich fragst, dreht der noch ganz andere Dinger. In Moosbach nennt man ihn den ›Stecher‹. Zelenko hat mit siebzehn eine Frau aus dem örtlichen Reisebüro bei einem Erpressungsversuch erstochen.«

Alex fragte sich, was einer wie Zelenko auf Karls Party zu suchen hatte. Zelenko tanzte nicht, trank nichts und unterhielt sich auch mit niemandem. Neugierig geworden beobachtete Alex, wie Zelenko mit in den Hosentaschen vergrabenen Händen nach draußen ging. Alex wandte sich wieder ab, doch kurze Zeit später ertappte er sich dabei, wie er doch wieder zu ihm hinsah, und er entdeckte, dass Zelenko draußen bei Karl stand. Sie waren allein. Alex drückte sich fast seine Nase an der Fensterscheibe platt, um erkennen zu können, was die beiden taten. Sie schienen zu diskutieren, zumindest Karl gestikulierte mit den Armen. Plötzlich drehte Zelenko Karl den Rücken zu und schlenderte seelenruhig davon. Karl sprang auf und folgte ihm. Augenblicke später waren beide im Dickicht verschwunden. Alex schob Ced, gröber als beabsichtigt, beiseite und lief nach draußen. Als er die Veranda verließ, steckte Ced seinen Kopf aus dem Fenster.

»Was tust du?«, rief Ced ihm zu.

»Ich komme gleich wieder.«

An der Waldgrenze hielt Alex kurz inne. Von den beiden war weit und breit nichts zu sehen, aber Alex erriet, wohin sie gegangen waren. So schnell er konnte, hastete er durch den in Dunkelheit getauchten Wald.

Als Alex schließlich ihre Silhouetten entdeckte, waren Zelenko und Karl bereits bei der Lichtung am Bachlauf angekommen, bei der Alex schon so oft gewesen war. Fluchtbereit versteckte er sich hinter einem dichten Strauch, von dem aus er einen guten Blick auf die beiden jungen Männer hatte. Einige Augenblicke standen sie wortlos voreinander und sahen sich an, dann holte Zelenko unvermittelt aus und schlug Karl ins Gesicht. Karl fiel rücklings um und Alex zuckte vor Schreck zusammen, aber zu seiner

Erleichterung setzte sich Karl zügig wieder auf, wischte sich mit dem Handgelenk über seinen Mundwinkel und sah zu Zelenko hoch.

Als Zelenko sich Karl langsam näherte, war Alex drauf und dran, aus seinem Versteck herauszuspringen, um Karl zu helfen, aber er hielt mitten in der Bewegung inne, als Zelenko Karl seine Hand hinstreckte. Karl ergriff sie und ließ sich von Zelenko auf die Beine helfen.

Und da passierte etwas für Alex Unbegreifliches. Zelenko ließ Karls Hand los, legte seine Hände um Karls Gesicht und küsste ihn. So wie Jungs Mädchen küssten, die sie mochten. Alex war so überrascht, dass ihm die Kinnlade herunterklappte. Ungläubig beobachtete er, wie sich die jungen Männer umarmten. Als Zelenko Karl gegen einen Baum presste und sich ungeduldig an Karls Gürtel zu schaffen machte, schoss Alex die Hitze ins Gesicht. Das Herz schlug ihm bis zum Hals. Mit zittrigen Knien wollte er zurückweichen, doch er stolperte versehentlich über einen dicken Ast und fiel um. Karl und Zelenko fuhren zu ihm herum.

»Wer ist da?«, fragte Karl erschrocken.

Alex sprang auf, riss sich die Beine an den Stacheln der Sträucher auf und rannte zurück in Richtung Jagdhütte. In der Dunkelheit bahnte er sich keuchend einen Weg durch das dichte Gestrüpp, wich Bäumen aus und trat versehentlich in kaltes Wasser, das an seinen brennenden Beinen hochspritzte. Doch bevor er das Grundstück am Aueteich erreichte, wurde er von den Beinen gerissen. Eine kräftige Gestalt packte ihn und drückte ihn mit Gewalt zu Boden.

»Was hast du da gemacht, du kleine Ratte?«, brüllte Zelenko und drückte Alex' Wange in den feuchtkalten Waldboden.

»Nichts«, zitterte Alex' Stimme. Zelenko stützte sich mit seinem ganzen Körpergewicht auf seinen Rücken, hielt seine Arme fest. Es war unmöglich, sich aus dem festen

Griff zu befreien, und Alex traute sich nicht, nach Hilfe zu rufen.

»Er hat uns beobachtet«, sagte Karl gelassen. Seine schmale und elegante Gestalt, die so sehr in Widerstand zu Olegs roher und muskulöser stand, tauchte hinter einer hohen Tanne auf. Karl sah auf Alex herab, sich eine blonde Haarsträhne sorgfältig hinter sein Ohr zurückstreichend. Seine andere Hand ruhte auf dem Stamm der Tanne. »Ich konnte ihn von der ersten Sekunde an nicht ausstehen. Zuerst klebt er den ganzen Abend an meiner Schwester, und jetzt spioniert er auch noch hinter uns her.«

Zelenko drückte ihn fester zu Boden und Alex schnappte nach Luft.

»Ich sollte ihn grün und blau prügeln. Hier. Jetzt gleich«, ereiferte sich Zelenko. »Ich breche ihm beide Beine. Danach wird er niemandem mehr hinterherspionieren.«

»Er ist noch ein Kind, Oleg.«

»Kind! Was für ein Kind!« Zelenko tippte mit dem Zeigefinger gegen Alex' Kopf. »In seinem Alter habe ich am Bahnhof schon Stoff und den ganzen anderen Scheiß vertickt.«

Ohne Alex aus den Augen zu lassen, näherte sich Karl ihm und hockte sich dann hin.

»Wenn es stimmt, was meine Schwester über dich sagt, dann bist du weniger dumm, als du aussiehst«, sagte Karl langsam und bedächtig. »Also sei gewarnt: Wenn mir zu Ohren kommen sollte, dass du jemandem erzählst, was du heute Abend gesehen hast, bringe ich dich um. Ich lasse dich wie ein Schwein schlachten und ausbluten und irgendwo im Wald verscharren, wo dich niemand jemals finden wird. Hast du das verstanden?«

Zelenko lachte zustimmend. Alex' Augen weiteten sich, sein Herz drohte, aus seiner Brust zu springen. Die ruhige Kaltblütigkeit, mit der Karl das sagte, trieb ihm den

Schweiß in die Stirn und sie machte ihm mehr Angst als Zelenkos plumpes Gebrüll.

»Hast du verstanden?! Antworte!« Zelenko schüttelte Alex aggressiv. Karl hob beschwichtigend die Hand.

»Schon gut, lass ihn los. Ich denke, der hat's kapiert.«

Zelenko erhob sich brummend. Zuerst regte sich Alex nicht, doch als nichts passierte, kroch er von Zelenko weg, richtete sich auf und flüchtete, ohne sich nach seinen Peinigern umzusehen. Karls und Zelenkos kaltes Gelächter schallte hinter ihm her. Alex kehrte nicht mehr zu Lily, Ced und der Waldhütte zurück. Stattdessen rannte er nach Hause. Er wartete zitternd in der Kälte, bis seine Mutter schlafen ging und das Licht im ganzen Haus ausging. Dann erst kletterte er auf die Veranda ins obere Geschoss und schlich in sein Schlafzimmer hinein.

IV

Am darauffolgenden Montag gab es in der Schule kein anderes Gesprächsthema als die Party am Aueteich. Als Alex die Klasse betrat, war Ced bereits dabei, zahlreiche Partygeschichten zum Besten zu geben, während seine Bewunderer und Claqueure an seinen Lippen hingen. Erst als das Klingeln ertönte und den Matheunterricht einläutete, setzte sich Ced neben Alex und erkundigte sich:

»Wohin bist du denn am Samstag verschwunden?«

»Mir ging's auf einmal nicht so gut. Deswegen bin ich nach Hause gegangen.«

«Oh Mann, Alex. Du hast echt was verpasst.«

Ced wiederholte die gleichen Geschichten, die er vor der Stunde auch den Mitschülern erzählt hatte. Alex hörte gar nicht richtig hin, bis Ced auf Lily zu sprechen kam.

»Ach, was ich dir noch gar nicht erzählt habe. Lily war ...«

Ced unterbrach sich mitten im Satz, als er bemerkte, dass Herrn Krauts wütender Blick auf Alex und ihn gerichtet war.

»Wenn ihr nicht sofort still seid ...«

Der Lehrer hatte einen bedrohlichen Unterton angestimmt und ließ seinen Satz unbeendet und mit unheilvollem Nachdruck im Raum stehen. Ced setzte eine überzeugende Unschuldsmiene auf und zog die Augenbrauen in die Höhe.

»Meinen Sie uns, Herr Kraut? Wir haben gar nichts gesagt. Ehrlich, wir haben zugehört. Ist wahnsinnig spannend, was sie da über Ableitungen erzählt haben.«

Ced lächelte Herrn Kraut mit entwaffnendem Selbstvertrauen an.

»Ich warne dich, Neugebauer«, sagte Herr Kraut. »Wenn

du noch einen Ton von dir gibst, werde ich dich nachsitzen lassen.«

Der Lehrer drehte sich wieder zur Wandtafel um und vervollständigte mit seinem überdimensionalem Geodreieck und weißer Kreide das begonnene Koordinatensystem. Er brauchte einige Augenblicke, bis er seine ausschweifenden Erläuterungen zu geometrischen Problemen wieder aufgreifen konnte.

»Was war Lily?«, verlangte Alex begierig zu wissen.

»Stell dir vor, Lily war total betrunken. Sie hat sogar mit einem Typen aus der Oberstufe rumgemacht.«

»Was?«, rief Alex entsetzt aus.

Nur aus den Augenwinkeln sah Alex, dass Herr Kraut am Lehrerpult seine Arme sinken ließ. Er schien außer sich vor Verärgerung.

»Fischer und Neugebauer! Es reicht! Am Nachmittag erscheint ihr zum Nachsitzen in meinem Büro. Und jetzt raus mit euch aus meinem Unterricht!«

Das Nachsitzen bei Herrn Kraut war der Tropfen, der das Fass zum Überlaufen brachte. Alex hatte es Ced nicht erzählt, aber es war natürlich nicht unentdeckt geblieben, dass Alex sich aus dem Haus gestohlen hatte, um auf die Party zu gehen. Alex hatte seine aufgekratzten Arme und Beine nicht vor seiner Mutter verstecken können. Während sie noch darüber sinnierte, welche drakonische Strafe Alex für seine Verfehlung verdient hatte, musste Alex sie an diesem Nachmittag anrufen, um ihr zu erklären, dass er aufgrund des Nachsitzens erst später nach Hause kommen könne. Alex hatte seine Mutter noch nie so ungehalten erlebt. Sie verhängte Alex Hausarrest bis zu den Sommerferien. Außerdem strich sie sein Taschengeld und behielt sein Handy ein. Er durfte nicht einmal mehr mit Lily lernen. Nur für die Erkunde-Projektarbeit machte seine Mutter widerwillig eine Ausnahme unter der Voraussetzung, dass Lily zu Alex nach Hause kam.

Für Lilys Besuch räumte Alex sein Zimmer besonders gründlich auf und er versteckte alle Gegenstände, die er kindlich fand oder für die er sich schämte. Er hängte sogar die eingerahmten Zeitungsartikel von sich ab, die seine Mutter im Flur angebracht hatte. Lily kam nicht direkt nach der Schule, sondern am späten Nachmittag zu Fuß. Sie trug abgetragene Reitstiefel und hatte sich lässig ein paar Geographiebücher unter den Arm geklemmt.

»Ich komme gerade vom Reiten«, erklärte sie auf Alex' fragenden Blick hin. »Ich habe die Abkürzung durch den Wald genommen.«

»Man kommt vom Wald aus zu dir nach Hause?«

»Na, klar. Ich zeige dir später, wie.«

Sie gingen in Alex' Zimmer. Lily ließ sich auf Alex' Bett fallen und sah sich um. Er setzte sich neben sie. Ihr Blick blieb schließlich an einem eingerahmten Foto von ihm und seinen Eltern haften, das vergangenes Jahr im Sommerurlaub aufgenommen worden war. Sie nahm es aus dem Bücherregal, um es näher zu betrachten, und blickte dann Alex an, als würde sie sein Abbild mit der Realität abgleichen wollen.

»Du siehst deinen Eltern ja nicht gerade ähnlich. Bist du adoptiert?«

Alex errötete.

»Nein, aber Joachim ist nicht mein richtiger Vater. Mein richtiger Vater lebt in Rio de Janeiro.«

»Vermisst du ihn?«

»Ich weiß nicht. Ich kann mich ehrlich gesagt kaum an ihn erinnern.«

Lily stellte den Bilderrahmen zurück in das Regal.

»Ich habe in der Zwischenzeit schon ein bisschen an der Projektarbeit weitergearbeitet«, sagte Alex, um von dem Thema abzulenken, und streckte ihr die ausgedruckten Blätter hin, die er am Wochenende vorbereitet hatte. Lily nahm sie entgegen und überflog sie kurz.

»Du hast ja schon alles fertig gemacht!«

»Noch nicht ganz. Ein Teil fehlt noch.«

Lily gab ihm schulterzuckend die Blätter zurück.

»Kennst du nicht das Pareto-Prinzip?«

»Das Pareto-Prinzip?«

»Naja, normalerweise erreicht man 80 Prozent der Ergebnisse mit 20 Prozent des Aufwands. Und die restlichen 20 Prozent der Ergebnisse mit 80 Prozent des Aufwands. Das ist wissenschaftlich erwiesen und getreu diesem Motto gehe ich alles an. In der Schule gebe ich mir gerade genug Mühe, dass ich zu Hause keinen Ärger kriege.«

»Deine Eltern sind also nicht streng?«

Sie schüttelte den Kopf.

»Ehrlich gesagt hat sich bei uns zu Hause immer nur alles um Pferde gedreht. Wenn wir beim Abendessen sitzen, fragt mein Vater nie, wie es in der Schule lief, sondern immer: ‹Wie lief es mit den Pferden?› Und dann sprechen wir lange über die Pferde. Über die Schule sprechen wir nur, wenn ich schlechte Noten nach Hause bringe.«

Plötzlich hörte Alex Schritte im Flur und nur wenige Augenblicke später steckte seine Mutter den Kopf durch die Tür. Sie trug ein Tablett mit Sandwiches und selbst gemachter Limonade herein.

»Hallo, ihr Lieben. Ich wollte euch eine kleine Stärkung bringen.«

Alex sprang hoch und riss seiner Mutter das Tablett förmlich aus den Händen.

»Mama, nicht jetzt. Du störst.«

Doch seine Mutter ließ sich nicht von ihm abwimmeln.

»Du musst Lily sein. Meine Güte, wie hübsch du bist! Jetzt wundert mich wirklich nicht mehr, warum mein Sohn heute so versessen darauf war, zwei Stunden lang sein Zimmer aufzuräumen.«

Alex lief hochrot an. Er wäre am liebsten im Erdboden versunken, als Lily verhalten kicherte.

»Vielen Dank, Frau Fischer, das ist sehr nett von Ihnen.«

»Sag mal, wohin sind eigentlich die ganzen Bilder aus dem Flur verschwunden?«, verlangte seine Mutter noch von ihm zu wissen, doch da hatte Alex schon seine Zimmertür mit Nachdruck zugeknallt.

Lily wollte draußen etwas mit Alex unternehmen, aber weil Alex Hausarrest hatte, blieben sie schließlich in seinem Zimmer, hörten Radiomusik und redeten miteinander.

Alex erfuhr, dass die unbewohnte Jagdhütte am Aueteich Lilys Großvater gehörte, der ein passionierter Jäger war, und dass Lilys Großmutter auf dem Grundstück vor vielen Jahrzehnten eine Leiche gefunden hatte, die nie identifiziert worden war. Lily erzählte ihm zudem, dass Karl kürzlich neunzehn Jahre alt geworden war, gerade seinen Führerschein bestanden hatte und im Herbst sein Studium in Maschinenbau an der technischen Hochschule in Hamburg beginnen würde. Natürlich erwähnte Alex ihr gegenüber mit keinem Wort seine Begegnung mit Karl und Oleg Zelenko im Wald. Dann sprachen sie eine Weile über Maja, die Lily seit der ersten Klasse kannte, und zuletzt darüber, dass auch Lily einmal pro Woche von einem ortsansässigen Musiklehrer Klavierunterricht bekam. Alex war begeistert.

»Dann können wir ja mal vierhändig spielen!«

Doch Lily lachte nur über seinen Vorschlag.

»Besser nicht, Alex. Ich werde mich nur blamieren.«

Das Schuljahr endete mit der Zeugnisvergabe. Niemand blieb sitzen, und als Alex mit Ced nach der Schule zu den Fahrradständern schlenderte, hielt Ced derart triumphierend sein Abschlusszeugnis in die Höhe, als würde es sich dabei um den Champions-League-Pokal handeln.

»So geil, Mann!«, stieß er euphorisch aus und ballte seine rechte Hand siegessicher zu einer Faust.

»Waren deine Noten so gut?«, wunderte sich Alex.

»Nein, ich habe natürlich total verkackt, aber wir haben endlich Sommerferien!«

Ced drehte mit einer Hand lässig an seinem Fahrradschloss, bis die richtige Kombination einrastete. 3012, das Geburtstagsdatum der Basketballlegende LeBron James. »Oscar und ich hängen heute bei mir rum. Und später wollen wir noch ins Freibad. Willst du nicht mitkommen, jetzt wo dein Hausarrest endlich vorbei ist?«

Alex hatte sehnsüchtig auf eine solche Einladung von Ced gewartet, doch nun blieb ihm nichts anderes übrig, als bedauernd den Kopf zu schütteln. »Ich würde echt gerne mitkommen, aber ich fahre heute mit meiner Mutter nach Hamburg zum Klavierunterricht.«

»Was? Schon wieder?« Ced sah Alex verständnislos an. »Hattest du nicht erst vorgestern Unterricht?«

»Ja, schon, aber ich muss im Moment viel üben. Für den Wettbewerb.«

»Immer dieser Wettbewerb. Du musst ja sogar am Wochenende üben. Du tust mir echt leid. Hast du denn nie Zeit, um einfach nur Spaß zu haben?«

Alex schwieg betreten, und Ced schwang sich auf sein Fahrrad.

»Naja, dann ein anderes Mal. Man sieht sich.«

Alex trottete zum Parkplatz und während er auf seine Mutter wartete, dachte er darüber nach, wie es wäre, den Nachmittag mit Ced anstatt am Klavier zu verbringen. Die Tage, an denen Alex von Professor Wolff unterrichtet wurde, waren in der Regel lange Tage. Schule, Mittagessen, die einstündige Fahrt durch den Elbtunnel nach Hamburg und wieder zurück, Abendessen, Hausaufgaben und danach das Üben. Schon früher hatte Alex nach der Schule kaum Zeit für etwas anderes als das Klavierspielen gehabt. Er hatte es nicht anders gekannt, aber seitdem er in Moosbach lebte und mit Ced und Lily befreundet war, war ihm die Lust daran fast gänzlich vergangen.

Ced fuhr mit seiner Familie in den ersten Wochen der Sommerferien an den Bodensee, während Alex daheimblieb, um sich auf den bevorstehenden Klavierwettbewerb vorzubereiten. Als er ein paar Tage nach Ferienbeginn am Nachmittag eine besonders knifflige Passage in der Mondscheinsonate erarbeitete, prallte etwas gegen das Fensterglas, und Alex fuhr vor Schreck zusammen. Nachdem er zum Fenster geblickt hatte und nichts Ungewöhnliches erkennen konnte, nahm er sein Klavierspiel wieder auf, doch kurze Zeit später passierte es schon wieder. Alex überlegte, ob es Kastanien waren, die von einem Baum heruntergefallen waren, aber als er ans Fenster trat und es öffnete, winkte Lily ihm von unten aus zu. Sie saß auf ihrem Fahrrad in kurzen Jeansshorts und einem bauchfreien Top mit Spaghettiträgern.

»Lust auf eine Spritztour?«, fragte sie ihn.

In Windeseile und ehe seine Mutter es bemerken konnte, rannte Alex nach unten in den Garten und schwang sich auf sein Fahrrad. Lily fuhr voraus und Alex folgte ihr. Sie gingen zuerst Eis essen und bummelten in der Stadt, dann fuhren sie zurück in den Wald und Lily zeigte ihm die zahlreichen Abkürzungen und Schleichwege, die sie so gut kannte wie ihre Westentasche. Als es dämmerte, verabschiedeten sie sich an einem Baumstamm auf der Lichtung und Lily fragte ihn:

»Morgen gleiche Zeit, gleicher Ort?«

Alex und Lily trafen sich in den Sommerferien jeden Tag. Manchmal brachte Lily Maja mit und sie saßen eine Weile zusammen, fuhren Fahrrad oder gingen im Aueteich schwimmen, bis sie zu dritt von ihrem Treffpunkt am Baumstamm bis zu der Reitanlage der Lindenbaums spazierten, wo sie sich am Abend wieder trennten.

Alex fiel auf, dass Lily immer einen Umweg wählte, obwohl es einen viel kürzeren Weg über eine Stahlbrücke gab, die über stillgelegte und mit Unkraut bewachsene

Eisenbahnschienen führte. Als Alex sie darauf ansprach, sagte Lily:

»Auf diese Brücke gehe ich nie.«

»Warum nicht?«

Sie zuckte mit den Achseln.

»Hast du Höhenangst?«

»Nein.«

»Warum gehst du dann nicht auf die Brücke?«

»Einfach so.«

Als Lily einmal nicht um die verabredete Zeit an ihrem Treffpunkt erschien, spazierte Alex allein ein paar Runden durch den Wald in der Hoffnung, sie zu treffen, bis er schließlich sein Mountainbike holte und über den unebenen Waldpfad fuhr, vorbei an dem Baumstumpf, über die Brücke, bis er wieder die weiten Maisfelder erreichte, die an die Reitanlage der Lindenbaums grenzten. Alex folgte dem Weg entlang der Felder, vorbei an Pferdekoppeln und grasenden Pferden. Am Ende des Feldwegs erreichte er den gepflasterten Hof und einen Reitstall, aus dem Lily ihm entgegenkam. Sie saß auf einem großen Rappen, der seinen Hals wie ein Seepferdchen eingerollt hatte, und trug weiße Reithosen und einen Reithelm.

»Hi, Alex«, begrüßte sie ihn überrascht. »Was machst du denn hier?«

»Ich habe auf dich am Baumstumpf gewartet, aber du bist nicht gekommen.«

»Das tut mir leid. Ich habe ganz vergessen, dir zu sagen, dass mein Reitunterricht heute später anfängt als sonst.«

»Oh«, sagte Alex bedauernd.

»Wenn du möchtest, kannst du zuschauen.«

Während der Reitstunde saß Lilys Reitlehrer, der für die Reitstunde extra aus Münster angefahren kam, mit einer Kaffeetasse in der Hand auf der Bank neben Alex und brüllte Lily barsch Anweisungen zu, die Alex nicht verstand. Alex hatte nicht die geringste Ahnung von Reitsport oder von Pferden, aber als er Lily reiten sah, wusste er aus einem unerklärlichen Grund auf Anhieb, dass er Zeuge von etwas Ungewöhnlichem, wenn nicht sogar etwas Großartigem war. Das Pferd bewegte sich schwungvoll über den Sand und gleichzeitig mit einer solchen eleganten Leichtfüßigkeit, dass es wirkte, als würde es schweben, während seine Muskeln unter dem schwarzen Fell glänzend in der Sonne spielten. Lily hingegen sah aus, als würde sie sich im Sattel fast überhaupt nicht regen, sondern zu Hause in gerader Haltung auf einem Stuhl sitzen. Es faszinierte ihn, dass ein zierliches Mädchen wie Lily ein so stolzes, imposantes Tier auf diese scheinbar mühelose Weise dominieren und lenken konnte. Alex war hingerissen von ihrem Anblick, und zum ersten Mal spürte er in seiner unschuldigen Zuneigung zu ihr eine ihm bislang gänzlich unbekannte, tiefere Seite, die ihm beinahe Unbehagen bereitete.

Nach ihrem Reitunterricht folgte Alex Lily in die Sattelkammer, die mit Reitutensilien überquoll, wo sie Helm und Handschuhe auszog und ihre Reitstiefel gegen ein paar ausgetretene Turnschuhe tauschte. Lily führte ihn herum und zeigte ihm die Plätze, die Reithalle und ein Häuschen mit einer Küche und einer gemütlichen Sitzecke, das Lily als Reiterstübchen bezeichnete. Im Reiterstübchen hingen unzählige Fotos von Lily und Karl beim Reiten und es waren noch mehr Pokale als bei Lily zu Hause ausgestellt. Auf dem einen oder anderen Foto war sogar Maja, Arm in Arm mit Lily, zu sehen. Lily behauptete, dass Maja ein Naturtalent wäre, jedoch wenig Ehrgeiz oder Spaß am Reiten hätte. Lily zeigte ihm auch ein sepiafarbenes Foto von sich, auf dem sie ein schwarzes Jackett trug und auf ihrem Rappen saß, eine Medaille strahlend in die Kamera haltend.

»Das war letztes Jahr in Spanien. Da habe ich mit *Disneyworld* beziehungsweise Disney den dritten Platz bei den

Europameisterschaften im Dressurreiten der Junioren gemacht«, erklärte sie und tiefes Bedauern zierte ihr schönes Gesicht. »Wenn dieser eine üble Wechselfehler nicht gewesen wäre, hätte ich vielleicht sogar gewonnen.«

Ehe Alex etwas erwidern konnte, sagte Lily, als wäre ihr plötzlich etwas Wichtiges eingefallen:

»Ich möchte dir noch etwas zeigen.«

Sie nahm ihn an der Hand und führte ihn die Stallgasse entlang. Ganz am Ende der Gasse stand ein dunkelbraunes Pferd in der Box, das ihnen desinteressiert den Hintern zuwandte. Lily trat näher und legte ihre Hände an die Gitterstäbe. Alex tat es ihr gleich. Auf dem heubedeckten Boden schlief ein ebenso dunkelbraunes Fohlen mit einem runden weißen Fleck auf der Stirn, alle viere von sich gestreckt.

»Ist er nicht niedlich?«, fragte Lily Alex lächelnd.

»Doch sehr.«

»Er ist gestern Nacht zur Welt gekommen.«

»Hast du schon einen Namen für ihn?«

»Noch nicht. Vielleicht hast du ja eine gute Idee?«

Auf dem Weg zurück nach draußen überlegten sie sich alberne Namen, über die sie kichern mussten, als plötzlich ein Junge ihren Weg kreuzte, der eine mit Pferdeäpfeln gefüllte Schubkarre vor sich herschob und den Alex verwundert als Karsaz erkannte, den syrischen Flüchtlingsjungen aus seiner Klasse. Im Gegensatz zu Alex schien Lily nicht im Geringsten überrascht, ihn in ihrem Stall anzutreffen.

»Hallo, Karsaz. Wie geht's dir?«, fragte sie freundlich.

Karsaz wurde rot wie eine Tomate.

»G-g-gut«, stotterte er. »Und dir, Lily?«

»Mir auch. Sag deiner Mutter und deinen Geschwistern bitte liebe Grüße von mir, wenn du sie siehst, ja? Meine Mutter hat sich sehr über die Baklava gefreut, die ihr uns vor die Tür gestellt habt.«

Karsaz nickte, stotterte etwas Unverständliches und

verschwand hastig in der Stallgasse. Alex sah Lily fragend an.

»Seine Familie ist aus Syrien geflohen und mein Vater lässt sie hier bei uns umsonst auf der Reitanlage wohnen. Seine Mutter, Geschwister und er helfen auf unserem Hof bei der Stallarbeit, beim Rasenmähen, Putzen und beim Ausmisten. In Syrien war sein Vater Arzt, kannst du dir das vorstellen? Er wurde im Krieg getötet. Diese Welt ist manchmal so schrecklich ungerecht.«

V

Auf Joachims Bitten hin hatte Alex' Mutter zumindest in den Sommerferien damit aufgehört, Alex für seine Ausflüge mit Lily zu maßregeln und zu drangsalieren, wenngleich sie seine Freundschaft zu Lily missbilligte und ihm das auch offen sagte. Alex kümmerte dies wenig, und an seinen unmittelbar bevorstehenden Wettbewerb dachte er kaum noch. Er machte es sich zur Angewohnheit, Lily jeden Tag im Reitstall zu besuchen, wo Lily und Maja nahezu ihre gemeinsame Freizeit verbrachten. Gemeinsam mit Maja saßen sie zu dritt im Reiterstübchen oder draußen im Schatten der Eichen, Linden und Birken zwischen Pusteblumen im Gras, während die Pferde auf den Weiden grasten. Alex entging nicht, dass Karsaz sie, wann immer sich für ihn die Gelegenheit zwischen seinen Arbeiten ergab, beobachtete. Karsaz arbeitete den ganzen Sommer im Reitstall. Manchmal vertiefte er sich in der Stallgasse mit konzentrierter Miene in die Schulbücher und lernte murmelnd vor sich hin, als müsste er alles, was er las, noch einmal aussprechen. Außer Alex schien niemand zu bemerken, mit welcher Hingabe der syrische Flüchtlingsjunge Lilys Stiefel polierte, ihre Reitausrüstung vor den Reitstunden arrangierte und ihre Trensen und Kandaren einfettete. Die meiste Zeit war Karsaz für Lily beinahe wie Luft, unsichtbar oder als würde er zum Inventar gehören, wie die zahllosen Sättel und Trensen, die reihenweise in der Sattelkammer aushingen, und Alex begann sich zu fragen, ob er mit dem syrischen Flüchtlingsjungen nicht doch mehr gemeinsam hatte, als er vermutet hatte.

Als Alex zum Ende der Sommerferien hin zu den Reitställen mit seinem Fahrrad angefahren kam, galoppierten Maja und Lily über die Feldwege um die Wette. Lily hielt vor ihm an, dicht gefolgt von Maja.

»Wir wollten heute ausreiten. Willst du nicht mitkommen?«, fragte Lily ihn.

»Lieber nicht«, antwortete Alex zögerlich und Maja schien seine Verunsicherung zu teilen.

»Ich glaube, das ist keine gute Idee, Lily. Alex kann doch gar nicht reiten«, gab sie zu bedenken und es war das erste Mal in Alex' Beisein, dass sie Lily offen widersprach.

»Was soll schon passieren, Maja? Wir sind ja dabei und wir gehen nur im Schritt. Kommt schon, das wird lustig.«

Lily stieg von ihrem Rappen ab und band ihn an. Dann führte sie ein Pferd für Alex vor, einen Schimmel mit stahlgrauer Mähne, der Alex mit gespitzten Ohren neugierig musterte. Lily erklärte Alex, dass es ein spanischer Lusitano war, der Corcovado hieß, von ihr aber liebevoll Knut genannt wurde. Lily und Maja putzten und sattelten das Pferd. Dann halfen sie Alex dabei, aufzusteigen. Alex hatte noch nie so hoch gesessen, aber das Pferd trottete so langsam und gemächlich vor sich her, dass es ihm gar nichts ausmachte. Lily und Maja flankierten Alex von beiden Seiten und ihre Pferde gingen neben dem seinen her.

»Und, wie fühlt es sich hier oben an?«

»Gut, glaube ich.«

Alex fummelte ungeschickt an den Zügeln herum, bis Lily mit ihrem Pferd neben ihm hielt, seine Hände nahm und sie in die richtige Position brachte. Sie legte sogar kurz ihren Daumen auf den seinen, um ihm zu zeigen, wie man die Zügel richtig hielt. Sie kreisten zuerst auf dem Platz, dann lenkte Lily auf den Feldweg Richtung Wald. Alex' Pferd ging mit gesenktem Kopf hinterher. Manchmal blieb der Schimmel stehen, um am Feldrand Gras zu fressen, aber irgendwann folgte er Lilys und Majas Pferden wieder von allein. Sie drehten eine große Runde durch den Wald. Die beinahe unberührte Natur hatte etwas Magisches und Inszeniertes an sich wie die Kulisse einer Theaterbühne. Sie waren ganz allein, umgeben von Gräsern, Farnen,

Tannen und Laubbäumen. Stellenweise lichtete sich der Wald und wurde dann wieder dichter. Sie sprachen nicht miteinander, und außer den klangvollen Vogelgesängen und dem Plätschern des Baches war es sonderbar still. Die Pferde trotteten leise schnaubend hintereinander her, Lilys Pferd voraus, dann Majas und als Letztes das von Alex.

Doch bevor sie den Feldweg erreichten, der zurück zur Reitanlage führte, ertönte ein Rascheln und ein Reh sprang aus den Büschen. Alex' Pferd erschrak und wich zur Seite aus. Dabei stolperte es beinahe über einen herumliegenden Baumstamm und es begann, in Panik loszugaloppieren. Alex hörte noch, wie Lily und Maja ihm hinterherriefen, aber er verstand nicht, was sie sagten. Alex probierte, am Zügel zu ziehen, wie Lily es ihm demonstriert hatte, aber das Pferd blieb nicht stehen. Es war ein Gefühl, als würde er mit einem Fahrrad ohne Bremsen einen steilen Hügel hinabfahren, ein Gefühl völliger Wildheit und Unkontrolliertheit. Um sich irgendwie festzuhalten, schlang Alex seine Arme um den Hals des Tieres, das mit weit geöffneten Augen und hoch gerissenem Kopf nach vorne preschte, bis Alex sich nicht mehr halten konnte und aus dem Sattel geschleudert wurde.

Es war Lilys Mutter Caroline Lindenbaum, die ihn ins Krankenhaus brachte und seine Mutter über den Sturz benachrichtigte. Alex hatte sich ein Handgelenk verstaucht, und Lily bekam so viel Ärger, wie Alex ihn in seinem Leben noch nie von seinen Eltern bekommen hatte. Sogar in Alex' Gegenwart wurde Lily von ihrer Mutter geohrfeigt, und als sie vom Krankenhaus nach Hause fuhren, schrie Caroline Lindenbaum ihre Tochter an und bezeichnete sie als einfältiges und leichtsinniges Mädchen.

»Ist dir klar, dass Alex hätte sterben können? Wie konntest du nur so etwas tun, Lily?«

Lily weinte stumm auf dem Beifahrersitz. Alex, der sie

gerne getröstet oder ihre Hand genommen hätte, hatte kleinlaut eingewandt, dass es ihm gut ging und dass Lily gar nichts dafür könne, aber Caroline Lindenbaum war nicht zu besänftigen gewesen:

»Deine Übernachtungsparty mit Maja kannst du vergessen. Wenn dein Vater heute Abend nach Hause kommt, werde ich mit ihm sprechen. So kann es nicht mehr weitergehen. Du bist außer Rand und Band!«

Irgendwann erreichte Caroline Lindenbaum Alex' Mutter und sie holte Alex bei den Lindenbaums zu Hause ab. Alex' Mutter war zu besorgt, um wütend auf ihn zu sein. Sie kümmerte sich den ganzen Tag um Alex und bestellte sogar abends Pizza für ihn. Alex hatte ein schlechtes Gewissen, weil Lily seinetwegen so viel Ärger mit ihrer Mutter bekommen hatte, und dieses verschärfte sich noch, als Lily ihm abends nicht bei *MSN Messenger* antwortete, obwohl sie online war. Er sah sie erst am nächsten Tag wieder, als es an der Haustür klingelte. Alex' Mutter kochte gerade das Mittagessen, während Alex auf dem Sofa lag und den *Sandmann,* die Ferienhausaufgabe für den Deutschunterricht, las.

»Wer ist denn das? Erwartest du Besuch?«, fragte sie ihn.

»Nein, Mama.«

Seine Mutter rieb das Küchenmesser, an dem winzige Paprikastücke hafteten, an ihrer Schürze ab und zog sie sich über den Kopf, um zur Haustür zu gehen. Alex spähte über das Treppengeländer, um sehen zu können, wen seine Mutter in Empfang nahm. Zu seiner Überraschung stand Lilys schöne und elegante Mutter in einem knöchellangen Kleid mit aufwendigen Ornamenten im Eingang und an ihrer Seite, den Kopf tief gesenkt und mit einem riesigen Blumenstrauß in den Armen, Lily.

»Guten Tag«, sagte Lilys Mutter.

»Guten Tag.«

Alex konnte das Gesicht seiner Mutter nicht sehen, aber

ihr Ton klang überrascht und misstrauisch zugleich. Sie legte eine Hand an den Türknauf, als wäre sie bereit, die Tür jeden Augenblick zu schließen. Die Besucherin bemühte sich um ein freundliches Lächeln.

»Ich wollte bei Ihnen vorbeikommen, um mich für das unerfreuliche Ereignis von gestern zu entschuldigen. Und meine Tochter natürlich auch.«

Sie blickte Lily mit vernichtender Miene an.

»Nicht wahr, Schätzchen? Ich glaube, du wolltest auch ein paar Worte sagen.«

Lily nickte pflichtbewusst, ohne den Blick zu heben.

»Es tut mir sehr leid, was passiert ist, Frau Fischer. Es war sehr verantwortungslos von mir, mit Alex auszureiten. Es war meine Schuld, dass er sich verletzt hat. Ich bitte vielmals um Entschuldigung dafür. Der ist für Sie.«

Sie überreichte Anna den Blumenstrauß, den diese zögerlich, wenn nicht sogar widerwillig, entgegennahm.

»Geht es Alex denn schon besser?«, erkundigte sich Lily.

»Den Umständen entsprechend.« Der Tonfall seiner Mutter klang ungewohnt spitz. »Er wollte in zwei Wochen bei einem sehr wichtigen Klavierwettbewerb teilnehmen, aber daraus wird jetzt wohl nichts mit seinem verstauchten Handgelenk ...«

Lilys Mutter stieß ein hilfloses Lachen aus.

»Sie wissen ja, wie Kinder sind. Ich habe schon aufgehört zu zählen, von wie vielen Turnieren ich Lily wieder abmelden musste, weil sie irgendeinen Blödsinn mit den Pferden veranstaltet hat. Stellen Sie sich vor, einmal hat sie einen Tag vor ihrer Dressurprüfung einem ihrer Ponys eine pinkfarbene Mähne verpasst.«

»Nun, ehrlich gesagt, ist mein Sohn überhaupt nicht so. Eigentlich ist er sehr ernst und fokussiert. Aber seit er mit Ihrer Tochter befreundet ist, kann ich ihn gar nicht mehr wiedererkennen.«

Es folgte ein betretenes Schweigen. Alex' Mutter verlagerte ihr Gewicht auf das andere Bein und verdeckte nun Lilys Gestalt. Caroline Lindenbaum räusperte sich verlegen.

»Nun, wir müssen jetzt wieder nach Hause gehen. Richten Sie Alex bitte unsere besten Wünsche aus. Komm, Lily.«

»Auf Wiedersehen«, verabschiedete sich Lily.

Alex' Mutter schloss wortlos die Tür. Sie ging zurück zum Herd und legte den Blumenstrauß neben die Spüle. Kopfschüttelnd stieß sie aus:

»Was glauben diese Leute eigentlich, wer sie sind?«

Alex folgte seiner Mutter in die Küche.

»Was sollte das, Mama? Warum hast du das gesagt? Und warum warst du so unfreundlich?«

Seine Mutter wandte sich zu ihm um und stützte sich an der Arbeitsfläche ab. Mit dem Handrücken wischte sie sich eine verschwitzte Haarsträhne aus der Stirn.

»Weil dieses Mädchen einen sehr schlechten Einfluss auf dich hat.«

»Das stimmt nicht!«, erwiderte Alex prompt.

»Doch, natürlich stimmt es. Du bist schlechter in der Schule geworden. Du schleichst dich nachts aus dem Haus. Du rauchst und trinkst. Du hast nur noch Unsinn im Kopf und du übst kaum noch Klavier. Ich möchte nicht, dass du dich weiter mit ihr triffst!«

»Aber Lily ist meine Freundin!«

»Solche Freundinnen kannst du nicht gebrauchen. Ich sage es dir jetzt noch einmal, du wirst dich nicht mehr mit ihr treffen!«

Sie waren immer lauter geworden und nun brüllten sie sich geradezu an.

»Werde ich doch!«

»Ich verbiete es dir!«

»Das ist mir egal!«

»Halt den Mund! Du tust, was ich sage! Ich bin deine Mutter!«

»Du bist eine schlechte Mutter! Ich hasse dich! Ich will lieber bei Papa wohnen!«

Alex lief aus der Küche, stürmte die Treppe hinauf und knallte seine Zimmertür mit aller Kraft zu. Aus Protest blieb Alex in seinem Zimmer, bis es draußen dunkel wurde. Er hörte, dass Joachim und seine Mutter unten im Wintergarten zu Abend aßen und miteinander diskutierten, aber er konnte nicht verstehen, was sie sagten. Sein Magen knurrte vor Hunger, doch Alex versuchte, nicht daran zu denken. Schließlich zog er sich einen Pyjama an und legte sich mit seinem iPod ins Bett. Irgendwann, es war schon nach zehn, ertönte ein leises Klopfen an der Tür. Alex zog die Decke hoch über den Kopf und drehte sich zur Wand.

»Alex? Darf ich reinkommen?«, ertönte Joachims Stimme vom Eingang des Raumes her. »Ich habe dir etwas zu essen mitgebracht.«

Alex setzte sich wieder auf. Joachim trat in der Dunkelheit näher. Er trug einen Teller und Besteck bei sich und er schaltete die Lavalampe auf Alex' Nachttisch an. Im lilafarbenen Licht erkannte Alex eine Portion Spaghetti carbonara. Joachim reichte Alex außerdem eine Packung Schmerztabletten.

»Iss am besten erst einmal was, bevor du die Tablette nimmst.«

Alex griff mit der gesunden Hand nach der Gabel und fiel hungrig über die lauwarmen Nudeln her.

»Ist Mama noch sauer wegen vorhin?«, fragte er Joachim kauend.

»Wieso fragst du?«

»Weil sie mich nicht zum Abendessen gerufen hat und stattdessen dich geschickt hat.«

»Sie hat den ganzen Abend darauf gewartet, dass du hinunterkommst, um dich bei ihr zu entschuldigen.«

»Und ich habe darauf gewartet, dass sie hochkommt

und sich bei mir entschuldigt«, entgegnete Alex schnippisch. Joachim lachte.

»Ihr könnt beide so stur sein!«

Dann wurde er ernst und setzte sich auf die Bettkante.

»Deine Mutter ist nicht sauer. Eigentlich ist sie nur sehr traurig über die Dinge, die du zu ihr gesagt hast.«

»Ich meinte das gar nicht so. Vor allem das mit Papa«, gab Alex seufzend zu.

»Das dachte ich mir.«

Joachim fuhr Alex mit einem Lächeln auf den Lippen durch die Haare, dann bat er leise:

»Vertrag dich wieder mit ihr, ja? Auch wenn deine Mutter manchmal ein bisschen überreagiert, tut sie das nur, weil sie dich mehr als alles andere auf dieser Welt liebt, Alex.«

Es war eher ein Zufall, dass Alex ein paar Tage später als Erster von Lilys nahender Abreise aus Moosbach erfuhr. Er war in der Schule, um in der Schülerverwaltung ein lädiertes Schulbuch zu ersetzen, das Ced vor den Ferien aus Spaß aus dem Fenster geworfen hatte. Er sah Lily im Vorbeigehen, ohne dass sie ihn bemerkte. Sie war gerade dabei, ihren Spind auszuräumen.

»Was machst du?«, fragte Alex sie neugierig.

Anders als sonst freute Lily sich nicht darüber, Alex zu sehen. Sie seufzte, dann sagte sie:

»Ich will nicht darüber reden.«

»Warum nicht?«

»Darum halt.«

»Was ist passiert, Lily?«

Sie standen eine Weile nebeneinander, und Alex konnte beinahe hören, dass die kahlen Wände der Schule den Atem schluckten, als die Sekunden der Stille länger wurden. Lily zog die Brauen zusammen, und für einen kurzen Augenblick dachte er, dass sie verunsichert war. Ihre

Hand zuckte. Ihre umherirrenden Blicke trafen sich. Sie nahm einen tiefen Atemzug.

»Ich werde ab September in einem Internat in der Schweiz zur Schule gehen«, brach es schließlich aus ihr heraus.

»Was?« Alex stiegen vor Schock beinahe Tränen in die Augen. »Du gehst weg aus Moosbach?«

»Meine Eltern wollen das so.«

»Aber das können sie doch nicht machen! Sie können dich doch nicht einfach wegschicken! Du willst doch nicht in die Schweiz, oder, Lily?«

Lily senkte den Blick.

»Ist es wegen des Unfalls?«

Als sie nicht antwortete, fügte Alex hinzu:

»Es ist doch gar nichts Schlimmes passiert! Wen interessiert schon mein blödes Handgelenk?«

»Der Unfall war der Auslöser, aber nicht der Grund.« Lily seufzte, dann zog sie Alex am Arm aus dem Flur hinter die Schränke. Sie schob ihre Jeans ein wenig zur Seite und entblößte ein Stück nackter Haut, auf dem ein filigraner Schriftzug prangte.

»Ein Tattoo?«, hauchte Alex erstaunt.

»Vor ein paar Wochen habe ich die Unterschrift meiner Mutter gefälscht und bin damit zum Tätowieren gegangen. Als meine Mutter das Tattoo gesehen hat, ist sie total ausgerastet.« Lily strich mit dem Daumen über die Tätowierung und lächelte verdrossen. »Ich habe in letzter Zeit wirklich sehr viel Mist gebaut, Alex. Meine Mutter hat mir schon lange Zeit damit gedroht, mich in die Schweiz zu schicken, und jetzt hat sie ihre Drohung wahr gemacht. Ab September gehe ich in Montreux zur Schule. Nicht einmal mein Vater kann ihr noch widersprechen.«

VI

Lily gab nur eine kleine, stille Abschiedsparty. Sie lud David, Oscar, die Zwillinge, Maja und Alex zum Kuchenessen ins Reiterstübchen ein. Von seinem Taschengeld kaufte Alex ihr eine Silberkette mit einem Hufeisenanhänger, die ihr im Schaufenster einer Boutique bei einem ihrer gemeinsamen Ausflüge gefallen hatte. Als sich die Gelegenheit ergab, mit ihr allein zu sein, schenkte er sie ihr zum Abschied.

»Das kann ich nicht annehmen«, sagte sie, als sie die Verpackung geöffnet hatte.

»Ich möchte aber gerne, dass du es tust. Dann kannst du in der Schweiz an mich denken und dich bei mir melden, wenn du dafür Zeit hast.«

Lily umarmte Alex fest.

»Danke, Alex. Das werde ich, versprochen. Außerdem werde ich dich besuchen, wenn ich zu Hause bin. Ich komme schon in vier Wochen für ein Wochenende zurück.«

»Ich werde dich trotzdem vermissen.«

»Ich werde dich auch vermissen. Ich werde alles hier vermissen. Meine Schule, meine Freunde und das Reiten... Aber die Schweiz ist ja nicht für immer. Nach meinem Abschluss komme ich wieder zurück.«

»Bitte geh nicht in die Schweiz.«

Alex nahm seinen ganzen Mut zusammen, bevor er es ihr endlich gestand:

»Ich liebe dich, Lily.«

Lily starrte Alex sprachlos an. Alex war schon drauf und dran zu behaupten, dass er nur einen Scherz gemacht hatte, doch dazu kam es nicht, denn plötzlich nahm Lily sein Gesicht zwischen ihre Hände und näherte sich ihm, bis ihre Nasenspitzen nur noch wenige Millimeter voneinander entfernt waren.

»Ich habe auch ein Abschiedsgeschenk für dich.«

Alex bekam weiche Knie, als sie flüsternd hinzufügte:

»Hast du schon mal ein Mädchen geküsst, Alex?«

Er beschloss, dass es besser war, nicht zu lügen. Peinlich berührt schüttelte er den Kopf und antwortete mit zittriger Stimme:

»Nein, noch nie.«

»Dann schließ deine Augen.«

Alex gehorchte. Einen Augenblick geschah nichts, dann spürte er Lilys weiche Lippen auf seinen. Alex schlug das Herz bis zum Hals. Der Kuss mit Lily war ein unglaubliches Erlebnis. Sie knabberte sanft an seinen Lippen, dann tastete sich ihre Zunge in seinen Mund vor, spielte mit seiner, verursachte in Alex' Magen ein Feuerwerk. Alex hatte das Gefühl, sich schrecklich ungeschickt anzustellen, aber Lily zeigte ihm, wie es funktionierte, und er entspannte sich. Er traute sich sogar, seine Hände um ihre Taille zu legen und die Führung beim Knutschen zu übernehmen. Und dann, viel schneller, als es Alex lieb war, war der Kuss mit ihr auch schon vorbei und Lily lächelte ihn schelmisch an.

»Du lernst schnell.«

Alex schwebte wie auf Wolken. Sein süßes Geheimnis verlieh ihm einen Hauch an Reife, die ihn von seinen kindlichen Freunden abgrenzte und ihn über seinen Abschiedsschmerz von Lily hinwegtröstete.

Am ersten Schultag schien alles wie immer. Ced und die anderen Mitschüler rangelten, sprangen auf Tischen herum, spielten im Klassenzimmer Fußball mit ihren Sporttaschen und störten den Unterricht. Alex hingegen starrte nur auf Lilys leeren Platz. Als es zur Pause klingelte, schloss sich Alex seinen Freunden beim Basketballplatz an.

»Bin mal gespannt, wann sie den finden«, kicherte Oscar.

»Wen?«, fragte Alex.

»Den Syrer.«

Ced erklärte grinsend: »Wir haben ihn heute vor dem Unterricht in der Besenkammer eingesperrt. Kraut hat sogar schon bei ihm zu Hause angerufen, um seine Eltern zu fragen, ob er den Unterricht schwänzt.«

»Warum habt ihr das gemacht?«

»Warum nicht? Ist doch lustig.«

»Ich finde das überhaupt nicht lustig«, entgegnete Alex erbost und stürmte davon.

Er hörte noch, wie Ced zu Oscar verwundert sagte:

»Was ist denn mit dem heute los? Hat er seine Tage?«

Alex' Austausch mit Lily wurde im Herbst immer spärlicher, Lilys Antworten immer kürzer und seltener. Alex schrieb Lily einen langen Brief, in dem er sich erkundigte, wie es ihr ging und wie ihr das Internat gefiel. Außerdem erzählte er von der Schule und ihren Freunden, und er gestand ihr, wie sehr er sie vermisste und wie oft er an sie denken musste. Er beklebte den Umschlag mit dutzenden Briefmarken und schickte ihn ab, aber er erhielt nie eine Antwort von Lily. Alex wartete sehnsüchtig das Ende der vier Wochen ab, doch an dem Wochenende, an dem Lily aus der Schweiz zurückkehrte, fuhr sie mit ihrer Familie nach Sylt und dann wieder ins Internat, ohne dass Alex sie gesprochen oder gesehen hätte.

Als er spätabends mit aufgeklapptem Laptop am Schreibtisch saß und Hausaufgaben machte, sah er zufällig, dass Lily bei Facebook online war.

Hi Lily, schrieb er ihr. Sie ließ ihn zweiundzwanzig Minuten warten, bis sie antwortete:

Warum bist du noch wach? Solltest du nicht schon längst schlafen?

Ich bin doch kein Baby, antwortete er beleidigt und verlangte zu wissen:
Hast du meine Nachrichten und meinen Brief denn gar nicht bekommen? Du hast mich nie zurückgerufen oder geantwortet.

Sorry deswegen, lautete ihre saloppe Antwort. *Ich hatte einfach noch keine Zeit. Hier gibt es so viel zu tun.*

Alex tippte: *Wie geht es dir? Wie ist die neue Schule?*

Das erzähle ich dir ein anderes Mal. Ich muss jetzt off. Schlaf gut, Alex. XOXO

Sie loggte sich aus. Alex schlug sein Heft frustriert zu und schaltete seine Schreibtischlampe aus, dann legte er sich mit seinem Laptop ins Bett und schaute sich Lilys Facebook-Profil an. Sie hatte zumindest genug Zeit gehabt, bei Facebook eine Unmenge Fotos von sich hochzuladen, dachte er bitter. Vor der Kulisse giftgrüner Berge und glasklarer Seen spielte sie Tennis, machte Segelausflüge und verbrachte Zeit mit Jugendlichen in schicken Kleidern und Blazern mit Internatswappen. Alex probierte noch einige Male, mit Lily in Kontakt zu treten und mehr über ihr Leben in Montreux zu erfahren, aber sie vertröstete ihn jedes Mal aufs Neue und antwortete ihm irgendwann überhaupt nicht mehr. Sie gratulierte ihm nicht einmal zum Geburtstag.

Voller Schwermut widmete sich Alex dem Klavierspiel, als sein Handgelenk wieder heilte, um sich von seinem bohrenden Liebeskummer abzulenken. Er übte in jeder freien Minute und begann, sich von den überwiegend technisch anspruchsvollen Stücken zu entfernen, um sich den tiefgründigen und gefühlvollen Musikwerken der großen Komponisten wie Liszt, Chopin und Debussy zuzuwenden. Außerdem probierte Alex sich im Komponieren. Selbst Yumi stöhnte unter seinem rasanten Fort-schritt und fand die Stücke, die er gemeinsam mit Pro-fessor Wolff für den Landeswettbewerb ausgesucht hatte, viel zu anspruchsvoll. Professor Wolff lobte die neue Tiefe und Reife von Alex' Spiel. Der alte, kluge Mann schien ge-nau zu wissen, was in seinem Schüler vorging.

»Weißt du, Alex«, sagte er eines Nachmittags, als Alex seine Notenbücher nach dem Unterricht zusammen-packte. »Es gibt nichts, was einen jungen Künstler so be-flügelt wie die Liebe. Die Liebe lässt uns erst verstehen, wer wir sind und was unser Dasein lebenswert macht. Eigentlich gibt es nichts Schöneres als dieses Gefühl.«

»Ich finde, sie tut einfach nur weh.«

»Die Liebe tut nicht weh, sondern die Erwartungen, die wir an sie knüpfen.« Er legte eine Hand auf Alex' Schulter.

»Kämpfe nicht dagegen an. Lass die Liebe in dir wach-sen, dann wirst du an ihr wachsen.«

Wenn seine Sehnsucht nach Lily unerträglich wurde, fuhr Alex spätabends durch den Wald zum Reitstall, um Lilys Pferde zu besuchen. Es roch nach Heu, und überall in der Dunkelheit war leises Geraschel oder das Schnauben von Pferden zu hören. Wenn Lilys Pferde auf den von ihm mitgebrachten Möhren und Äpfeln kauten und ihn treu und dankbar ansahen, fragte Alex sich, ob die Pferde Lily genauso vermissten wie er. In der Klasse jedenfalls schien außer ihm und Maja niemand mehr wirklich an Lily zu denken. Am Anfang setzte sich Maja im Unterricht noch oft neben ihn, um über Lily zu sprechen, oder begleitete ihn in die Mittagspause, aber ohne Lily konnten Alex und Maja nicht viel miteinander anfangen. Nach Lilys Wegzug aus Moosbach trennte Maja sich sogar von Karl. Auf einer Bad-Taste-Party knutschte sie dann betrunken mit Ced herum, wurde aber schließlich Oscars Freundin und hörte dann auf, den Kontakt zu Alex zu suchen. Es wurde Win-ter, und Lily verbrachte die Winterferien in Moosbach.

Alex sah sie wieder, als sie ihn ein paar Tage vor Weihnachten besuchen kam. Lily war verändert. Sie war geschminkt, hatte rot lackierte Fingernägel und während sie mit angezogenen Beinen auf seinem Bett saß, schwärmte sie ununterbrochen von der Schweiz.

Als Alex sie fragte, ob sie sich überhaupt nicht darüber freute, wieder zu Hause zu sein, zuckte sie bloß mit den Achseln.

»Ich vermisse Montreux und meine Freunde dort.«

»Ich dachte, du würdest auch Moosbach vermissen. Hast du nicht gesagt, dass dir deine Freunde, deine Schule und das Reiten fehlen werden?«

»Mit dem Reiten habe ich aufgehört. Dafür habe ich in Montreux keine Zeit.«

»Spielst du denn noch Klavier?«

»Gott, nein.« Lily winkte ab. »Ehrlich gesagt, habe ich Klavierspielen schon immer gehasst. Zu Hause hat meine Mutter mich dazu gezwungen, aber im Internat kann ich endlich tun und lassen, was ich möchte. Nichts gegen dich, Alex, aber klassische Musik ist für mich ein Albtraum.«

»Wirklich?« Alex schluckte schwer, während er an die selbstkomponierten Stücke dachte, die er Lily hatte schenken wollen. »Was für Musik magst du denn, Lily?«

»Naja, du weißt schon, *coole* Musik eben. Hiphop oder EDM, zum Beispiel. David Guetta ist total klasse. Apropos EDM. Ich muss gleich los. Ich fahre heute Abend mit meinem Bruder und seinen Freunden auf eine Party nach Hamburg. Moosbach ist so eine Einöde.«

Nachdem Lily gegangen war, warf sich Alex auf sein Bett. Ihm war zum Heulen zumute. Lily und er hatten den ganzen Sommer zusammen verbracht und hatten sich geküsst und nun tat sie so, als wäre nie etwas gewesen, als wäre Alex ein Niemand für sie. Es erschreckte ihn, wie kaltherzig und abgebrüht Lily sich verhalten konnte. Dennoch verspürte Alex zum ersten Mal in seinem Leben das Verlangen, sich von seiner Mutter ein besonderes Weihnachtsgeschenk zu wünschen, und er fragte sie beim Abendessen hoffnungsvoll, ob sie ihm zu Weihnachten ein Mischpult schenken könnte. Seine Mutter sah ihn verständnislos an.

»Ein Mischpult? Was soll denn das sein?«

»Ich möchte damit elektronische Musik machen.«

»Wofür brauchst du denn sowas? Du hast doch gar keine Zeit dafür.«

»Bitte, Mama! Ich hätte echt Spaß daran.«

»Was kostet denn dein Mischpult?«

»Ich weiß nicht. Vielleicht so 500 Euro.«

»Bist du wahnsinnig geworden? Das ist viel zu teuer.«

»Aber mein Klavier hat doch viel mehr gekostet!«

»Ein Klavier ist auch etwas Sinnvolles im Gegensatz zu diesem Mischpult.«

Der Frühling brach an, und in den nächsten Monaten sah Alex Lily überhaupt nicht mehr. Lily war an Silvester sechzehn geworden und kein Kind mehr, sondern eine junge, schöne Frau. Außerdem kam Lily nicht mehr so oft nach Hause wie am Anfang des Schuljahrs, denn sie hatte sich im Internat verliebt. Von Maja erfuhr Alex, dass Lilys neuer Freund aus Hong Kong stammte und Nate hieß.

»Seine Familie schwimmt in Geld«, berichtete Maja. »Oscar hat es gegoogelt und es stimmt wirklich. Sie besitzen Wolkenkratzer, Privatjets, Yachten ... Denen gehört sogar ein Fußballclub in England. Kannst du dir das vorstellen, Alex? Ein eigener Fußballclub!«

Im Laufe des Schuljahres hörte Ced auf, Karsaz zu ärgern, entweder weil Alex sich mit der Zeit mit ihm angefreundet hatte oder weil Ced langsam erwachsen wurde, und als neues Mitglied der Gruppe wurde Karsaz von Ced auf den Spitznamen ›Kasy‹ getauft.

Während Kasy in der Schule immer besser wurde, wurde Ced trotz Alex' Bemühungen, ihm zu helfen, immer schlechter. Am Ende der zehnten Klasse stand er vor der Entscheidung, sitzenzubleiben oder den Realschulabschluss zu machen, was Ced als Wahl zwischen Pest und Cholera bezeichnete. Offenbar schien Ced Cholera dennoch zu bevorzugen, denn er entschied sich für letztere Variante und verließ das Gymnasium. Anders als Lily war Ced auch nach seinem Schulwechsel immer noch präsent. Vielleicht war sein Schulwechsel auch erst die Voraussetzung, dass Ced, Kasy und Alex zu einem unzertrennlichen Dreiergespann wurden. Es war, als hätte in der Freundschaft zwischen Alex und Ced immer eine ausgleichende Kraft gefehlt, die mit Kasy eingetreten war. Als wäre ihre Freundschaft ein chemisches Gemisch, in dem Kasy die dritte Komponente und Ceds Schulwechsel der Katalysator waren, die es erst entstehen ließ. Glücklicherweise trug es Kasy Ced nie nach, dass er ihn gehänselt hatte. Er sprach am Ende der zehnten Klasse fließend Deutsch, wenn auch mit einem Akzent, der sich bei bestimmten Aneinanderreihungen und Kombinationen von Wörtern zeigte. Außerdem entwickelte er eine beneidenswerte Wortgewandtheit.

Im Sommer fuhr Alex mit seinen Eltern für eineinhalb Wochen nach Portugal an die Algarve. Die restlichen Wochen verbrachte er mit Ced und Kasy in Moosbach. Kasy fälschte für sie drei Schülerausweise, auf denen sie sich als Neunzehnjährige ausgaben, weil Kasy achtzehn zu verdächtig fand, und dann machten sie zu dritt den ganzen Sommer lang die Dorfdiscos unsicher, wo sie ihre ersten Erfahrungen mit Mädchen und Wodka Energy sammelten. In diesem Sommer entdeckte Kasy außerdem seine Vorliebe für Selbstbräuner, und Alex begann einen durch Joachim vermittelten Aushilfsjob bei Airbus, um sich Geld für das Mischpult, das er mehr denn je wollte, zu verdienen. Unterdessen zerstritt Ced sich mit seinem Vater, von dem sich Ceds Mutter vorher getrennt hatte, und der daraufhin in einer Geste der Streitsucht in ihrer zweiwöchigen Abwesenheit eine Mauer mitten durch das Haus errichtet hatte. Er wollte in der linken Hälfte leben und verlangte, dass Ceds Mutter und die Kinder die rechte Hälfte bezogen.

»Stell dir das vor, die Mauer geht mitten durch unsere Küche und er hat den Kühlschrank!«, echauffierte sich Ced.

Ced zog aus diesem Grund zum Ende des Sommers hin von seinem Zuhause aus und wohnte bis zum Beginn seiner Ausbildung bei Kasy auf dem Grundstück der Lindenbaum AG. Etwa zu dieser Zeit erfuhr Alex zum ersten Mal von der Krebsdiagnose seiner Mutter, die sie und Joachim beinahe eineinhalb Jahre lang vor ihm verheimlicht hatten. Sie brachen ihr Schweigen, als seine Mutter eine Chemotherapie beginnen musste, weil der Krebs begann, sich in ihrem Körper unaufhaltsam auszubreiten. Zum ersten Mal war Alex erschüttert von der Grausamkeit und Hässlichkeit der Welt, die weiterexistierte wie bisher und auf seine albernen Hoffnungen und großspurigen Träume pfiff. Wenn Menschen das Leben als Linearität erlebten wie eine Reihe bunter Dominosteine, die aufeinander krachten, Ereignisse in Gang setzten und oftmals viel zu schnell ins Leere trafen, dann fehlte für Alex' Empfinden in diesem Augenblick ein wichtiger Stein, was eine gähnende Monotonie in ihm auslöste. In einer sinnlosen Protestaktion schnitt er sich seine Haare kurz und gab das Klavierspielen vollständig auf.

»Wie meinst du das, du spielst nicht mehr?«, fragte Yumi entsetzt, als er ihr seine Entscheidung mitteilte. Sie waren auf dem Universitätscampus und Alex, der die Hände in seinen Jackentaschen vergraben hatte, scharrte mit dem Fuß über einen rostigen Fahrradständer.

»So einfach. Ich habe keine Lust mehr, Klavier zu spielen.«

»Aber was wird dann aus dem Landeswettbewerb? Du hast so hart geübt! Du kannst doch jetzt nicht einfach aufhören und alles hinschmeißen.«

»Klavierspielen nervt aber. Außerdem habe ich sowieso keine Zeit mehr dafür. Ich habe mir endlich ein Mischpult gekauft und ich habe mich dazu entschieden, DJ zu werden.«

»DJ«, wiederholte Yumi fassungslos. »Du spinnst doch! Was werden deine Eltern sagen? Und Professor Wolff?«

Mit seiner Ankündigung, mit dem Klavierspielen aufhören zu wollen, schockierte Alex alle. Professor Wolff bekniete ihn darum, es sich anders zu überlegen, und suchte ein klärendes Gespräch mit Alex' Eltern. Anna redete ihrem Sohn gut zu, drohte ihm, machte ihm ein schlechtes Gewissen und lockte ihn mit Belohnungen, aber Alex weigerte sich, zu üben und den Klavierunterricht zu besuchen. Sogar Joachim konnte ihn nicht dazu bewegen, seine Meinung zu ändern.

In der Oberstufe entwickelte sich dann alles wie erwartet oder gänzlich anders. Ced begann eine Ausbildung zum Schiffsmechaniker in Hamburg und verliebte sich in Yumi, die er durch Alex kennenlernte und die das erste Mädchen war, in dessen Gegenwart er sich nicht albern benahm.

Maja erfüllte sich einen lang ersehnten Traum und bewarb sich bei Germany's Next Topmodel. Sie war mehrere Monate in L.A., bis kurz vor dem Finale Heidi Klum leider kein Foto mehr für sie hatte, aber immerhin einen Vertrag in einer Modelagentur, für die Maja auch nach ihrer Rückkehr nach Deutschland arbeitete.

Oscar hörte mit Feldhockey auf, fing das Kiffen an und nahm innerhalb weniger Monate in seiner Zeit als Auszubildender bei der Lindenbaum AG um die vierzig Kilogramm zu, was ihm in ihrer Runde den Spitznamen ›Cartman‹ bescherte, Maja aber nicht davon abhielt, weiter mit ihm zusammenzubleiben.

Der ältere der Feuerstein-Zwillinge legte ein Auslandsjahr in England ein, und als er zurückkam, konnte er noch schlechter Englisch als vor seiner Abreise. Gemeinsam mit seinem jüngeren Bruder ging er nach seinem Abschluss, den er mit Ach und Krach schaffte, auf eine Privatuniversität in Hamburg und studierte Gesundheitsmanagement.

David versuchte sich mithilfe dubiöser Schneeballsysteme in der Selbstständigkeit, bis er irgendwann die Schule abbrach, an Oleg Zelenko geriet und sein Laufbursche wurde, was seine Transformation zu ›Anabol Dave‹ auslöste, einem mit Steroiden vollgepumpten Fitnessjunkie.

Kasy, der den Entschluss gefasst hatte, wie einst sein Vater Medizin zu studieren, lernte in der Oberstufe Tag und Nacht und wurde der beste Schüler des Jahrgangs mit einem Abiturschnitt von 1,1. Weil er es sich nicht leisten konnte, sofort von zuhause auszuziehen, jobbte er zunächst in der örtlichen Tankstelle. Als sein Zulassungsbescheid für das Medizinstudium in Hamburg eintrudelte, küsste Kasy den Umschlag und weinte vor Glück. Über Kasys Zulassung zum Medizinstudium freute Alex sich mehr als über jeden seiner bisherigen eigenen Erfolge.

Von allen seinen Freunden schien Alex der Einzige zu sein, der nicht so richtig wusste, was er nach der Schule mit seinem Leben anfangen wollte. Obwohl die Chemotherapie anschlug und seine Mutter sich allmählich von ihrer Krebserkrankung erholte, fühlte sich Alex verloren und orientierungslos. Nachdem er das Klavierspielen aufgegeben hatte und mit der Zeit, zum größten Missfallen seiner Mutter, schulisch eher im Mittelmaß versunken war, hatte er fast seine gesamte Freizeit und seinen in der Pubertät noch verbliebenen Enthusiasmus darauf verwendet, seine Fähigkeiten am Mischpult zum Leidwesen seiner Eltern auszubauen, die den Krach aus seinen

Lautsprechern tagtäglich ertragen mussten. Mit siebzehn machte Alex einen Remix eines etwas in die Jahre gekommenen Indie-Liedes, der genau den Nerv der Zeit traf und sogar mehrere Monate lang im Radio lief. Mit den Einnahmen finanzierte sich Alex seinen Führerschein und sein erstes eigenes Auto, einen gebrauchten Audi A3. Im Anschluss überlegte Alex, ob er beruflich etwas mit Musik machen sollte. Als DJ und Nachwuchsproduzent war er nicht erfolglos. Spätestens seit seinem Sommerhit wollte ihn sowieso jeder Club in der Umgebung buchen, aber weil er so jung war, durfte er lange Zeit nur bis zehn Uhr abends auflegen. Zwar verdiente er bereits Geld mit Auflegen, bevor er volljährig wurde, aber als er seinen achtzehnten Geburtstag feierte, hatte er dennoch das Gefühl, etwas Handfestes machen zu müssen. Alex hatte keine Lust auf einen klassischen Bürojob. Aus diesem Grund entschloss er sich, in Joachims Fußstapfen zu treten und eine Ausbildung zum Piloten zu machen. Joachim freute sich so sehr über seine Entscheidung, dass er sich erbot, Alex das kostspielige Studium zu finanzieren. Alex bestand die Aufnahmeprüfungen der Lufthansa Group an der Verkehrsfliegerschule in Bremen, für die er sich ernsthaft vorbereitet hatte, mit Bravour, das medizinische Tauglichkeitszeugnis hingegen wegen seiner Sehschwäche nur sehr knapp.

In der Zwischenzeit hatte Alex Lily beinahe vergessen. Das hieß, er vergaß sie natürlich nicht mit derselben Endgültigkeit, mit der man eine Telefonnummer oder ein Passwort vergisst, aber von Tag zu Tag verlor die Erinnerung an sie ein Stück an Farbe und geriet zwischen den abwechslungsreichen Ereignissen in seinem Leben in den Hintergrund. Er ging durch Moosbach, ohne nach ihr Ausschau zu halten. Er sah Firmenfahrzeuge der Lindenbaum AG geschäftig durch den Ort herumfahren, ohne an Lily denken zu müssen. Er hörte auf, andere Mädchen mit ihr zu vergleichen.

Natürlich war er ihr in der Zwischenzeit auch drei oder vier Mal zufällig begegnet, wenn sie ihre Eltern in Moosbach besuchen kam, aber bei diesen Gelegenheiten hatten sie kaum mehr als ein paar Worte miteinander gesprochen.

Umso verwunderter war er, als eine eng beschriebene Postkarte ohne Absender, die als Motiv ein malerisches Fischerdorf zeigte, eines Abends zwischen Rechnungen und glänzenden Werbeblättern einfach aus dem Briefkasten herausfiel. Alex hob sie auf.

Ich kann nicht richtig spielen, weder auf dem Klavier noch auf dem Leben, nie, nie habe ich es gekonnt, immer war ich zu hastig, immer zu ungeduldig, immer kam etwas dazwischen, immer brach es ab, – aber wer kann schon richtig spielen, und wenn er es kann, was nützt es ihm dann? Ist das große Dunkel darum weniger dunkel, sind die Fragen ohne Antwort darum weniger aussichtslos, brennt die Verzweiflung über die ewige Unzulänglichkeit darum weniger schmerzhaft, und ist das Leben dadurch jemals zu erklären und zu fassen und zu reiten wie ein zahmes Pferd, oder ist es immer wie ein mächtiges Segel im Sturm, das uns trägt und uns, wenn wir es greifen wollen, ins Wasser fegt?

Da ist manchmal ein Loch vor mir, das scheint bis in den Mittelpunkt der Erde zu reichen. Was füllt es aus? Die Sehnsucht? Die Verzweiflung? Ein Glück? Und welches? Die Müdigkeit? Die Resignation? Der Tod? Wozu lebe ich? Ja, wozu lebe ich?

In der sommerlichen Abendluft las Alex die Postkarte mehrere Male hintereinander. Auf ihr klebte eine Briefmarke aus dem Oman und es war zweifellos Lilys Handschrift. Als Alex den Text bei Google eingab, stellte er fest, dass es ein Zitat aus einem Roman von Erich Maria Remarque war, von dem Alex noch nie gehört hatte.

Alex steckte die Postkarte ein und nahm den Bus zu

Kasy, denn er war aufgrund des ungewöhnlichen Zwischenfalls bereits viel zu spät zu seiner Verabredung zum Fußballschauen dran. Als Alex bei Kasys Zuhause ankam, lagen Kasys Füße übereinandergekreuzt auf dem niedrigen Fernsehtisch in seinem schäbigen Kinderzimmer, während Ced vor dem uralten Fernseher kniete und einen Wutanfall hatte, weil seine Mannschaft einen Elfmeter verschossen hatte. Zur Halbzeit kam die bestellte Pizza und Kasy und Ced verfielen in eine flache, aber angeregte Unterhaltung.

»Würdest du lieber jeden Tag mit Megan Fox vögeln, und kein Mensch glaubt dir, oder es nicht tun und dafür würden es alle denken?«

»Hm, schwierige Entscheidung«, sagte Ced, der sich auf Kasys ›Würdest-du-lieber-Spiel‹ einließ.

»Also ich würde lieber nicht mit ihr vögeln, aber dann dafür jeden Tag dazu beglückwünscht werden«, entgegnete Kasy und ein breites Grinsen stahl sich auf sein Gesicht. »Sex ist ein kurzes Vergnügen, aber denk mal an den ganzen Ruhm.«

»Würdest du dir lieber einen Finger abschneiden oder mir eine Fernbedienung schenken, die mir die Steuerung deiner Körperflüssigkeiten erlaubt?«

Kasy sagte ernst: »Erläutere bitte genauer.«

»Also ich besitze eine Fernbedienung, die mir, selbstverständlich immer zu den möglichst unpassenden Momenten, erlaubt, deine Körperflüssigkeiten auf Knopfdruck ausscheiden zu lassen.«

Kasy brach in schallendes Gelächter aus.

»Aber denk noch einmal kurz darüber nach, zu jedem Augenblick! Und du kannst gar nichts dagegen machen«, gab Ced zu bedenken.

»Okay, warte, warte.« Kasy griff nach seinem Benzinfeuerzeug und sah es nachdenklich an. Er hob den Deckel mit seinem Daumen an und ließ ihn dann geräuschvoll zuschnappen. »Würdest du lieber schweben, aber unendlich langsam, sagen wir, einen Meter in fünf Minuten oder einfach nur fallen?«

»Die ganze Zeit?«

»Ja, für immer. Du kannst alle Gegenstände berühren, außer die, die dein Schweben beschleunigen oder dein Fallen verhindern. Die Gegenstände folgen deinem physikalischen Gesetz. Wenn du zum Beispiel Blätter auf dem Schoß hast und fällst, fliegen sie dir alle aus der Hand ...«

Kasy unterbrach sich und wandte sich an Alex: »Was machst du da eigentlich die ganze Zeit, Alex?«

Alex, der geistesabwesend wieder die Postkarte studierte, hatte Kasys Aufmerksamkeit und Neugier erregt. Kasy lehnte sich so weit zu Alex herüber, dass er sich fast auf ihn legte.

»Was ist denn das? Ein Liebesbrief?«

»Die Karte lag heute in meinem Briefkasten.«

»Darf ich mal lesen?«

Alex reichte ihm die Postkarte und Kasy las sie laut vor.

»Schräg«, sagte Kasy dann. »Das klingt, als hätte das jemand geschrieben, der sehr traurig ist. Da steht gar kein Absender drauf. Vielleicht hat sich jemand vertan und die Karte versehentlich an dich geschickt. Oder weißt du, von wem sie ist?«

»Nein, ich habe keine Ahnung«, log Alex.

»Können wir uns jetzt bitte wieder den wirklich wichtigen Themen des Lebens widmen?«, fragte Ced gähnend und griff nach der Fernbedienung, um den Ton lauter zu stellen. »Fußball hat vor fünf Minuten wieder angefangen und diese Pissmannschaft Arsenal führt immer noch eins zu null.«

VII

Die Postkarte brachte Alex zum Nachdenken, und in den folgenden Wochen fragte er sich oft, ob er Lily anrufen oder ihr schreiben sollte, jedoch hielt ihn eine seltsame Befangenheit davon ab. Es war Cartman, der Alex von seinem Zwiespalt erlöste, als er anrief, um ihn zum Grillen an der Elbe anlässlich seines Geburtstags einzuladen. Ced hatte etwas anderes vor und Kasy war nicht eingeladen, deswegen fuhr Alex alleine hin. Es war ein brütend heißer Juniabend und selbst nach 21 Uhr brannte die Sonne in Alex' Nacken und die Temperatur lag noch immer über 30°C. Schon von Weitem hörte Alex House Musik und Gelächter vom Ufer des Elbstrands dröhnen und dort sah er Lily schließlich zwischen Cartmans Freunden wieder. Sie hatte sich ihre langen, wunderschönen Haare abgeschnitten und trug sie kinnlang. Alex fand, dass sie nun beinahe kindlich wirkte mit ihrem spitzen Kinn, den dichten dunklen Augenbrauen und den unergründlichsten graublauen Augen, die er je gesehen hatte. Sie war genauso hübsch wie früher und Alex erkannte sie augenblicklich, sie ihn aber nicht, zumindest nicht sofort. Erst nachdem sie ihn prüfend gemustert hatte, veränderte sich etwas in ihrer Miene. Lily schlug sich eine Hand vor den Mund und stieß einen entzückten Schrei aus.

»Alex!«

Sie fiel ihm um den Hals und drückte ihn fest und bevor Alex auf ihren unvermittelten Gefühlsausbruch reagieren konnte, hatte sie sich bereits von ihm gelöst. Sie lächelte ihn freudestrahlend an.

»Mein Gott, ich hätte dich fast nicht wiedererkannt! Unglaublich, wie groß du geworden bist! Wie geht es dir? Was machst du bloß hier?«

Alex fand seine Sprache wieder.

»Das sollte ich wohl eher dich fragen, Lily.«

Lilys Lächeln verwandelte sich in das vertraute, spitzbübische Grinsen, das Alex früher zahllose schlaflose Nächte bereitet hatte.

»Ich bin zum Studieren wieder nach Moosbach gezogen.«

»Nach Moosbach?«, wiederholte er ungläubig. »Du studierst hier?«

»Naja, ich studiere nicht direkt hier, sondern an der Universität in Hamburg.«

Sie hatten keine Gelegenheit, sich ausführlicher zu unterhalten, denn Cartman forderte sie ungeduldig auf, sich einem Beer-Pong-Spiel anzuschließen. Erst später, als gegrillt wurde und sie sich in der Abenddämmerung mit ihren Papptellern nebeneinander auf eine Decke setzten, konnten sie ihr Gespräch unter vier Augen fortführen.

»Ich wusste nicht, dass du heute Abend auch kommst. Cartman, ich meine Oscar, hat mir nichts davon erzählt.«

Ein belustigtes Lächeln stahl sich auf ihre Lippen.

»Cartman wie in Eric Cartman?«

Alex erwiderte ihr Lächeln.

»Ced und ich nennen ihn so. Er hat sich an den Namen gewöhnt. Mittlerweile mag er ihn sogar.«

»Es gibt gewisse Parallelen«, stimmte Lily zu.

Sie schwieg eine Weile, dann lehnte sie sich zu ihm herüber, ohne Cartman und seine anderen Gäste aus den Augen zu lassen.

»Lass uns schwimmen gehen, Alex«, flüsterte sie ihm zu.

»Jetzt?«

»Ja, jetzt. Ich langweile mich sonst zu Tode.«

Alex schlang die Reste seines Brötchens hinunter, raffte sich auf und folgte Lily folgsam den Strand entlang. Als sie aus dem Blickfeld ihrer Freunde verschwunden waren, blieb Lily stehen und sah ihn an. Leise drang die Musik vom Lagerfeuer zu ihnen herüber.

Lily summte das etwas melancholische Lied von Lana Del Rey leise mit und ihre Augen ruhten in seinen.

»Nun?«, sagte sie dann.

»Nun was?«

»Los geht's. Ab ins Wasser.«

Lily streifte sich ihr T-Shirt über den Kopf. Im fahlen Mondlicht wirkte sie mit ihrer Porzellanhaut zierlich, beinahe zerbrechlich. Alex blickte weg, fummelte verlegen an dem Reißverschluss seiner Jeans, um sie nicht ansehen zu müssen. Nachdem er sich seiner Klamotten bis auf die Unterwäsche entledigt hatte, stieg er fröstelnd die Badestege hinab. Die Elbe spülte einen Schwall Wasser an seine Knöchel. Es war kühl, aber er fand es nicht unangenehm. Er watete über glitschige Steine, bis das Wasser kniehoch war, dann warf er Lily einen Blick über die Schulter zu. Sie stand wie angewurzelt am Ufer.

»Kommst du nicht?«, fragte er.

»Ist das Wasser kalt?«

»Ein bisschen«, antwortete er. »Aber es geht schon.«

Lily strich sich eine lose Strähne hinters Ohr.

»Kannst du nicht erstmal ganz hineingehen?«

»Du warst doch diejenige, die schwimmen gehen wollte.«

»Was ist, wenn etwas im Wasser ist?«

»Zum Beispiel? «

»Ich weiß nicht. Krebse. Oder Fische.«

»Fische?« Er musste schmunzeln, als er ihr ernstes Gesicht erblickte. »Mach dir deswegen keine Sorgen, Lily. Ich passe auf dich auf.«

Lily nickte ernst, dann näherte sie sich ihm. Er bot ihr seine Hand an. Sie zögerte einen Augenblick, dann ergriff sie sie. Als sie unmittelbar neben ihm stand, verlor Lily kurz das Gleichgewicht und krallte sich ängstlich an seinem Arm fest.

»Da hat etwas mein Bein gestreift«, hauchte sie atemlos und sah ihn aus großen Augen an.

»Das sind nur ein paar Algen«, erwiderte er amüsiert. Lily senkte ihren Blick. Er spürte, dass sie zitterte. Gänsehaut bedeckte ihre Haut. Schließlich presste sie ihre Lippen aufeinander, schlang beide Arme um ihren Oberkörper und tauchte ins Wasser.

Er sah ihr eine Weile hinterher, dann machte er einen Kopfsprung in den Fluss. Lily war keine besonders gute Schwimmerin, und er hatte sie zügig eingeholt. Schweigend schwammen sie nebeneinanderher, bis sie eine größere Entfernung zurückgelegt hatten und Lily sich schnaufend an einer Boje festklammerte. Ihr Atem beruhigte sich nach kurzer Zeit wieder und ihr Blick ging verträumt in die Ferne. Über ihnen erstreckte sich nun ein sterngesprenkelter Himmel, klar und zart wie ein Seidenvorhang. Das mitternachtsblaue Wasser spiegelte den sichelförmigen Mond und die wirren, bunten Lichter des Hafens.

»Es ist schön hier«, bemerkte Alex mit rauer Stimme.

»Mh«, stimmte Lily zu. Er bewegte sich seitwärts, bis er das Seil der Boje zu fassen bekam und sich dagegenstemmte. Dann betrachtete er unschlüssig Lilys Profil, bis sie ihn unvermittelt fragte:

»Woran denkst du?«

Er musste unwillkürlich lächeln.

»Was ist so komisch?«, fragte sie.

»Ich weiß nicht«, antwortete er und fuhr sich mit der Hand durch seine nassen Haare. »Es ist irgendwie merkwürdig, hier zu sein. Mit dir. Wir haben uns Jahre nicht gesehen. Und irgendwie frage ich mich, wie viel von der Lily, die ich mal kannte, noch in dir steckt.«

Lily setzte eine unergründliche Miene auf.

»Du könntest mir eine Frage stellen, um mich wieder kennenzulernen.«

»Nur eine?«, neckte er sie.

»Ja, nur eine«, beharrte Lily und blinzelte ihn an. Alex spielte ihr Spiel mit.

»Wie soll ich dich kennenlernen, wenn ich dir nur eine Frage stellen darf?«

»Du musst dich einfach für die richtige entscheiden.«

Nachdenklich musterte er sie, während er fieberhaft über die Frage sinnierte, die Lily zu erwarten schien.

»Wenn du jemandem erklären müsstest, wer du bist«, fragte er schließlich. »Was würdest du sagen?«

Lily stieß sich von der Boje ab und setzte sich neben ihn auf das Seil, das wild hin und her schaukelte.

»Das ist einfach. Es gibt nichts an mir, das sich fassen ließe. Ich bin Raum und Zeit oder Werden.«

»Das war's?«, fragte er nach einem Augenblick des Schweigens. »Das ist deine Antwort?«

»Du hast mir eine Frage gestellt und ich habe sie beantwortet«, rechtfertigte sich Lily achselzuckend.

»Das ist doch keine richtige Antwort.«

Sie lächelte frech.

»Es ist eines meiner Lieblingszitate. Ich finde es eigentlich ziemlich treffend.«

»Komm schon. Das ist echt unfair«, beschwerte er sich kopfschüttelnd.

Sie legte den Kopf schief.

»Na gut. Einen Versuch hast du noch.«

»Ach, das ist doch albern.«

»Überhaupt nicht.«

Alex stieß ein Seufzen aus.

»Du hast mir echt gefehlt, Lily.«

»Wirklich?«

»Ja, wirklich. Als du in die Schweiz gegangen bist, habe ich mich irgendwie damit abgefunden, dass sich unsere

Wege trennen. Ich habe nie gedacht, dass du wieder zurückkommen würdest und alles so werden könnte wie früher.«

»Aber das habe ich dir doch versprochen, Alex.«

Alex wusste nicht, was er darauf antworten sollte. Schließlich fragte er: »Warum hast du mir diese Karte geschickt, Lily?«

»Ich weiß nicht ... Ich schätze, es war einfach meine unbeholfene Art, um mich bei dir zu entschuldigen.«

»Wofür?«

»Dafür, dass ich dir nie zurückgeschrieben habe. Dass ich unsere Freundschaft nicht erhalten konnte. Dafür, dass ich dir damit wehgetan habe.«

»Das war die merkwürdigste Entschuldigung, die ich je bekommen habe.«

»Nimmst du sie trotzdem an?«

»Klar nehme ich sie an.« Sie tauschten ein Lächeln aus und Alex kniff sie versöhnlich in die Seite, worüber sie kichern musste.

»Wie war es im Oman?«, wollte er dann wissen.

»Unglaublich.«

»Erzähl mir davon.«

»Ganz weit im Norden, an einem winzigen Zipfel, der durch Dubai vom Rest des Landes abgegrenzt ist, bin ich zuerst an der Grenze zum Oman an ein paar hohen Drahtzäunen und zwei Männern mit Maschinengewehren vorbeigefahren. Der erste Ort, den ich im Oman besuchte, war eine Bucht. Eine Halbinsel, auf der sich ein winziges Fischerdorf befand, umgeben von riesigen zerklüfteten Felsen und einem smaragdgrünen Ozean. Das Dorf war, wie der Rest des Omans, streng islamisch. Die Frauen waren von unten bis oben verschleiert, und wenn sie Touristen gesehen haben, haben sie sich schnell in ihren Häusern versteckt. An den Ausläufern des Gebirges wuchsen Weihrauchsträucher. Außerdem gab es Ziegen ohne

Ende. Sie waren echt überall und sie haben den ganzen Tag nichts anderes getan, als im Schatten zu stehen und sich vor der Sonne zu verstecken. Als ich eines Nachmittags im Dorf spazieren war, bin ich an einer hohen Mauer vorbeigegangen, die vielleicht einen zwei Meter breiten Schatten geworfen hat, aber in diesem Schatten standen bestimmt hunderte Ziegen, dicht beieinander gedrängt. Es war ein wirklich komischer Anblick.«

»Was hast du noch im Oman gesehen?«

»Ich habe die Küsten gesehen, den Ozean und das Hadschar-Gebirge. Und natürlich die Wüste. Ich fand es total faszinierend. In der Wüste gab es manchmal kilometerweit nichts. Nicht ein einziges Gebüsch. Nur Sanddünen.«

»Warst du ganz alleine unterwegs?«

»Nein, wir waren eine Reisegruppe. Die Leute kamen aus der ganzen Welt. Es gab einen portugiesischen Fotographen und eine Wiener Meeresbiologin, die auf den Malediven gearbeitet hat. Einer der Reisenden war professioneller Serviettenfalter. Er kam aus New York und arbeitete für einen Milliardär. Sein Job bestand darin, Servietten zu falten. Aber nicht diese langweiligen, die man aus dem Restaurant kennt, sondern richtig komplizierte und ausgefallene. Er wurde ziemlich gut bezahlt, aber dafür musste er sich auch jeden Tag eine neue Serviettenform ausdenken. Er hat erzählt, dass er fast den ganzen Tag an den Entwürfen gearbeitet hat. Aus dem Arbeitszimmer seines Chefs hatte er einen Ausblick über halb Manhattan samt Central Park, und für ihn war der Höhepunkt des Tages, wenn sein Chef vor dem Abendessen zufrieden die neuen Servietten absegnete.« Alex hob zweifelnd eine Augenbraue, aber Lily fuhr unbeirrt fort. »Wir hatten alle viel Spaß. Es war natürlich heiß wie sonst was und das Wandern war ziemlich anstrengend. Nachts zelteten wir am Lagerfeuer. Ich kann mich heute noch ganz genau an das Knistern und Flackern des Feuers erinnern. Und ich weiß noch, dass ich Oreo-Kekse mit Amaretto gegessen habe, bis ich Bauchschmerzen bekam.«

»Oreo-Kekse mit Amaretto?«, wiederholte er skeptisch.

»Die Oreos mit dem Schokoladenüberzug. In Amaretto getaucht sind sie wirklich gut. Den Tipp habe ich von einer guten Freundin aus der Schweiz bekommen.«

»Aha. Und woher hattest du den Amaretto? Hast du nicht gesagt, dass der Oman ein streng islamisches Land ist?«

»Von Schmugglern an der östlichen Küste des Omans«, antwortete Lily. »Sie kamen mit ihren Booten aus dem Iran. Über den Ozean.«

»Obwohl ich natürlich zugeben muss, dass du eine gute Erzählerin bist, klingt deine Geschichte ziemlich verrückt, Lily.«

»Ich finde sie überhaupt nicht verrückt. Ich finde, sie ist ganz genau so, wie das Leben ist«, widersprach sie.

»Und wie ist das Leben deiner Meinung nach?«

»Chaotisch. Unvorhersehbar. Absurd.«

Sie blickte hinauf in den Himmel.

»Eines Tages schlugen wir unsere Zelte in der unmittelbaren Nähe eines Nomadenvolks auf. Abends konnte man ihre Gesänge und ihre Trommeln in den Sanddünen hören. Es war, als besäße die Wüste einen Herzschlag.« Sie senkte ihre Stimme. »In der Nacht gab es einen Sandsturm, der ein ziemliches Durcheinander anrichtete. Es war schlimm. Die meisten Kamele der Nomaden waren verlorengegangen. Der Sturm hatte Zelte unter sich begraben. Zwei kleine Kinder sind erstickt. Ich ging an dem Morgen nach dem Sturm spazieren, auf der Suche nach einer Oase, von der mir der Reiseführer erzählt hatte. An der Oase habe ich ein Kamel gefunden. Es lag auf dem Boden zwischen ein paar Dornensträuchern, und zuerst dachte ich, es würde im Sterben liegen. Aber als ich genauer hinsah, bemerkte ich, dass es ein Kalb geboren hatte. An diesem Tag habe ich gesehen, wie das Leben in den Tod übergeht und Zerstörung in Schöpfung. Ich glaube, das war der Augenblick, an dem ich zum ersten Mal etwas ganz Fundamentales wirklich begriffen habe, nämlich dass alles – und zwar ausnahmslos alles – vergänglich ist.«

Lily verfiel in Schweigen. Es schien, als sei sie in Gedanken ganz woanders. Im Oman vielleicht, überlegte er. Bei den Ziegen, der Wüste und dem Ozean. Alex räusperte sich, doch bevor er etwas sagen konnte, erklang eine schallende Stimme.

»Hey, ihr Wasserratten! Wollt ihr nicht mal wieder rauskommen?«

Es war Cartman, der gerufen hatte. Er stand am Ufer und winkte ihnen zu. Lily lächelte Alex an, dann stieß sie sich vom Seil ab und rief:

»Wer zuerst am Ufer ist, hat gewonnen!«

VIII

A m nächsten Morgen wurde Alex von dem Klingeln seines Telefons geweckt. Es war Kasy, der immer noch vor den Kopf gestoßen war, dass Cartman ihn nicht eingeladen hatte, und wissen wollte, wie der Abend an der Elbe gewesen war.

»Gut«, sagte Alex und setzte sich mit schmerzenden Gliedmaßen auf. »Aber ich fühle mich nicht besonders gut. Ich glaube, ich werde krank. Ich war gestern Nacht schwimmen und es war irgendwann verdammt kalt.«

»Du warst was?«

»Schwimmen«, wiederholte Alex. »In der Elbe.«

»Wie kommt man denn auf einen so dummen Einfall? Warst du besoffen?«

»Nein, eigentlich nicht.«

Alex zog kurz in Erwägung, alles geträumt zu haben, doch als er sich die Wirklichkeit und Greifbarkeit seiner Erinnerungen vergegenwärtigte, stellte er fest, dass es kein Traum gewesen sein konnte.

»Hör mal, Kasy. Wollen wir uns nicht lieber Sonntagabend treffen? Heute passt es bei mir eigentlich nicht besonders gut.«

»Klar, ruf mich an.«

Alex legte auf und sank zurück in die Kissen. Ein paar Minuten lang gab er sich seinen Gedanken an Lily hin, bis er sich widerwillig aus dem Bett schob, um sich anzuziehen. Alex' Umzug nach Bremen stand unmittelbar bevor, und seine Mutter half ihm dabei, ein paar Dinge für seine neue Wohnung zu besorgen und seine Kleidung einzupacken. Im frühen Herbst begann Alex seine Theorieausbildung in Bremen. Auf seinem Stundenplan standen Fächer wie Navigation, Meteorologie, Elektrotechnik und Aerodynamik. Die Ausbildung war anspruchsvoll und ließ wenig Raum für Zerstreuungen. An den Wochenenden fuhr Alex nach Hause oder nach Hamburg zu Kasy und Ced, wo er jeden zweiten Samstag im *Manhattan* auflegte, einem exklusiven Club in der Nähe des Hamburger Hafens. Alex hatte angefangen, wieder ab und an mit Lily zu telefonieren, aber eine ganze Weile schafften sie es nicht, einander zu treffen, weil auch Lily zwischen Hamburg und Moosbach hin und her pendelte und häufig am Wochenende auf Reitturnieren in anderen Städten unterwegs war.

Als Ced und Yumi sich trennten, zog Ced zu Kasy, und wie schon zu ihrer Schulzeit tauchten Ced, Kasy und Alex an den Wochenenden zu dritt in das Hamburger Nachtleben ein. Im Gegensatz zu Alex und Ced war Kasy, obwohl er weit weniger gutaussehend war, bei den Frauen ziemlich erfolgreich und er hielt mit seinen Weisheiten gegenüber Alex und Ced nicht hinter dem Berg:

»Naja, es ist doch ganz einfach. Ihr zwei Lappen kriegt nie eine ab, weil ihr ewig um eine Frau herumtänzelt, mit gesenktem Blick, versteht sich, und so tut, als würdet ihr sie nicht beachten, und sie schließlich aus reiner Verunsicherung heraus doch nicht ansprecht. Ich hingegen würde auf sie zugehen, gestraffte Schultern, selbstbewusste Haltung, ihr tief in die Augen blicken und etwas in der Richtung sagen: ›Ich frage mich schon den ganzen Abend lang, wie du heißen könntest.‹

Ich würde gar nicht zu viel von mir selbst erzählen. Ich würde sie zum Reden bringen und ihr zuhören. Von Anfang an Interesse und Verständnis suggerieren, wenn ihr versteht, was ich meine. Natürlich würde ich ihr auch etwas zu trinken anbieten und mich für meine Unaufmerksamkeit entschuldigen. Wenn sie nach einer Cola fragt, würde ich denken: ›Mit 'ner Cola werde ich sie nie ins Bett kriegen.‹ Sagen würde ich aber: ›Willst du nicht etwas Vernünftiges trinken?‹ Für sie nur das Beste. Champagner, versteht sich. An diesem Abend habe ich nur Augen für sie. Ich trage sie auf Händen, weil sie in diesem Augenblick die einzige Frau auf der Welt für mich ist, versteht ihr? Vor dem Club steht dann mein Luxusschlitten. Es spielt überhaupt keine Rolle, ob ich ihn an diesem Abend gemietet, ausgeliehen oder geklaut habe oder ob er mir wirklich gehört. Bei den meisten Frauen wird das die Wirkung nicht verfehlen. Der Rest ist dann wirklich einfach.«

Ein paar Wochen nach Cartmans Geburtstag rief Lily Alex an und fragte ihn, ob er nicht Lust hätte, bei Maja in Hamburg vorbeizukommen. Die Frage kam unmittelbar und überraschend, es war Donnerstagnachmittag und er war in Bremen, nichtsdestotrotz sagte Alex zu. Als Lily wieder auflegte, fühlte Alex sich von dem kurzen Gespräch derart in Unruhe versetzt, als wäre er gerade in Rekordgeschwindigkeit die fünf Stockwerke zu seiner Wohnung hochgesprintet. Grübelnd inspizierte er seinen Kleiderschrank und überlegte, was er anziehen sollte, und er stand etwa zwanzig Minuten vor dem Spiegel, bis er mit seiner Frisur zufrieden war. Danach brauchte er mit seinem Auto durch den Abendverkehr noch beinahe zwei Stunden bis Hamburg. Es wurde zehn vor neun, als er schließlich an Majas Wohnungstür klingelte. Lily öffnete ihm und führte ihn hinein.

»Bitte, mach's dir bequem.« Sie deutete auf die geschmacklosen, mit Zebrafell bezogenen Sessel in Majas Wohnzimmer. Er folgte ihrer Aufforderung und setzte sich. Lily nahm eine Dose Cola für Alex und eine Flasche Wein für sich aus dem mit zahlreichen Zeitschriftenausschnitten beklebten Kühlschrank und setzte sich ihm gegenüber. In aller Seelenruhe schraubte sie den Korken heraus, goss das Glas fast randvoll und trank es innerhalb von Minuten mit gedankenverlorener Miene leer, als wäre er gar nicht anwesend. Da Alex keine Ahnung hatte, was er sagen sollte, schwieg er, bis sich die Tür zu Majas Schlafzimmer kurze Zeit später öffnete und sie in einem pinken

Juicy-Couture-Jogginganzug hereingeschlendert kam. Ihr glubschäugiger Chihuahua folgte ihr und versuchte schwanzwedelnd an Lilys Bein hochzuspringen, aber Lily ignorierte den winzigen Hund geflissentlich. Alex hob ihn auf seinen Schoß hoch und kraulte die weichen Ohren des Hundes.

»Oh, hallo Alex«, sagte Maja und klang recht überrascht.

»Hi, Maja.«

Lily verkündete:

»Ich habe Alex eingeladen. Ich dachte, er kann uns ein bisschen Gesellschaft leisten.«

»Ich habe nichts dagegen.«

Lily griff zum Telefonhörer. »Habt ihr Hunger? Wir könnten uns was zu essen bestellen. Ich kenne da ein tolles japanisches Restaurant, das einen Lieferdienst anbietet. Das Sushi ist zum Niederknien.«

»Ich bin gerade auf Diät. Bis übernächste Woche muss ich für ein Casting noch fünf Kilo abnehmen.«

»Und wie genau willst du das bewerkstelligen? Willst du die ganze Zeit nur Wasser trinken?«

»Nein, ich esse Gurken.«

Lily kicherte.

»Gurken?«

Maja reckte trotzig ihr Kinn.

»Ja, Gurken.«

»Na dann. Lass dir deine Gurken schmecken.«

Lily bestellte für sich und Alex zwei großzügige Portionen Sushi, das im amerikanischen Stil zubereitet worden war und köstlich schmeckte. Maja verschlang das Sushi sehnsüchtig mit ihren Blicken, während sie ihre mickrigen Gurken akribisch in dünne Scheiben schnitt. Die Zeit verging wie im Flug. Gegen ein Uhr nachts fragte Lily Maja, ob sie ihr Auto leihen könnte, weil ihr eigenes Auto in Moosbach stand und sie keine Lust hatte, Bahn zu fahren oder ein Taxi zu nehmen.

»Warum? Holt Karl dich gar nicht ab?«, wunderte sich Maja.

»Nein, ihm ist kurzfristig was dazwischengekommen. Also, was ist jetzt mit dem Auto? Morgen früh steht es wieder in der Einfahrt, versprochen.«

»Hast du nicht getrunken?«

»Das waren doch nur ein paar Gläser Wein, Maja.«

Maja wirkte wenig überzeugt.

»Ich kann dich fahren, Lily. Natürlich nur, wenn du das möchtest«, erbot sich Alex. Lily willigte dankend ein und Maja verabschiedete sich sichtlich erleichtert von ihnen. Auf den Straßen herrschte zu dieser späten Stunde kaum Verkehr und Alex rechnete sich aus, dass sie weniger als 45 Minuten nach Moosbach brauchen würden. Während der Fahrt legte Lily ihre linke Hand auf seine rechte, die auf der Schaltung ruhte, und Alex wurde heiß und kalt gleichzeitig.

»Danke für's Fahren, aber wird es nicht ganz schön spät für dich, wenn du noch nach Bremen musst?«

»Ach, ich kann zu Hause schlafen«, entgegnete er fahrig und fragte sich im Stillen, ob Lily sich ihrer unheimlichen Wirkung auf ihn bewusst war. »Dann fahre ich morgen früh wieder zur ersten Stunde zur Schule nach Bremen.«

»Du kannst aber auch mit mir zusammen am Aueteich schlafen. Ich schlafe oft dort, wenn ich keine Lust habe, nach Hause zu gehen.«

»Ja, klar. Warum nicht.«

Alex warf ihr einen prüfenden Seitenblick zu. Lily lächelte ihn ohne jede Spur von Verlegenheit oder Scheu an und nahm ihre Hand zu seinem Bedauern wieder weg. Seit der Party vor vielen Jahren hatte Alex keinen Fuß mehr in die Jagdhütte gesetzt. Kurz ging seine Fantasie mit ihm durch bei dem betörenden Gedanken, dort ganz allein mit Lily zu übernachten, bevor er sich verhalten räusperte und wieder in die Realität zurückkehrte.

»Das war ein schöner Abend, Lily. Wollen wir uns kommenden Samstag wieder treffen? Ich lege im *Manhattan* auf. Ced und Kasy haben keine Zeit, aber vielleicht hast du ja Lust, mitzukommen.«

»Ich kann leider nicht. Freunde meiner Eltern haben uns zum jährlichen Krebsessen eingeladen. Das ist so eine gesellschaftliche Veranstaltung in Hamburg, wenn du verstehst, was ich meine.«

»Okay, dann vielleicht ein anderes Mal.«

»Ja.«

Alex verließ die Autobahn und fuhr baumgesäumte, einsame Landstraßen entlang. Windräder, alte Bauernhöfe, weite Felder versanken hinter dem Vorhang der Finsternis und Ruhe, den nur ferne Scheinwerferlichter und das Rauschen von Autos durchbrachen. Sie schwiegen, bis sie den Aueteich erreichten. Die Nacht war herbstlich und lau und der Geruch von Nadeln und Holz umnebelte Alex. Lily holte für Alex frisch bezogene Decken und Kissen ins Wohnzimmer, und er setzte sich auf die Couch. Dann fragte sie ihn, ob er noch Lust auf einen Schlummertrunk hätte. Sie mixte zwei Gin Tonic auf Eis und schnitt sogar Limettenscheiben hinein.

»Es schmeckt genial«, lobte Alex, als er an dem Drink nippte. Lily schaltete ihre Lautsprecheranlage ein, auf der unaufdringliche Hip-Hop-Musik lief, und Alex blickte sich in dem in die Jahre gekommenen, holzverkleideten Raum um.

»Ist es für dich nicht einsam hier am Aueteich?«

»Ganz im Gegenteil. Ich liebe es, hier alleine zu sein. Hier haben meine Gedanken Raum, sich zu entfalten.« Sie lachte. »Oh je, das klang gerade ein bisschen aufgesetzt, oder?«

»Warum ziehst du nicht einfach zu Maja nach Hamburg? Es muss doch anstrengend sein, von hier jeden Morgen in die Uni zu pendeln, oder?«

Sie winkte ab. »Ach, das macht mir gar nichts aus. Außerdem habe ich ja meine Pferde hier.«

»Um wie viel Uhr musst du morgen los?«

»Morgen gehe ich nicht in die Uni. Es wird ein großes Reitturnier bei uns auf der Anlage veranstaltet und ich werde am Grand Prix de Dressage teilnehmen.«

»Was ist ein Grand Prix de Dressage?«

»Ein Grand Prix de Dressage ist eine anspruchsvolle internationale Dressurprüfung.«

Alex musste grinsen.

»Und vor dieser anspruchsvollen internationalen Dressurprüfung hast du nichts Besseres zu tun, als mit mir um drei Uhr morgens Gin Tonic zu trinken und Dr. Dre zu hören?«

Lily zuckte mit den Achseln.

»Man muss die Feste feiern, wie sie fallen.«

»Du faszinierst mich wirklich.«

Als er sie ansah, senkte Lily den Blick und zum ersten Mal wirkte auch sie ein wenig verlegen.

»Sag mal, Alex. Ich habe mich gefragt, nun, ob du mir unter Umständen einen Gefallen tun könntest?«

»Ich würde dir jeden Gefallen dieser Welt tun, Lily«, sagte Alex kühn. Lily redete ein bisschen um den heißen Brei herum, bis sie schließlich auf den Punkt kam.

»Meinst du, dass du bei David Tilidin für mich kaufen könntest?«

Alex hatte noch nie von Tilidin gehört, aber er ahnte, dass es nichts Gutes war, und plötzlich war die Atmosphäre, die prickelnd wie Champagnerbläschen gewesen war, dahin.

»Du nimmst Drogen?«, fragte er bestürzt.

»Es sind eigentlich keine Drogen. Es sind Schmerzmittel.«

»Schmerzmittel?« Alex sah sie verständnislos an. »Warum tust du das, Lily?«

»Alex ...«

»Hast du im Internat damit angefangen?«

»Bitte frag mich nicht darüber aus.«

»Es tut mir leid, aber wenn du von mir verlangst, dass ich dir auf illegale Weise Schmerzmittel besorge, musst du dich schon ein bisschen genauer erklären.«

Lily seufzte.

»Schon gut, vergiss es einfach wieder.«

»Bist du nicht mit Dave befreundet? Warum fragst du ihn denn eigentlich nicht selbst?«

»Ich möchte nicht, dass mein Bruder auf Umwegen davon erfährt, verstehst du?«

Als Alex am nächsten Morgen nach kaum zwei Stunden Schlaf in der Dämmerung aufstand, schlief Lily noch. Er fuhr zurück nach Bremen und kehrte erst am Samstag nach Moosbach zurück, um mit seiner Mutter und Joachim Kuchen zu essen. Danach hatte er eine Verabredung mit Anabol Dave. Als Alex bei Anabol Dave vorgefahren kam, war dieser gerade damit beschäftigt, Kisten in einen Lieferwagen zu laden. Alex bot an, zu helfen, aber Anabol Dave grinste nur.

»Na los, spuck es aus. Was willst du hier, du Schleimer?«

Alex seufzte. »Hör mal, Dave. Kommst du an Tilidin ran?«

»Wer nimmt den Scheiß?«

»Es ist für eine Freundin.«

»Eine Freundin, so, so.«

Alex gab Anabol Dave einen Umschlag mit Geld und dieser zählte die Scheine mit unbeteiligter Miene.

»Weißt du, Alex. Wenn man eine Frau beeindrucken will, lädt man sie normalerweise zu einem romantischen Abendessen ein oder schenkt ihr Blumen.«

Alex errötete und zuckte mit den Schultern.

»Sie hat mich darum gebeten.«

»Ich wollte es nur mal gesagt haben. Du bist erwachsen, mein Freund. Du musst selbst wissen, was du tust.«

Später am Nachmittag fuhr Alex nach Hamburg. Kasy übernachtete bei einem Studienfreund und Ced besuchte seine Mutter in Moosbach, deswegen hatte Alex die Wohnung für sich allein. Er bereitete sich in Ruhe vor und fuhr ins *Manhattan*. Erst nach seinem Auftritt zog Alex seine Kopfhörer ab und verließ das DJ-Pult. Im Backstagebereich holte er aus dem Kühlschrank ein kaltes Evian, das angenehm seine brennende Kehle hinunterfloss. Es war schon beinahe vier Uhr morgens und nach ein paar wenig erholsamen Nächten am Stück kroch beißende Müdigkeit in seine Gliedmaßen. Als er sich umwandte, um nach dem Veranstalter Ausschau zu halten, wurde seine Aufmerksamkeit auf eine Clubmitarbeiterin gelenkt, die ihm entgegenkam.

»Teddy fragt vorne nach dir.«

»Nach mir? Warum denn das?«

»Keine Ahnung! Er lässt dir aber ausrichten, dass du zu ihm nach vorne kommen sollst.«

Hinter der Absperrung zum Eingang des Clubs wartete Teddy, der Türsteher, auf ihn, der mit seinen langen haarigen Armen einem tätowierten Gorilla glich. In seinem festen Griff hielt er den schmalen Oberarm einer platinblonden jungen Frau auf hohen High Heels und in einem überaus freizügigen paillettenbesetzten Kleid. Sie hatte dunkelroten Lippenstift aufgelegt und in ihrer Hand zitterte eine Zigarette.

»Lily?«, fragte Alex verdattert, der seine schöne Jugendliebe in ihrer aufgetakelten Aufmachung kaum wiedererkannte.

Teddy ließ Lily los, und sie fiel Alex stolpernd um den Hals. »Oh, Alex. Da bist du endlich. Sie wollten mich einfach nicht zu dir hereinlassen!«

»Was machst du denn hier? Solltest du heute Abend nicht mit deinen Eltern beim Krebsessen sein?«

Lilys Erzählung war wirr und zusammenhanglos. Alex

glaubte daraus zu verstehen, dass sie nach einem Streit mit ihren Eltern vom Krebsessen abgehauen war, dass ihr irgendwo in der Stadt ihre Handtasche gestohlen worden war und sie nicht gewusst hatte, wohin sie ohne Handy und Portemonnaie sonst hätte gehen sollen. Alex entging natürlich nicht, dass sie angetrunken war, und er war erleichtert, dass sie ihn noch im *Manhattan* angetroffen hatte.

»Ich kann dich nach Hause fahren. Ich muss nur noch schnell meine Sachen holen. Kannst du hier kurz auf mich warten?«

»Nein!«, protestierte sie sogleich. »Auf keinen Fall. Ich hatte einen schrecklichen Tag. Ich muss mich jetzt auf andere Gedanken bringen und ein bisschen tanzen.«

»Das ist jetzt wirklich kein guter Zeitpunkt zum Tanzen, Lily«, entgegnete Alex und fühlte sich, als würde er mit einem Kind sprechen. »Deine Eltern machen sich bestimmt Sorgen um dich.«

Lily hielt sich demonstrativ die Ohren zu. »Ich will davon nichts hören, Alex. Entweder du hilfst mir oder du lässt es bleiben. Ich finde einen Weg in diesen Club hinein, mit oder ohne deine Hilfe.«

Alex glaubte Lily aufs Wort, und da er es nicht darauf ankommen lassen wollte, wandte er sich ergeben Teddy zu und bat ihn um ein VIP-Band für Lily. Teddy blickte ihn düster an.

»Wenn die Kleine Ärger macht, schmeiß ich euch beide raus, kapiert?«

Der Türsteher zog ein VIP-Band hervor, reichte es Alex und ließ Lily die Absperrung passieren. Alex legte Lily das VIP-Band um das Handgelenk, und sie hakte sich bei ihm unter, um hineinzugehen. Alex machte ein paar vergebliche Versuche, sie zu überreden, mit ihm nach Hause zu fahren, doch Lily blockte unbeeindruckt ab. Sie bestellte sich an der Bar zwei Tequila Shots, die Alex für sie bezahlte, leerte ihre beiden Drinks für Alex' Empfinden viel zu schnell und stolperte an ihm vorbei auf die sich leerende Tanzfläche. Lily tanzte wie in Trance. Er wusste nicht, ob es an ihren riesigen Kreolen und den Armreifen lag, die sie um ihre Handgelenke trug, aber in dem düsteren Raum schien sie förmlich golden zu strahlen. Ihre Schönheit und Jugend lockte Männer an, die um sie herumschlichen wie Wölfe um ein in die Enge getriebenes Beutetier. Sie streiften sie an ihren Unterarmen, ihren Hüften, ihren Haaren. Alex beobachtete bestürzt, wie einer der Männer sie am Handgelenk zu fassen bekam und sie zu sich heranzog. Er stand hinter ihr, sein Gesicht in ihrem Nacken vergraben und wiegte sich mit ihr zusammen im Rhythmus der Musik. Mit angehaltenem Atem verfolgte Alex, wie die Hände des Mannes über ihren Körper fuhren, ihre Brüste und ihre Hüften berührten. Dann, als seine Hand zwischen ihre Beine glitt, verlor Alex die Fassung. Er ging dazwischen und wimmelte den aufdringlichen Typen ab, der widerwillig das Weite suchte.

»Was soll das?«, fuhr Lily ihn an. »Ich bin kein Kind mehr.«

Alex fasste Lily sanft an den Schultern und redete eindringlich auf sie ein. »Ich weiß, dass du kein Kind bist, aber ich kann nicht glauben, dass du dich wirklich von irgendwelchen schmierigen Typen um vier Uhr morgens auf einer Party anfassen lassen willst. Lass mich dich nach Hause fahren.«

Sie schob seine Hände weg.

»Ich komme schon allein zurecht.«

»Ich kann dich hier nicht allein lassen, verstehst du? Nicht in deinem Zustand. Ich würde mir Sorgen um dich machen.«

»Lass mich endlich in Ruhe«, fauchte sie. »Du gehst mir wirklich auf die Nerven, Alex!«

Alex gab sich seufzend geschlagen.

»Okay, wie du willst.« Er kramte in seiner Hosentasche nach Geld und drückte ihr ein Bündel Scheine in die Hand. »Das reicht für die Taxifahrt nach Moosbach. Bitte versprich, mich anzurufen oder mir zu schreiben, wenn du daheim bist.«

Sie starrte das Geld in ihrer Hand an. Plötzlich gaben ihre Beine unter ihr nach und sie sank kraftlos auf den Boden, die Arme um ihren schaukelnden Oberkörper geschlungen. Sie hielt ihr Gesicht, das durch ihre Haare verdeckt wurde, auf den Boden gesenkt. Selbst durch den Schwall ohrenbetäubender Clubmusik konnte Alex sie schluchzen hören. Sie schien sich gar nicht mehr beruhigen zu können. Alex half ihr wieder auf und brachte sie nach draußen an die frische Luft. Sie setzten sich auf den Bordstein, und Lily weinte an seiner Schulter. Alex tätschelte sie hilflos.

»Hey, ist schon gut. Beruhig dich, Lily.«

»Ich will nicht nach Hause.«

»Das musst du nicht. Sag mir, wo ich dich hinbringen soll.«

»Bitte versprich mir, dass meine Eltern nichts erfahren, Alex«, flehte sie. »Mir ist so schlecht. So unendlich schlecht. Ich würde am liebsten sterben.«

Unmittelbar nach ihrem Heulkrampf übergab sich Lily mitten auf der Straße, während Alex ihren Oberkörper und ihre Haare festhielt. Betrunkene Passanten drehten sich angewidert weg und beschimpften Lily als Flittchen. Lily konnte sich kaum noch auf den Beinen halten, deswegen trug Alex sie zu seinem Auto. Er manövrierte sie auf den Beifahrersitz. Dann legte er seine Jacke über ihren bebenden Oberkörper und fuhr los. Als er an einer roten Ampel hielt, fiel ihm keine bessere Idee ein, als Wieland anzurufen, den er durch Kasy kennengelernt hatte. Wieland war Sanitäter und die gute Fee der Partyszene. Er hatte sich einen Ruf damit erworben, Partyleichen auf den

Straßen Hamburgs aufzulesen und sie ins Leben zurück-
zuholen. Wieland kam noch früher als angekündigt und
parkte sein Auto in der Einfahrt vor Kasys und Ceds WG.
Beim Aussteigen warf er sich eine blaue Sporttasche
über die Schulter.

»Warte mal, halte du sie mal fest und ich öffne schnell
die Haustür«, wies er Alex an, und Alex streckte ihm wortlos die Hausschlüssel hin. Alex griff Lily unter die Arme
und Wieland packte ihre Füße. So trugen sie Lily gemeinsam die Stockwerke hinauf bis in Ceds Schlafzimmer, in
dem Alex schlief, wenn Ced nicht da war. Wieland betä-
tigte den Lichtschalter.

»Na, dann wollen wir mal sehen«, sagte er ohne Umschweife. Er trat auf Lily zu und inspizierte sie sorgfältig
mit einer silbernen Pupillenleuchte. Er diagnostizierte
sachlich: »Die ist komplett hinüber. Ich hoffe, du hattest
nicht vorgehabt, heute Nacht noch mit ihr zu schlafen.«

»Natürlich nicht!«

»Man kann nie wissen.«

»Kannst du helfen?«

»Ja, ja, mach dir keine Sorgen. Wir kriegen sie schon wieder zusammengebastelt. Ich habe jetzt zwar keinen In-
fusionsständer dabei ...« Er fuhr sich mit der Hand nachdenklich seinen spärlichen, rötlichen Bart entlang und
blickte an die Decke. »Ist das da oben ein Haken?«, fragte
er und kniff die Augen zusammen.

»Ich glaube, da hing mal früher ein Mückennetz.«

»Ausgezeichnet! Dann werde ich ihr gleich hier die Infusion setzen.«

Wieland riss den Reißverschluss seiner Tasche auf und
beförderte zwei dicke, schwappende Plastikflaschen,
durchsichtige Kabel, orangene Plastikteile und verpackte
Infusionsnadeln heraus. Dann zog er seine Schuhe aus,
kletterte aufs Bett und befestigte eine der beiden Infu-
sionsflaschen an dem Haken.

»Ich habe den geilsten Shit mitgebracht«, verkündete er und sprang wieder hinunter. »Habe es erst letzte Woche aus dem Krankenhaus mitgehen lassen. An dem Freund meiner Schwester habe ich's schon ausprobiert. Er meinte, er fühlte sich am nächsten Tag, als hätte er einen zweiwöchigen Fünf-Sterne-Urlaub hinter sich. Nicht, dass er schon mal ein Fünf-Sterne-Hotel von innen gesehen hätte ...«

Wieland tastete Lilys Ellenbeuge ab. Er wandte sich schließlich von ihr ab, streifte sich weiße Handschuhe über seine Hände und legte mit ein paar geschickten Handgriffen die Nadel an einer geeigneten Stelle an. Zu guter Letzt verknüpfte er die Kanüle mit dem Infusionsbeutel an der Vorrichtung.

»So, das hätten wir.« Wieland warf einen Blick auf sein Samsung Display. »In vier Stunden musst du die Beutel austauschen.«

»Danke, Wieland.« Alex wollte ihm Geld zustecken, aber Wieland winkte augenzwinkernd ab. Nachdem er gegangen war, versuchte Alex, auf dem Sofa im Gemeinschaftsraum zu schlafen, aber nachdem er ein paar Mal zeitnah aufgestanden war, um sich Wasser zu holen, auf Toilette zu gehen und eine Zigarette auf dem Balkon zu rauchen, beschloss er, es ganz sein zu lassen. So saß er bis zum Morgengrauen vor dem Fernseher, wo er gelangweilt zwischen den Sendern hin und her schaltete. Nachdem er sich eine ganze Weile lang mit Mordserien zerstreut hatte, ging er noch einmal ins Schlafzimmer hinauf, um nach Lily zu schauen.

Sie lag genauso da, wie er sie positioniert hatte, einen Arm von sich gestreckt. Etwas glitzerndes Schwarz zeichnete sich unter ihren geschlossenen Lidern ab. Alex beobachtete eine Weile, wie sich ihr Brustkorb in regelmäßigen Abständen senkte und hob. Sie schnaufte leise durch ihren leicht geöffneten Mund. Alex erklomm das

Bett, in dem Versuch, sie nicht zu stören, und wechselte die Infusionsflasche so wie Wieland es ihm demonstriert hatte. Danach blieb er lange an ihrer Seite sitzen. Er überlegte, ob er Lilys Eltern anrufen sollte, um sie wissen zu lassen, dass sie bei ihm war und es ihr gut ging, aber weil er Lily nicht in den Rücken fallen wollte, ließ er es bleiben. Schließlich ging er wieder ins Wohnzimmer und schlief irgendwann mit einer Schüssel Cornflakes auf der Brust vor dem Fernseher ein.

Er wachte erst wieder auf, als Lily am Vormittag im Wohnzimmer erschien. Sie hatte ihr Make-Up abgewaschen und trug eines seiner T-Shirts, das ihr zu weit war und bis zu den Oberschenkeln reichte. Um die Stelle, an der die Infusionsnadel gesetzt worden war, hatte sie ein Stück Klopapier gewickelt. Alex sprang auf, erleichtert darüber, sie wohlauf zu sehen.

»Du bist wach.«

Sie rang sich ein Lächeln ab.

»Ja.«

»Wie fühlst du dich?«

»Sehr gut, danke. Hast du mir etwa die Infusion gesetzt?«

»Nein, es war ein Freund von mir. Er ist ein Sanitäter.«

»Danke, Alex«, sagte Lily.

»Hast du Hunger?«

Alex briet Pfannkuchen für Lily, danach tranken sie Kaffee und plauderten über Nebensächlichkeiten, bis Alex sich zu fragen traute: »Möchtest du reden?«

»Worüber?«

»Über deine Postkarte vor ein paar Wochen. Über Tilidin. Über gestern Abend. Du bist ziemlich abgestürzt, Lily. Das alles passiert doch nicht ohne Grund, oder?«

Lily rührte schweigend ihren Kaffee und vermied es, ihn anzusehen.

»Du musst es mir nicht erzählen. Aber ruf wenigstens deine Eltern an. Sie sollten wissen, dass es dir gut geht.«

Er reichte ihr sein Handy, und Lily ergriff es nach kurzem Zögern. Sie verließ zum Telefonieren die Küche. Alex räumte gerade die Spülmaschine ein, als Lily zurückkehrte.

»Danke.«

Sie gab ihm sein Handy zurück und Alex steckte es ein.

»Nicht der Rede wert.«

Sie nickte. »Sag mal, Alex. Könntest du mir Geld leihen? Ich werde es dir zurückgeben, wenn wir uns das nächste Mal wiedersehen.«

Alex gab Lily sein Bargeld. Sie zog sich wieder ihr Partyoutfit vom vergangenen Abend an und verabschiedete sich dann mit einer Umarmung von ihm. Als Kasy und Ced am Nachmittag kurz nacheinander gut gelaunt in der Wohnung eintrudelten, fuhr Alex nach Bremen, um allein zu sein. Er hatte sich für den restlichen Sonntag nichts vorgenommen. Er ging früh ins Bett und war am Montag pünktlich in der Schule. Nach der Schule aß er etwas zu Abend und lernte bis Mitternacht. Er wusste, dass er sich in sein Studium flüchtete, um nicht an Lily denken zu müssen. Das wiederholte Wiedersehen mit ihr hatte Hoffnungen und Wünsche in ihm geweckt, die er zu verdrängen versuchte. Nachdem er ins Bett gegangen war und lange Zeit schlaflos an die Zimmerdecke gestarrt hatte, vibrierte sein Handy auf dem Nachttisch und eine Nachricht von Lily erschien auf dem Display.

Steht dein Angebot noch?

Alex zerbrach sich den Kopf darüber, was sie meinen könnte, doch als es ihm nicht einfallen wollte, schrieb er zurück:

Welches Angebot meinst du, Lily?

Das Angebot mit dem Reden. Über die Dinge, die in letzter Zeit passiert sind.

Natürlich steht es noch. Ich höre dir immer zu.

Er wartete ein paar Minuten, bis sie antwortete:

Erinnerst du dich noch an die Brücke in Moosbach?

Du meinst die Brücke bei den Feldern, die zur Reitanlage führen?

Genau die.

Was ist mit der Brücke?

Meine Schwester ist dort gestorben ...

Alex blickte das Telefon in seinen Händen schockiert an. Er hatte nicht gewusst, dass Lily eine Schwester gehabt hatte, genauso wenig, wie er gewusst hatte, dass sie auf der Brücke in Moosbach verunglückt war. Er begann etwas zu schreiben, löschte es wieder, schrieb und löschte wieder. Schließlich rief er Lily an. Als sie abhob, weinte sie schluchzend. Und dann erzählte sie ihm, dass sie als Kind mit ihrer Schwester oft auf der Brücke gespielt hatte.
»Es war kurz vor meiner Einschulung. Ich war sechs und Felicia war acht. Fee war ein Sonnenschein und jeder war in sie verliebt. Sie war viel hübscher und in allem besser als ich, außerdem war sie die Lieblingstochter unserer Eltern. Ich war immer schrecklich eifersüchtig auf sie. An diesem Tag haben wir uns auf der Brücke über irgendeinen Blödsinn gestritten. Ich weiß nicht einmal mehr,

worum es ging. Ich kann mich nur noch daran erinnern, dass sie mich an den Haaren gepackt und ich sie von mir weggeschubst habe. Und dann ist sie gestürzt, gerade als der Zug unter der Brücke hindurchfuhr.« Lily wurde von einem schweren Schluchzer geschüttelt. Sie schien kaum Luft zu bekommen. »Die Brücke ist hoch. Ich glaube, auch ohne den Zug hätte es keinen Unterschied gemacht. Aber danach hat mein Vater die Eisenbahnschienen stilllegen lassen. Seither fährt der Zug eine Umleitung.«

»Es war nicht deine Schuld«, sagte Alex leise. »Es war ein Unfall, Lily.«

Sie weinte lange an seinem Ohr und Alex teilte ihren Kummer mit ihr, ihre Trauer und ihre Verzweiflung, ohne viel zu sagen. Als er ihr zuflüsterte, dass er sie gerne in den Arm nehmen würde, um sie zu trösten, fragte sie ihn:

»Kann ich zu dir kommen, Alex? Ich halte es momentan zu Hause nicht aus.«

Lily kam mit dem Taxi, und sie hatte einen Koffer dabei. Alex überließ Lily sein Schlafzimmer und quartierte sich im Wohnzimmer ein, wo sie gemeinsam bis zum Sonnenaufgang redeten und Musik hörten. Lily gefielen Alex' Tracks, und er ließ sich von ihr das Versprechen abnehmen, sie zu einem seiner Auftritte mitzunehmen. Sie schliefen zusammen auf dem Sofa ein und Alex ließ am nächsten Tag die Schule sausen. Sie gingen in einem Park spazieren, aßen Eis, ließen ihre gemeinsame Vergangenheit wiederaufleben. Lily berichtete ihm von ihrer Zeit im Internat und unterhielt ihn mit Geschichten aus Montreux, die noch verrückter und unglaubwürdiger klangen als ihre Oman-Erzählung. Die Melancholie in ihrer Stimme versetzte Alex einen Stich.

»Gefällt dir die Schweiz etwa besser als Deutschland?«, fragte er.

»Ich denke schon«, antwortete sie.

»Warum?«

»Naja, wir haben die schöneren Berge und die schöneren Seen. Wir machen die bessere Schokolade. Wir haben die Romandie und die italienische Schweiz. Wir haben Friedrich Dürrenmatt. Und wir haben Ricola erfunden.«

»Und ihr sprecht diesen komischen Dialekt.«

»Geht's noch? Schwyzerdütsch ist kein komischer Dialekt«, entgegnete Lily. »Das ist eine sehr alte Sprachform, die noch vor dem Hochdeutschen existiert hat.«

»Sowas erzählen die Schweizer? Nun mal ganz im Ernst, Lily. Die Schweiz ist meinetwegen ja ganz nett, aber wir sind das Land der Dichter und Denker. Wir haben den Grundstein der modernen Wissenschaft gelegt. Außerdem hat Deutschland als eine der führenden Industrienationen Weltgeschichte geschrieben. Wir haben milliardenschwere Konzerne, wir bauen die besten Autos und wir sind dreifache Fußballweltmeister. Außerdem können wir richtiges Deutsch sprechen. Dagegen sieht die Schweiz ganz schön arm aus. Nur was die schönen Frauen betrifft, hat sie uns etwas voraus, das muss ich zugeben.«

»Du hast doch keine Ahnung.«

Alex schloss die Augen, sog den Duft von frischem Gras, herbstlichem Laub und Lilys blumigem Parfüm ein und spürte die warmen Sonnenstrahlen der untergehenden Sonne auf seinem Gesicht. Schulter an Schulter saßen sie nebeneinander, und in diesem Augenblick war Alex glücklich wie lange nicht mehr.

»Es ist so schön, dir wieder nahe zu sein«, gestand er leise und ohne die Augen zu öffnen.

Ihr Zusammenleben entwickelte einen beinahe rituellen Charakter. Lily trank im Bademantel mit ihm Kaffee, bevor er zur Schule fuhr. Sie schrieb ihm witzige Nachrichten und sendete ihm alberne YouTube-Videos, über die er sich in der Mittagspause oder in den Toilettenpausen kaputtlachte, und nach der Schule ging Alex mit einer von Lily vorgeschriebenen Einkaufsliste einkaufen. Alex hatte nicht die geringste Ahnung, womit Lily den ganzen Tag beschäftigt war. Ihm brannten unzählige Fragen auf der Seele, aber aus Sorge, Lily zu nahezutreten, stellte er sie nicht. Er wollte ihr die Zeit geben, die sie brauchte, um sich ihm von sich aus zu öffnen, außerdem wollte er keine Bedingungen an ihre Anwesenheit bei ihm knüpfen. Deswegen begnügte er sich mit ihrer Gesellschaft, die er so sehr genoss, dass er beinahe Kasys und Ceds WG-Party vergaß. Glücklicherweise rief Kasy ihn vorher an, um ihn darum zu bitten, noch zwei Sixpack Bier mitzubringen. Lily schlug Alex' Angebot aus, ihn zu begleiten. Alex fuhr schließlich allein und er war einer der Letzten, die sich in der Altbauwohnung oberhalb eines heruntergekommenen indischen Restaurants einfanden, dessen Inhaber augenscheinlich zu bequem gewesen waren, das Schild auszutauschen, da es noch immer die Aufschrift einer Bäckerei trug.

Auf der Party langweilte sich Alex fürchterlich. Er war die ganze Zeit mit den Gedanken woanders, und als nach ein paar Runden Bier und Shots Kasy und Ced nur noch damit beschäftigt waren, die Mädels auf der Party anzubaggern, fuhr er wieder nach Hause. Lily war wach, als er heimkam. Sie saß in eine Decke gewickelt auf seinem Sofa und sah sich mit einem Pizzakarton in der Hand einen Horrorfilm an. Als Alex die Wohnung betrat, zuckte sie erschrocken zusammen.

»Mein Gott, Alex.« Lily fasste sich an die Brust. Ihr fahles Gesicht flackerte im grellen Schein des Fernsehers, und entsetzte Schreie klangen im Hintergrund. »Du hast mir gerade den Schrecken meines Lebens eingejagt.«

»Tut mir leid. Das war keine Absicht.«

Sie hielt ihm den Karton hin.

»Willst du Pizza? Ich habe eben bestellt.«

Alex nahm sich ein Stück und sank neben sie in die weichen Kissen.

»Wie war die Party?«, fragte sie.

»Gut.«

»Du bist früh zurück.«

Er zuckte mit den Achseln.

»Es wird ein bisschen einsam auf einer Party, wenn alle plötzlich in dunklen Ecken miteinander rummachen.«

»Und du?«

»Ich?«

»Hast du denn nicht mit jemandem rumgemacht?«

»Ähm ...« Alex überlegte kurz, ob er eine wilde Geschichte erfinden sollte, um sich interessanter zu machen, doch dann sagte er schlicht: »Nein, das habe ich nicht.«

»Warum nicht?«

»Ich denke, du weißt warum, Lily.«

Ihre Blicke hielten einander fest und plötzlich war zwischen ihnen etwas anders. Seine Antwort war zu forsch gewesen, aber sie war diejenige gewesen, die diese Antwort provoziert hatte. Ihm wurde bewusst, dass er immer noch das idiotische Pizzastück festhielt. Er legte es weg und rückte ein wenig näher zu ihr. Zunächst umfasste er ihre Schulter und fuhr mit dem Daumen ihr tätowiertes Schlüsselbein entlang. Als er ihr Herz laut gegen ihren Brustkorb hämmern hörte, wurde ihm unerträglich heiß und er meinte, keine Luft zu bekommen, obwohl er direkt neben einem gekippten Fenster saß, aus dem ein kühler Luftzug hereinwehte. Er senkte seinen Blick.

»Das ist spiegelverkehrt«, wisperte er, den etwas verschnörkelten Schriftzug inspizierend.

»Ja«, flüsterte Lily ebenso leise.

Sie waren sich so nah, dass er ihren warmen Atem auf seiner Haut spürte. Kurz zögerte er, doch dann beugte er sich zu ihr. Er hob ihr Kinn an und zwang sie, ihn anzusehen. Dann küsste er sie auf die Lippen. Lily schloss die Augen, und ihre Finger legten sich um seinen Nacken. Alex glaubte, zu träumen. Er hatte so lange auf sie gewartet und nun schien es ihm, als hätte sich für diesen Augenblick jede einzelne Sekunde der Sehnsucht und des Leidens gelohnt. All das legte er in seinen Kuss, und es fühlte sich perfekt an. Später konnte Alex sich nur noch verschwommen an diese Nacht erinnern. An seine Verlegenheit, als er sich vor Lily auszog. Wie ihre kleinen runden Brustwarzen an seine Handflächen strichen. Wie herrlich warm und feucht sie sich anfühlte. Wie sie ihm zuflüsterte, dass er sich keine Sorgen machen solle, als Alex gestand, dass es für ihn das erste Mal war. Wie sie begann, sich auf ihm zu bewegen, die Hände auf seine Brust gestützt. Wie die Erlösung viel zu schnell von ihm Gewalt ergriff. Wie Hitze, Intensität und Erregung Alex' Sinne vernebelten und verschlangen. Und dann ließen die Wärme und Behaglichkeit seine Augenlider bleiern werden, und er schlief in Lilys Umarmung ein.

IX

Alex konnte nicht genug von Lily bekommen. Er liebte ihren Körper, er liebte ihre Gesellschaft, er liebte ihre Eigenarten. Lily war scharfsinnig und sachlich, aber manchmal verfiel sie in alberne Angewohnheiten, mit denen er sie wundervoll aufziehen konnte. Als Strafe für seine Neckereien sprach Lily zu seiner Erheiterung Schweizerdeutsch mit ihm, das er kaum verstehen konnte. Alex' Ausreden, warum er keine Zeit mehr für seine Familie und seine Freunde hatte, wurden immer abenteuerlicher. Er verließ Bremen nur noch, wenn er als DJ auflegen musste, und übernachtete nicht einmal bei diesen Gelegenheiten in Hamburg, wofür Kasy und Ced ihn noch mehr rügten als seine Eltern, die er in dieser Zeit in Moosbach gar nicht besuchte.

»Gib's endlich zu, Alex. Du hast doch eine Olle. Warum sonst kommst du nicht mehr nach Hamburg und grinst die ganze Zeit so dämlich vor dich hin, wenn du zur Abwechslung mal hier bist?«

Alex sah ertappt von seinem Handy auf, während Ced und Kasy ihn mürrisch taxierten. Sie hatten sich am Freitagabend zum Pokerspielen in der WG verabredet, doch Alex war so abgelenkt, dass er nicht einmal zuordnen konnte, wer von beiden gesprochen hatte. Er ließ sein Handy sinken.

»Also, wer ist es? Eine aus Bremen?«, verlangte Ced zu erfahren.

»Ich wette, es ist die süße Barkeeperin aus dem *Manhattan*. Ich meine die Griechin mit den großen Möpsen«, warf Kasy ein.

»Nein.« Alex seufzte tief, ehe er offenbarte: »Es ist Lily.«

»Lily?«, wiederholte Ced und sah ihn genauso entgeistert an wie Kasy, dem diese Offenbarung die Sprache verschlagen hatte. »Du meinst *die* Lily? Lily Lindenbaum aus Moosbach?«

Alex nickte bestätigend, was Kasy dazu veranlasste, mit der Faust krachend auf den Tisch zu schlagen. Alex und Ced sahen ihn erschrocken an.

»Wie konntest du nur?«, ereiferte sich Kasy. »Hast du schon mal was von *Bros before Hos* gehört, du elendes Kameradenschwein?«

»Was meinst du?«

»Ich war in Lily immer genauso verliebt wie du, aber ich habe unsere Freundschaft über sie gestellt, ganz im Gegensatz zu dir!«

»Du hast nie was gesagt, Kasy.«

»Und du bist ein Vollidiot, Alex.«

Kasy war so brüskiert, dass er ankündigte, auszugehen. Er schnappte sich seine Jacke und stürmte hinaus. Nachdem er gegangen war, legte Ced Alex behutsam eine Hand auf die Schulter.

»Mach dir keine Sorgen. Der beruhigt sich schon wieder.«

Als Alex in dieser Nacht die Tür zu seiner Wohnung aufschloss, hörte er Lilys Stimme nach ihm rufen.

»Alex, bist du das?«

Sie wartete auf ihn im Bett, als er sich auf die Bettkante setzte und die klimpernden Wohnungsschlüssel auf den Nachttisch fallen ließ. Er stützte seine Ellbogen auf die Oberschenkel und Lily legte in der Dunkelheit von hinten die Arme um ihn. Ihr Gesicht war seinem ganz nahe und ein Vorhang süß duftender Haare legte sich über ihn. Er war betört durch die Intensität ihrer Nähe und ihrer Berührung.

»Hey.«

»Hey.«

»Kriege ich zur Begrüßung gar keinen Kuss?«

Alex streichelte ihre nackten Arme, dann drehte er seinen Kopf zu ihr. Sie hauchte einen Kuss auf seine Lippen. Er war so zärtlich und flüchtig, dass es fast überhaupt kein Kuss war.

»Komm zu mir«, flüsterte sie ihm zu.

Sie rollte sich wieder in die Kissen und zog ein Bein an, an dem ihr Nachthemd hinabglitt. Alex zog sich aus und kroch in ihre tröstliche Umarmung, wo er alle weltlichen Sorgen abstreifte wie ein Insekt einen Panzer. Vor Lily brauchte er seinen Panzer nicht. Alex wollte, dass sie ihn sah, wie er wirklich war. Mit seinen vielen Ängsten, Fehlern und Unzulänglichkeiten. Vor ihr wollte er schutzlos und echt sein. Kasy hatte von Verliebtheit gesprochen, aber Verliebtheit war nicht mehr, was Alex empfand. Es war Zugehörigkeit. Vollkommenheit. Als hätte er in Lily die eine Sache gefunden, nach der alle strebten, um der alltäglichen Stumpfheit des Seins zu entfliehen. Selbst in seinem jungen Alter wusste Alex, dass es nicht viele Dinge auf der Welt gab, die eine vergleichbare Wirkung besaßen.

Alex hörte beim Einschlafen oft Satie, Debussy oder Chopin und Lily hatte an seiner Angewohnheit und den von ihm bevorzugten Kompositionen Gefallen gefunden. Als eine Nocturne erklang, die er nie gespielt hatte, versuchte Alex die Tonart herauszuhören, bis er begriff, dass es sich um die erste Nocturne aus Opus 27 in C Sharp Minor handeln musste. Er war sich nicht sicher, ob Lily noch wach war, dennoch fragte er mit gesenkter Stimme:

»Kennst du Platons Geschichte über die Kugelmenschen, Lily?«

»Nein«, erklang Lilys Stimme in der Dunkelheit.

Er erzählte sie ihr und schloss mit den Worten:

»Ich glaube, du bist meine verlorengegangene zweite Hälfte.«

»Dann haben wir unfassbares Glück, uns getroffen zu haben, denkst du nicht?«

»Ja, das haben wir.« Alex lächelte, obwohl Lily es in der

Dunkelheit nicht würde sehen können. »Nach meiner Ausbildung suche ich mir einen Job und verdiene genug Geld, damit ich dir alles kaufen kann, was du haben möchtest. Ich werde dich jeden Tag auf Händen tragen, das verspreche ich dir. Und irgendwann heirate ich dich.«

»Woher weißt du, dass du mich dann noch haben willst?«

»Ich weiß es einfach«, antwortete er ernst. »Es gibt jemanden, dessen Lachen mir die Welt bedeutet, mit dem ich mich komplett fühle und der für mich alles verändert hat. Weißt du das, Amelie Lindenbaum?«

Lily entgegnete nichts darauf. Sie drehte sich auf den Bauch und bettete ihr Kinn auf seine Schulter.

»Nenn mich nicht so«, tadelte sie ihn dann.

»Warum nicht?«

»Weil ich diesen Namen nicht ausstehen kann.«

»Ich finde ihn wunderschön.«

Sie küssten sich innig. Dann fragte Lily ihn:

»Hast du einen Traum, Alex?«

Alex überlegte kurz.

»Ein gutes Leben mit dir und mit meinen Freunden. Kinder. Vielleicht noch ein hübsches Haus mit Garten.«

Sie schwiegen, bis Lily erkannte, dass Alex fertig gesprochen hatte. »Das war's?«

»Ich denke schon. Ist das denn nicht genug? Ich brauche nicht unbedingt ein Leben voller großer Höhepunkte.«

»Willst du denn nicht zum Beispiel ein berühmter DJ werden?«

»Klar wäre ich gerne ein berühmter DJ. Aber mal ehrlich, wie wahrscheinlich ist es, dass das passiert, Lily?« Er lachte und küsste ihre Nase. Lily lachte nicht.

Nicht immer war Lily greifbar für Alex. Manchmal glaubte er, dass er zwar für einen Augenblick tief in Lilys Seele geblickt hatte, sie jedoch nur wie durch einen Türspion erspäht hatte. Er war sich nicht vollkommen sicher, was er gesehen hatte, als läge noch immer ein unausgesprochener, ihm unbekannter Teil von ihr im Verborgenen, darauf bedacht, von ihm nicht entdeckt zu werden. Wenn er sie dabei beobachtete, wie sie kochte oder in der Badewanne ein Bad nahm oder ein Buch las, kam es ihm manchmal vor, als sei sie für ihn ungreifbarer und ferner als die Sterne am Horizont, obwohl er nur seine Hand ausstrecken musste, um sie zu berühren.

Nur ein paar Tage nach ihrem nächtlichen Gespräch kündigte Lily überraschend an, dass sie für eine Weile verreisen wolle, um in der Lüneburger Heide zu wandern und etwas für sich allein zu sein. Alex' Woche wurde fader und eintöniger als erwartet. Nun, da Lily weg war und er sie vorerst nicht wiedersehen würde, gab es nichts mehr, worauf er sich den ganzen Tag freuen konnte. Er vermisste die Abende mit ihr schmerzlich, aber er versuchte, sich abzulenken, indem er lernte, las und manchmal bis in die frühen Morgenstunden neue Musik mischte. Unglücklicherweise hatte Ced Unrecht behalten und Kasy wollte vorerst nichts von Alex wissen, was eine noch nie dagewesene Kluft in ihre Gruppe riss. Ced gab sein Bestes, um zwischen Kasy und Alex zu vermitteln, aber Kasy blieb stur, also sagte Alex zur Unzufriedenheit des Clubbesitzers seinen Auftritt im *Manhattan* ab und blieb am darauffolgenden Samstag in Bremen.

Ihm fiel auf, dass Lily gar nicht erwähnt hatte, wann sie vom Wandern zurückkehren würde, und er beschloss, sie, entgegen seinem ursprünglichen Vorhaben, anzurufen. Seltsamerweise war ihr Handy ausgeschaltet. Alex begann, sich um sie zu sorgen, aber er nahm sich vor, zu warten. Er schrieb ihr ein paar Nachrichten und machte, mit seinem iPhone in der Hand, in der Nacht kein Auge zu. Als er am nächsten Morgen immer noch keine Antwort von ihr bekommen hatte, hielt er es nicht länger aus. Er rief Maja an, die nichts über Alex' und Lilys Beziehung gewusst hatte, und erzählte ihr alles, doch auch Maja hatte keine Ahnung von Lilys Verbleib. Sie verabredeten sich am frühen Abend in einem Café in Hamburg. Maja kam zwanzig Minuten nach der verabredeten Zeit, aber Alex war froh, dass sie überhaupt erschien. Schon aus der Ferne hörte er ihre Absätze klackern, und dann bog sie tatsächlich um die Ecke, in einem lächerlich bauschigen hellrosa Pelzmantel. Er passte nicht zu ihrem Teint und sah überhaupt schrecklich aus. Wäre er nicht auf Majas Wohlwollen angewiesen gewesen, hätte er sicher laut aufgelacht. Sie glich einem überdimensionalen Marshmallow.

»Du siehst echt fertig aus«, sagte sie statt einer Begrüßung monoton.

Das kann ich zurückgeben, wäre die ehrliche Erwiderung gewesen, aber Alex entschied sich für die vernünftige.

»Ich habe nicht besonders gut geschlafen.«

»In der letzten Zeit kann ich auch nicht besonders gut schlafen. Meine Psychologin sagt, das liegt am Stress von meinem Model Life. Sie hat mir ein Medikament verschrieben. Das ist ein richtiges Wundermittel, sage ich dir. Du solltest auch zum Psychologen gehen.«

»Danke, ich werde mir deinen Rat zu Herzen nehmen«, entgegnete Alex trocken.

Sie suchten sich drinnen einen abgeschiedenen Tisch. Bei der ersten sich bietenden Gelegenheit kam Alex auf Lily zu sprechen.

»Hast du in letzter Zeit mal mit Lily gesprochen?«

»Hm«, machte Maja und trank einen Schluck Sekt. »Vor ein paar Tagen das letzte Mal, glaube ich.«

«Hat sie dir irgendetwas erzählt?«

Sie runzelte nachdenklich die Stirn. Dann stellte sie das Sektglas weg, schob ihr Kleid am Oberschenkel etwas hoch und streckte ihr nacktes Bein in seine Richtung.

»Was hältst du eigentlich von meinen neuen Schuhen?

Das sind echte *Louboutins*. Ich habe sie gestern gekauft. Sie waren ein echtes Schnäppchen! Ich kann immer noch nicht glauben, dass ich sie mir wirklich leisten konnte«, schwärmte sie.

»Sie sehen ganz toll aus, Maja«, erwiderte Alex, ohne hinzusehen. Es war ihm ein Rätsel, warum Lily sich ausgerechnet Maja als beste Freundin ausgesucht hatte. Alex musste Maja alles einzeln aus der Nase ziehen, aber schließlich erfuhr er, dass auch Lilys Eltern sich Sorgen um Lily machten, weil sie nach einem Streit vor ein paar Wochen von zu Hause ausgezogen und sich bei ihnen in den letzten Tagen ebenfalls nicht gemeldet hatte. Außerdem informierte Maja Alex darüber, dass Lily ihr im Vertrauen erzählt hatte, dass sie nicht in die Lüneburger Heide, sondern eigentlich in die Schweiz hatte fahren wollen.

»Wie kann das sein?«, fragte Alex verzweifelt. »Sie kann doch nicht einfach spurlos verschwinden. Was ist mit ihrem Studium?«

»Lily hat ihr Studium abgebrochen«, entgegnete Maja. »Wusstest du das denn nicht?«

»Nein, ich hatte keine Ahnung. Aber warum hat sie das getan?«

»Solltest du das nicht besser wissen als ich? Immerhin habt ihr doch zusammen gewohnt.«

»Wir haben nicht darüber gesprochen. Es ging ihr in letzter Zeit nicht besonders gut und da wollte ich sie nicht auch noch mit Fragen löchern.«

»Nun, Lilys Eltern waren nicht besonders glücklich über ihre Entscheidung, ihr Studium hinzuschmeißen. Bei ihnen zu Hause sind die Fetzen geflogen. Deswegen hat Lily ja ihre Sachen gepackt und ist gegangen.«

»Kannst du ihre Freunde in Montreux anrufen?«

»Ich kann es versuchen.«

»Danke, Maja. Ich möchte einfach nur die Gewissheit haben, dass es ihr gut geht.«

Das war nicht die ganze Wahrheit. Natürlich stand Lilys Sicherheit und Wohlbefinden an oberster Stelle, aber Alex wollte auch eine Erklärung von ihr. Es verletzte ihn bis ins Mark, dass Lily ihn angelogen hatte und abgehauen war, ohne ihn darüber in Kenntnis zu setzen, was sie vorhatte, aber er hatte die Hoffnung noch nicht aufgegeben, dass es sich nur um ein schreckliches Missverständnis handelte.

In den nächsten Tagen wurde Alex' Zustand immer elender. Er konnte nicht schlafen. Er konnte nichts essen. Tagsüber geisterte er stundenlang durch die Stadt und hoffte, sie irgendwo zu treffen. Nachts wand er sich ruhelos in seinem Bett, sehnte sich nach Lily, phantasierte von ihr, glaubte, sie zu spüren und zu riechen, bis er aus seinem Delirium aufwachte und bemerkte, dass er allein war. Danach bemühte er sich nicht mehr, einzuschlafen. Wie ein Mantra wisperte er Lilys Namen in die Dunkelheit. Die Sorge um sie wuchs zu einer lähmenden Machtlosigkeit heran, die Alex wie ein Geschwür mit sich herumtrug. Er fühlte sich wie ein Insekt auf einem Spinnennetz, das in Ungewissheit darauf wartet, aufgefressen zu werden. Um diesem Gefühl zu entkommen, stürzte Alex sich in Zerstreuung, aber er empfand die Tage wie unter Narkose. Er trank viel zu viel und nahm sogar Lilys Schmerztabletten, bis sich alles um ihn herum in einem seichten Nebel auflöste, der mehr Traum als Realität war. Alex entglitt zunehmend in eine Maßlosigkeit, die er nicht mehr kontrollieren konnte.

»Was ist eigentlich mit dir los?«, fragte Ced ihn am darauffolgenden Samstag. Alex hatte sich von ihm dazu überreden lassen, etwas mit ihm zu unternehmen, und Ced war extra dafür nach Bremen gekommen, aber Alex hatte beinahe den ganzen Abend nur trübsinnig vor sich hingestarrt. Ihm wurde bewusst, dass sein Verdruss Ced nicht entgangen sein konnte.

»Nichts«, log er.

»Ich dachte, du hast dir nur ein paar Tage von der Schule freigenommen, um ein bisschen zu chillen, aber du siehst echt nicht gut aus, Alter.« Ced musterte ihn aufmerksamer. »Du wirkst richtig krank.«

»Bei mir ist alles in Ordnung.«

»Wie läuft's mit Lily?«

»Toll.«

»Ich glaube dir kein Wort. Sie hat dich abserviert, oder?«

Alex musste schlucken. Bisher hatte er Ced die Sache mit Lily aus vielerlei Gründen verschwiegen, aber unter dem forschenden Blick seines besten Freundes brach seine Maskerade zusammen.

»Ich glaube schon«, gestand er verzweifelt.

»Was ist passiert?«

Alex legte Ced die Ereignisse der letzten Wochen und Lilys plötzliches Verschwinden ausführlich dar.

»Du hast doch nicht wegen ihr angefangen, oder?«, fragte Ced ernst, nachdem Alex geendet hatte.

»Was meinst du?«

»Dave hat mir gesagt, dass du Drogen nimmst. Er hat dir neulich Tabletten besorgt, schon zum zweiten Mal.«

»Nur ab und zu«, erwiderte Alex beschwichtigend.

»Also ist es wahr?«

»Ich höre bald damit auf.«

»Du musst das wieder in den Griff kriegen, Alex. Eine Frau ist doch kein Grund, dein Leben wegzuwerfen.«

»Ich weiß.« Alex seufzte. »Es ist nur ... Lily ist so ... Ich glaube, ich kann ohne sie nicht leben.«

»Mach dich nicht lächerlich. Du warst doch kaum ein paar Wochen mit ihr zusammen. Außerdem bin ich mir sicher, dass sie bald wieder auftaucht.«

Ced schlug Alex vor, bei Alex in Bremen zu übernachten, um ihm Gesellschaft zu leisten und ihn von den Sorgen der vergangenen Tage abzulenken. Sie bestellten bei einem thailändischen Imbiss und Alex stocherte gerade lethargisch in seinen gebratenen Nudeln, als es plötzlich an seiner Haustür klingelte. Alex und Ced ließen ihre Gabeln sinken und sahen sich an. Dann sprangen sie auf und rannten zur Tür. Als Alex die Tür öffnete, standen dort zwei Polizeibeamte. Einer der beiden klappte seine Polizeimarke auf und hielt sie Alex vor die Nase.

»Guten Abend. Wir sind von der Polizei. Sind Sie Alexander Fischer?«

Alex nickte tonlos.

»Ich würde Sie bitten, mit uns aufs Revier mitzukommen. Wir würden Ihnen gerne ein paar Fragen stellen.«

Sie fuhren mit Alex bis nach Moosbach. Lilys weinende Mutter, Karl, Maja und Cartman warteten dort bereits. Alex wurde zuerst befragt. Ihm war der Ernst der Lage bewusst und er wusste, dass er die Wahrheit sagen musste. Ohne Umschweife berichtete er den Polizisten, dass Lily bei ihm gewohnt hatte und dass sie eine Liebesbeziehung geführt hatten. Ihm glühten die Wangen vor Verlegenheit, als die Polizisten Alex' und Lilys intime Nachrichten mit ernster Miene fürs Protokoll vorlasen. Als er endlich aus der Befragung entlassen wurde, ging er nach draußen, um zu verschnaufen und im strömenden Regen eine Zigarette zu rauchen. Karl folgte ihm, und er machte keinen Hehl aus seinem Groll.

»Sie war also die ganze Zeit bei dir. Ausgerechnet bei dir.«

Alex wusste nicht, was er darauf sagen sollte. Karl fuhr fort, sein Gesicht zu einer hässlichen Fratze verzerrt, während sein Mund beinahe vor Rage schäumte:

»Wenn du irgendetwas weißt oder gar etwas mit ihrem Verschwinden zu tun hast, ...«

»Das habe ich nicht, Karl! Ich mache mir genauso große Sorgen wie du!«

»Halt deinen Mund. Du wirst das alles bitter bereuen. Ich schwöre es dir, dafür werde ich höchstpersönlich sorgen!«

Karl ließ sich nicht lange Zeit damit, seine Drohung wahrzumachen. Als Alex später an diesem Abend nichtsahnend auf die Bahn nach Bremen wartete, hielt ein schwarzer BMW am Straßenrand. Die Tür schwang auf. Aus dem Halbschatten starrte Oleg Zelenko ihn finster an und Alex fühlte, wie sein Puls sich beschleunigte.

»Steig ein.«

»Ich habe es gerade ziemlich eilig, Oleg.«

»Das war keine Bitte«, sagte Zelenko kalt. Alex kletterte widerwillig auf den Rücksitz. Oleg rutschte ans Fenster und würdigte ihn keines weiteren Blickes. Am Steuer saß ein Mann, den Alex nicht kannte. Als die Ampel grün wurde, gab er Gas und bog an der nächsten Straßenecke auf eine unbeleuchtete Feldstraße ab.

»Was wollt ihr von mir?«, fragte Alex ängstlich, doch niemand hielt es für nötig, ihm zu antworten. Alex wischte mit dem Ärmel seines Sweaters den Angstschweiß von seiner Stirn und versuchte dann, sich auf die klassische Musik zu konzentrieren, die leise aus den Lautsprechern tönte. Es war La Traviata. Alex' Mutter hörte gerne Opern, lieber Puccini als Verdi, aber er erinnerte sich dunkel daran, mit ihr in seiner Kindheit eine Vorstellung von La Traviata besucht zu haben. Seine Mutter hatte noch Wochen von Anna Netrebkos Auftritt geschwärmt.

Etwa eine viertel Stunde später, als Alfredo Violettas tragisches Ende besang, hielt der Wagen schließlich im Wald vor einem unbewohnten Haus mit eingeschlagenen Fenstern. Sie gingen hinein und gelangten in einen betonierten, leerstehenden Raum, in dem drei weitere Männer auf sie warteten, von denen einer Karl war.

Oleg warf Alex gegen die Wand und griff sich mit der rechten Hand an seine Hüfte. Dann drückte er Alex den Lauf einer Pistole gegen die Stirn. Das Metall lag kalt an Alex' Haut. Er spürte, dass sein ganzer Körper zitterte. Und dann befragte Zelenko Alex noch einmal; auf eine rohe Art und Weise, die um einiges energischer war als die der Polizei, bis Alex ihn darum anbettelte, ihn wieder gehen zu lassen und beim Leben aller, die ihm etwas wert waren, schwor, dass er nicht wusste, wo Lily sich befand. Zelenkos Griff um Alex' Hals lockerte sich schließlich, und er ließ die Pistole langsam seine Schläfe hinabgleiten. Dann steckte er sie weg und ließ Alex los. Zelenko seufzte tief und sah kurz zu Boden. Bevor Alex reagieren konnte, fuhr er plötzlich wieder zu ihm herum, packte ihn an den Schultern und stieß sein Knie schwungvoll in seinen Magen. Der Schmerz raubte Alex die Sinne und ihm wurde kurz schwarz vor Augen. Als er wieder zu sich kam, lehnte er zusammengesunken gegen die Wand, und vor seinem verschwommenen Sichtfeld spuckte Oleg verächtlich neben ihn auf den Boden und schimpfte auf Russisch.

»Was sollen wir mit ihm machen, Boss?«, fragte einer der Anwesenden mit einem stark ausländischen Akzent, den Alex nicht zuordnen konnte. Zelenko sah fragend zu Karl herüber, der Alex' Befragung durch Zelenko schweigend beigewohnt hatte.

»Erteilt ihm eine ordentliche Lektion.« Karl vergrub die Hände in den Hosentaschen seiner Designerjeans und lächelte kalt. »Haltet euch nicht zurück. Brecht ihm alle Knochen. Poliert mit seinem hübschen Gesicht den Asphalt. Ich möchte ihn morgen im Krankenhaus besuchen gehen.«

Alex hörte leises Gekicher. Schritte kamen näher, und im nächsten Moment rissen Zelenkos Leute ihn in die Höhe. Sie schleiften ihn durch die Hintertür in den verlassenen Hinterhof. Alex versuchte gar nicht erst, sich zu wehren. Einer der breitschultrigen Männer hielt ihn fest, während die anderen beiden beherzt auf ihn einprügelten. Die Männer schienen Karls Anweisung gewissenhaft zu befolgen, und es dauerte nicht lange, bis jeder Millimeter von Alex' Körper vor Schmerz zu explodieren schien. Nach einer gefühlten Ewigkeit der Qual ließen sie von ihm ab. Er lag Blut würgend auf dem verregneten, kalten Asphalt und kämpfte darum, bei Bewusstsein zu bleiben.

»Wir sollten es dabei belassen«, wandte eine gesichtslose Stimme sachlich ein. »Sonst bringen wir ihn noch um.«

»Ich habe nichts dagegen. Meine Hand tut echt höllisch weh. Hat jemand eine Kippe?«

Zwischen munteren Plaudereien hörte Alex das Klicken eines Feuerzeugs und nahm schwachen Zigarettenrauch wahr. Mit der letzten Kraft, die er aufbringen konnte, sah er nach oben. Die Männer hatten sich in einem Kreis aufgestellt und unterhielten sich gedämpft. Unwillkürlich ächzte er, und alle drei wandten sich zu ihm um.

»Sieh an. Er ist ja noch wach«, sagte einer der Schläger grinsend. »Vielleicht hat er ja auch Lust, eine mit uns zu rauchen?«

Er warf die Überbleibsel seiner Zigarette in eine Pfütze in Alex' Nähe, wo sie zischend versank. Dann ging er zwei Schritte auf ihn zu, packte ihn an den Haaren und riss seinen Kopf in die Höhe. Alex' Magen drehte sich um und er biss die Zähne aufeinander, um nicht zu schreien.

»Hast du deine Lektion gelernt, Kleiner? Wie? Was hast du gesagt?« Seine geballte Faust schwebte drohend neben Alex' Gesicht. »Ich habe dich nicht verstanden.«

Alex leckte mit der Zunge über seine blutverschmierten Lippen.

Der Schläger ließ ihn wieder los, dann trat er ihm zum Abschied ein letztes Mal in die Seite. Ein verzerrter Schmerzlaut entwich Alex' Lippen. Die Männer brachen in schallendes Gelächter aus und gingen lachend von dannen. Eine Weile starrte Alex benommen vor sich hin und Rinnsale von kaltem Wasser liefen über sein Gesicht. Er hatte das Gefühl, langsam in das Nichts zu entgleiten. Fühlte sich so Sterben an? Bei diesem Gedanken überkam

Alex heilsame Ruhe. Warum nicht einfach loslassen? Weg aus der realen Welt, in die alles umwebende Dunkelheit. Hinein in die sanften Schatten, die sich schützend aufbauten. Eine Welt voller Gleichmut. Für immer schlafen, nie wieder erwachen. Endlos treiben in einem Meer aus schwarzem Samt.

Es war ein Gedanke, dem Alex sich ganz hingab.

X

Als Alex die Lider öffnete, wurde er von so hellem Licht geblendet, dass ihm schwindelig wurde. Seine Kehle brannte und er hatte stechende Kopfschmerzen. Dann stieg ihm der Geruch von Desinfektionsmittel und Plastik in die Nase. Der Geruch von Leid und Tod. Es konnte keinen Zweifel geben. Er war im Krankenhaus.

Eine blonde Frau saß an seinem Bett und musterte ihn besorgt. Ihm wurde warm ums Herz, und gleichzeitig bekam er Angst, dass sie nur das Hirngespinst seiner Fantasie war. Aber nachdem er angestrengt geblinzelt hatte und sich davon überzeugt hatte, sich die leicht verschwommene Frau nicht einzubilden, seufzte er erleichtert auf.

»Lily«, krächzte er. Er versuchte seine Hand nach ihr auszustrecken, aber sie blieb schlaff auf der blendend weißen Decke liegen. Als er hinsah, erkannte er, dass sein Körper in Verbände gelegt war. »Lily!«

»Lily?«

Die Frau beugte sich erstaunt zu ihm vor und da erkannte Alex, dass sie nicht Lily war, sondern eine Krankenschwester, die um einiges älter war als Lily. So schnell, wie die Freude sich in seinem Inneren angesammelt hatte, zerstreute sie sich wieder. Plötzlich kehrten die Erinnerungen wieder zu ihm zurück. Natürlich war sie nicht Lily. Lily war verschwunden. Alex hatte das Gefühl, als würde er wieder rückwärts in ein schwarzes Loch fallen. Die unbekannte Frau machte eine betroffene Miene.

»Wer ist Lily?«

Er schloss für einen Augenblick seufzend die Augen. »Niemand.«

Sie fragte nicht weiter nach. Sie versuchte ein aufmunterndes Lächeln, aber in ihrem Gesicht rangen Mitleid, Bestürzung und Anteilnahme um die Vorherrschaft. Alex sah ihr an, wie schwer es ihr fiel, die richtigen Worte zu finden.

»Sie lagen ein paar Tage im künstlichen Koma. Ich habe vorhin mit dem Arzt gesprochen. Er meinte, dass sich Ihr Zustand nun stabilisiert hat. Wie fühlen Sie sich?«

»Ich weiß nicht ... Müde irgendwie. Und antriebslos.«

»Das sind die Schmerzmittel«, erwiderte die Krankenschwester und griff nach einer Wasserflasche auf dem Beistelltisch. »Hier, trinken Sie einen Schluck. Ich helfe Ihnen.«

Sie stützte seinen Kopf vorsichtig auf und flößte ihm Wasser in den Mund ein.

»Danke«, murmelte er, als er merkte, dass sein Durst gestillt war. Die Krankenschwester bettete ihn wie ein hilfloses kleines Kind wieder zurück auf das Kissen und schraubte die Wasserflasche zu.

»Ihr Kiefer muss operiert werden, Herr Fischer. Die Operation ist für morgen festgesetzt. Ihnen werden fürs Erste Drähte und Platten eingesetzt. Sie werden am Anfang nicht sprechen können und keine feste Nahrung zu sich nehmen. Aber Sie brauchen keine Angst zu haben. Sie müssen nur drei Wochen lang stationär behandelt werden.«

Alex starrte auf die weiße Krankenhausdecke, sprachlos vor Entsetzen. Eine Weile blickten sie sich schweigend an, dann nahm die Krankenschwester zögernd seine Hand und drückte sie sanft. Auf einmal spürte Alex, wie sich seine Kehle zuschnürte und seine Augen anfingen zu brennen. Und dann tat er etwas, was er nicht getan hatte, seitdem er mit acht Jahren in der Tiefgarage seiner Eltern auf einen rostigen Nagel getreten war. Er schluchzte auf. Und ehe er sich's versah, weinte er mit bebendem Oberkörper. In den Armen einer Krankenschwester. Er fühlte sich erbärmlich wie noch nie zuvor in seinem ganzen Leben.

»Ist schon gut«, flüsterte sie ihm ins Ohr. »Das muss Ihnen nicht unangenehm sein. Lassen Sie alles raus. Ich bin für Sie da.«

Sie redete noch eine ganze Weile beruhigend auf ihn ein, bis er seinen Gefühlsausbruch in den Griff bekam. Schließlich sank er kraftlos zurück in die Kissen und entließ die Krankenschwester aus seiner Umarmung. Sie blieb an seinem Bett sitzen, bis eine Ärztin ihm Medikamente verabreichte und er wieder einschlief.

Nach der Operation konnte Alex tatsächlich einige Zeit weder sprechen noch essen. Nahrung nahm er nur in Form von faden, schleimigen Gemüsesuppen auf, und er konnte seinen Kopf kaum hin und her bewegen. Die ersten zwei Tage, die er auf der Intensivstation verbrachte, schlief er beinahe durchgehend. Als er verlegt wurde, ging es ihm ein wenig besser.

»Deine Freunde waren heute Morgen hier, aber du hast geschlafen«, erzählte seine Mutter ihm bei einem ihrer Krankenhausbesuche und zog die Vorhänge auf, um das Fenster zu öffnen. Es dauerte eine Weile, bis Alex den Sinn ihrer Aussage begriff. »Kasy auch?«

»Ja, zusammen mit Ced und Oscar.« Sie warf ungeduldig einen Blick auf ihre Uhr. »Wo bleiben denn schon wieder diese Ärzte? Sie wollten doch schon lange hier sein.«

Alex' Eltern waren außer sich vor Sorge gewesen. Seine Mutter, die beinahe durchgängig an seinem Krankenhausbett gewacht hatte, erzählte ihm, dass ein Spaziergänger und sein Hund ihn im Wald am frühen Morgen verletzt und unterkühlt aufgefunden hatten. Natürlich verlangte sie zu wissen, was passiert war. Alex behauptete, wie schon zuvor den Ärzten gegenüber, dass er sich nicht erinnern konnte und dass er glaubte, vom Dach des unbewohnten Hauses heruntergefallen zu sein.

»Was hast du denn da oben gemacht? Warum warst du in Moosbach? Du hättest doch eigentlich in Bremen sein sollen. Alex, bitte sprich mit mir. Was ist passiert?«

Tränen standen in den Augen seiner Mutter. Ihre Fürsorge rührte Alex, aber er wollte sich ihr nicht öffnen, ihr nicht von Lily oder Karl und Zelenko erzählen. Wenn seine Mutter an seinem Bett saß, versuchte sie, Alex zu zerstreuen und aufzuheitern, aber eigentlich war ihre Anwesenheit schon Trost genug. Wenn sie nicht da war, schaute Alex unaufmerksam Filme auf seinem MacBook oder starrte aus dem Fenster. Meistens dachte er dabei an Lily. Alex hatte schreckliche Sehnsucht nach ihr. Er vermisste alles an ihr: den Klang ihrer Stimme, den Geruch ihrer Haut, ihre Tattoos, ihr spitzbübisches Lächeln. Manchmal lag er stundenlang da und probierte, sich jedes noch so kleine Detail in Erinnerung zu rufen wie den genauen Farbton ihrer Augen oder die Art, wie sie seinen Namen geflüstert hatte. In solchen Momenten zog sich seine Brust vor Schmerz zusammen, und er hatte das Gefühl, vor Kummer vergehen zu müssen.

Eines Nachts hatte er den Eindruck, nur für den Bruchteil einer Sekunde die Augen geschlossen zu haben, aber als die Krankenschwester ihn weckte, war es bereits acht Uhr morgens. Sie verkündete ihm, dass er Besuch habe. Während Alex sich noch den Schlaf aus den Augen rieb, kam ein Mann mittleren Alters hinein. Es war der Polizist, der ihn zur Vernehmung aus Bremen abgeholt hatte. Alex musterte ihn prüfend. War er hier, um ihn zu verhaften? Doch der Polizist machte keine Anstalten, etwas Derartiges zu tun. Er klappte einen Notizblock auf und zückte einen Kugelschreiber. Dann verlangte er von Alex zu wissen, was passiert war und wer ihn so zugerichtet hatte. Alex tischte ihm die gleiche Geschichte auf, die er sich schon für seine Mutter und die Ärzte zurechtgelegt hatte. Der Polizist glaubte ihm nicht, aber als Alex bei dieser Version blieb, kapitulierte er. Er machte eine enttäuschte Miene und gab ihm schließlich seine Karte.

»Melden Sie sich, wenn Ihnen doch noch etwas einfällt.«

Alex nahm sie und nickte.

»Gute Besserung, Herr Fischer.«

»Danke.«

Er verließ das Krankenzimmer, und nur wenige Augenblicke später kam Alex' Mutter hinein.

»Wer war das?«, fragte sie verwundert.

»Er hat sich im Zimmer vertan«, erwiderte Alex. »Hast du meine Klamotten dabei, Mama?«

Am selben Tag wagten Ced, Kasy und Cartman einen weiteren Anlauf, um ihn zu besuchen.

»Dürfen wir reinkommen?«, fragten sie am Eingang des Krankenzimmers im Chor, wie kleine Kinder an Halloween nach Süßigkeiten.

Eine Weile standen sie befangen an Alex' Bett herum, bis Ced sich räusperte und den Anfang machte. Er zog sich einen umherstehenden Stuhl heran und holte DVDs aus einer Einkaufstüte.

»Wir haben dir drei Superstreifen mitgebracht. Warte, ich zeig sie dir. Da hätten wir einmal ›Die Killerclowns‹, ›Dracula jagt Feuerstein‹ und ›Sharknado‹. Beim letzten geht es um Killerhaie, die in einem riesigen Tornado aus Salzwasser Los Angeles angreifen! Ein wahres Juwel der Filmgeschichte also.«

»Ich habe die Filme auch gesehen. Sie sind also einhundertprozentig Kasy-approved.«

Alex sah Kasy an, der ihm ein versöhnliches Lächeln schenkte.

»Es tut mir wirklich leid, Kasy.« Dann fügte Alex hinzu: »Du weißt schon, diese ganze Sache mit Lily.«

»Schwamm drüber, Alex. Es tut eher mir leid, dass ich mich so bescheuert benommen habe.«

Kasy setzte sich an das Fußende des Krankenbettes, und plötzlich war alles wieder wie früher. Sie plauderten über Bundesligaergebnisse, machten perverse Witze und abends, nachdem Ced, Kasy und Cartman gegangen waren, sah Alex sich die hoffnungslos schlechten Horror-filme an, die seine Freunde ihm mitgebracht hatten. Sogar Maja kam Alex besuchen, mit hoch gesteckten Haaren und einer altmodischen Audrey-Hepburn-Sonnenbrille. Sie stellte einen Blumentopf voll bunter Crysanthemen auf den Beistelltisch seines Krankenhausbetts und deutete mit dem Zeigefinger auf seine Verbände.

»Wie ist das eigentlich passiert?«

»Ich bin vom Dach eines Hauses gefallen.«

»Du siehst viel schlimmer aus, als ich es mir vorgestellt habe.«

»Nun ja ... Danke jedenfalls, dass du mich besuchst. Und für die Blumen natürlich auch.«

Maja setzte sich auf die Fensterbank.

»Hat Oscar es dir schon erzählt?«

»Was?«

»Wir sind wieder zusammen. Wir haben uns sogar verlobt.«

Sie zeigte ihm ihre Hand, an der ein Verlobungsring glänzte. Alex hatte gar nicht mitbekommen, dass Maja und Cartman getrennt gewesen waren, und er fand, dass sie beide noch reichlich jung waren, um sich bereits zu verloben, aber er bemühte sich um ein Lächeln. »Nein, er hat es noch nicht erzählt. Das freut mich wirklich für euch, Maja. Herzlichen Glückwunsch.«

»Aber ich bin natürlich nicht hier, um dir das zu sagen.«

»Sondern?«

»Ich habe etwas von Lily gehört. Falls es dich noch interessiert.«

»Natürlich interessiert es mich noch.« Er setzte sich mit schmerzverzerrtem Gesicht auf und sah Maja begierig an. »Was hast du gehört? Geht es ihr gut?«

Maja erzählte ihm, dass Lily endlich aufgetaucht war und dass Maja sogar schon mit ihr gesprochen hatte. Wie sich herausgestellt hatte, war Lily vor ihren Eltern in die

Schweiz geflüchtet und hatte einige Zeit in einem Hotel in Luzern verbracht, bevor sie zu ihren Großeltern nach Zürich gefahren war, die sie genötigt hatten, sich bei ihren besorgten Eltern zu melden. Außerdem hatte sie beschlossen, ihr Studium in der Schweiz zu beenden und vorerst nicht nach Hamburg zurückzukehren. Alex wusste nicht, was er erwartet hatte oder wie er sich fühlen sollte.

»Verstehe«, sagte er nur tonlos, nachdem Maja zu Ende gesprochen hatte.

»Sie hat gesagt, dass sie dir schreiben und dir alles erklären wird.«

»Okay.«

Lilys erste Nachricht kam um Mitternacht nach Majas Besuch von einer unbekannten Schweizer Nummer.

Hallo Alex. Es tut mir sehr leid, dass ich dir nicht …

Alex las die Nachricht nicht, sondern löschte sie sofort und in den kommenden Stunden folgten drei weitere.

Bist du wütend auf mich? Können wir bitte darüber reden? Ich weiß, dass ich …

Maja hat mir erzählt, dass du von einem Dach gefallen bist und ich wollte …

Alex? Kannst du mir bitte schreiben, wenn du meine Nachrichten liest? Ich würde wirklich gerne …

Während seiner Zeit im Krankenhaus bombardierte Lily Alex förmlich mit Nachrichten, die er nicht las. Als er ihr Facebook-Profil und ihre Nummer für Nachrichten blockierte, rief Lily ihn an, doch Alex beantwortete nicht einen ihrer unzähligen Anrufe, obwohl sich jede Faser seines Körpers schmerzlich nach ihr verzehrte.

Als Alex aus dem Krankenhaus entlassen wurde, holte seine Mutter ihn ab. Nach der Ankunft im Kastanienhof brachte Alex die Tasche mit seinen Sachen aus dem Krankenhaus in das Schlafzimmer und nahm eine Dusche. Als er umgezogen nach unten humpelte, stand seine Mutter in der Küche. Die Dunstabzugshaube war eingeschaltet, und sie hantierte mit Töpfen und Pfannen.

»Hast du Hunger?«, fragte sie ihn.

Er spähte über ihre Schulter.

»Was kochst du denn?«

»Einen Eintopf.«

»Hört sich gut an.«

Sein Blick streifte die zwei Einkaufstüten, die auf dem Küchentisch standen. Während seine Mutter kochte, packte er die Lebensmittel aus und deckte den Tisch. Seine Mutter stellte einen dampfenden Suppentopf auf den Tisch.

»Ich muss gleich noch nach Hamburg, um Joachim vom Flughafen abzuholen. Sein Auto ist in der Werkstatt. Kommst du so lange alleine zurecht, mein Schatz?«

»Klar.«

Nach dem Essen begleitete Alex seine Mutter bis zu ihrem Auto. Während sie ausparkte, kurbelte sie die Fensterscheibe hinunter.

»Ruf mich an, wenn du etwas brauchst«, verabschiedete sie sich von ihm. »Im Kühlschrank steht noch was zu essen, wenn du hungrig wirst.«

»Okay, Mama. Bis später.«

Sie nickte, dann fuhr sie eine umständliche Kurve und ihr Auto verschwand, nachdem sie in die verspiegelte Hauptstraße eingebogen war. Leiser, kühler Regen nieselte auf Alex hinunter. Er holte sich eine kalte Cola aus dem Kühlschrank und setzte sich in Joachims Lesesessel in den Wintergarten. Das Haus war erfüllt von friedlichen Vogelgesängen. Mit halb zugekniffenen Augen sah Alex zur kalten, weißgelben Sonne hinauf und dachte an Lily, an den Abend an der Elbe und an die Nacht, in der er zum ersten Mal mit ihr geschlafen hatte. In Gedanken spielte er die Abende nach, durchlebte den Rausch ein zweites Mal wie auf Drogen, spürte das kalte Wasser auf seiner Haut, atmete die Herbstluft und Lilys Küsse ein. Er erinnerte sich an seine kindischen Versprechen ein paar Wochen später, die nun bedeutungslos geworden waren. Es waren Bilder aus einer anderen Zeit, einer anderen Welt. Alex fragte sich, wie lange er aus seinen Erinnerungen diese unvergleichliche Sehnsucht würde schöpfen können, wie lange es dauern würde, bis sich diese Erinnerungen an Lily abnutzen und für immer verblassen würden. Während er gedankenversunken an seiner Cola nippe, klingelte es an der Haustür. Alex öffnete und stellte erstaunt fest, dass es Caroline Lindenbaum war. Sie erkundigte sich, wie es ihm gehe, und entschuldigte sich bei ihm dafür, dass er von der Polizei befragt worden war.

»Ich wusste, dass du nichts mit alledem zu tun hattest. So weh es mir tut, aber das ist Lilys verschrobene Art. Es ist wirklich nicht ihre große Stärke, auf die Gefühle anderer Menschen Rücksicht zu nehmen und sie zu respektieren.« Caroline Lindenbaum seufzte, dann streckte sie Alex einen Briefumschlag hin, den sie die ganze Zeit in den Händen gehalten hatte. »Sie hat mich darum gebeten, dir diesen Brief zu geben. Ich werde mich nun wieder verabschieden. Ich wünsche dir eine gute Besserung, Alex.«

XI

Zuerst wollte Alex Lilys Brief wegwerfen, doch er konnte es nicht übers Herz bringen. Andererseits war er noch nicht bereit, ihn zu lesen, und vielleicht würde er es niemals sein, also legte er den Brief einfach ungeöffnet in eine Schreibtischschublade zu ihrer Postkarte, um nicht ständig an ihn erinnert werden zu müssen.

Es war wenig überraschend, dass Alex in den Abschlussprüfungen der Theoriephase spektakulär versagte. Er hatte zwar einen Zweitversuch, aber er entschied sich dazu, ihn nicht zu beanspruchen und stattdessen seine Ausbildung ganz abzubrechen. Joachim und seine Mutter waren maßlos enttäuscht von ihm, doch Alex war bereits in seiner Zeit im Krankenhaus bewusst geworden, dass er ohnehin nicht Pilot hatte werden wollen, sondern lieber seine Energie darauf verwenden wollte, seiner Neigung zur Musik nachzugehen.

Um seine Mutter zu besänftigen, schrieb sich Alex in seiner Einfallslosigkeit dennoch an der Universität für BWL ein. Im frühen August des darauffolgenden Jahres kam sein Immatrikulationsbescheid, er zog nach St. Pauli in Hamburg und begann sein Studium im Oktober mit mäßigem Interesse und noch mäßigerem Eifer. Die ersten Vorlesungswochen, die er überwiegend damit verbrachte, Hörsäle zu suchen, Hausarbeiten zu vergessen und Vorlesungen zu verschlafen, vergingen wie im Flug. Das Studium frustrierte Alex, weil er genau wusste, dass er es nicht brauchte und dass er nur seine Zeit verschwendete. Er hatte so viele Anfragen als DJ, dass er sich locker ein gutes Auskommen hätte sichern können. Allerdings hatte Alex auch Lust, sich musikalisch neu zu erfinden und etwas Neues zu probieren. Aus diesem Grund hängte er das Auflegen bei Studienbeginn beinahe vollständig an den Nagel und fand einen anspruchslosen Nebenjob bei einem privaten TV-Sender, der darin bestand, billige Fernsehproduktionen mit Laienschauspielern, die ihn über alle Maßen erheiterten, musikalisch zu untermalen. Abends in seiner Freizeit begann er, seine ersten eigenen Titel zu produzieren und im Internet zu verbreiten. Am Anfang war es eher eine Spielerei, die sich aber erstaunlich schnell als lukratives Geschäft entpuppte. Sein Stil kam gut an und auf eine Anfrage hin produzierte er ein paar Beats für einen bekannten deutschen Rapper, wodurch Kenan zufällig auf ihn aufmerksam wurde und alles ins Rollen brachte. Kenan wurde Alex' erster Mentor und Manager. Außerdem, und Alex wusste nicht mehr, wie es genau passierte, entdeckte Kenan an Alex ein neues Talent, und das war das Rappen. Daraufhin fuhr Alex beinahe jedes Wochenende nach Berlin, um mit Kenan und einem anderen Rap-Kollegen an einem neuen Album zu arbeiten, dessen provokante Texte fast ausschließlich von schnellen Autos, Drogen und Frauen handelten. In etwa zur gleichen Zeit, an einem tristen und verregneten Nachmittag, den er nach einer BWL-Vorlesung zur Abwechslung in der Cafeteria an der Universität verbrachte, machte er Giulias Bekanntschaft. Sie sprach ihn an, während er an dem Lösungsweg einer Statistikaufgabe zum einseitigen t-test tüftelte, die Teil einer wöchentlichen Übungsserie war und jeden Mittwochmorgen bei dem Seminarleiter eingereicht werden musste. Giulia kam ihm auf Anhieb sehr selbstbewusst vor, und er konnte sich seltsamerweise vage an ihr Gesicht erinnern.

»Ich bin in deinem Statistik-Seminar«, erklärte sie auf seinen offenbar fragenden Blick hin, dann erst fiel ihm auf, dass er sie tatsächlich dort gesehen hatte und dass er ihren Gruß nicht erwidert hatte.

»Ah, ja«, sagte er. »Hallo.«

Sie lächelte und deutete auf den Tisch, wo er seine Unterlagen unordentlich ausgebreitet hatte.

»Du bist gerade an der Übung dran, nicht? Darf ich mich dazusetzen?«

»Ja, natürlich.«

Sie schob den Stapel Bücher, den sie mit sich trug, auf die Tischplatte und zog sich einen Stuhl heran.

»Wie weit bist du mit der Übung?«, fragte sie.

»Fast fertig. Ich muss nur noch eine Aufgabe machen.«

»Darf ich mal sehen?«

Er schob ihr wortlos seine Lösungen hin. Sie überflog sie kurz, dann stieß sie einen tiefen Seufzer aus.

»Ich fürchte, ich bin eine totale Versagerin in Statistik. Und ich habe das letzte Seminar verpasst. Meinst du, du könntest mir kurz deine Ergebnisse erklären?«

»Warum nicht«, sagte er.

»Ich bin übrigens Giulia.«

»Ich bin …«

»Alexander, nicht wahr? Alexander Fischer.«

Giulia lächelte vergnügt.

»Ich habe deinen Namen auf der Anwesenheitsliste gelesen. Alle anderen Studenten aus dem Seminar kenne ich nämlich schon.«

Alex überlegte, dass in der Gruppe sicher mindestens fünfzig Studenten eingeschrieben waren, und es fiel ihm schwer zu glauben, dass Giulia es seit Semesterbeginn geschafft haben konnte, tatsächlich alle außer ihn kennenzulernen. Andererseits konnte er sich nicht erklären, woher sie seinen Namen sonst kennen sollte, deswegen schwieg er einfach nur verwundert, während Giulia unbeirrt fortfuhr:

»Ich sehe dich nicht besonders oft an der Uni. Kommst du zu den Vorlesungen?«

»Selten.«

»Und du gehst nicht auf die Studentenpartys.«

»Studentenpartys?«, wiederholte er ahnungslos.

Sie schien belustigt. »Ich finde, du siehst nicht gerade

aus wie jemand, der Schwierigkeiten hat, Anschluss zu finden. Liege ich falsch? Oder bist du einfach gerne Einzelgänger?«

»Ich bin kein Einzelgänger. Ich suche hier einfach nur keine Freunde«, sagte er achselzuckend.

»Aha. Der geheimnisvolle Schönling, der nicht in die Vorlesungen geht und keine Freunde an der Uni sucht. Du weißt, wie man sich interessant macht.«

Er wunderte sich kurz über die alberne Meinung, die dieses fremde Mädchen von ihm hatte.

»Danke für das Kompliment, aber ich fürchte, ich bin nicht besonders interessant. Oder geheimnisvoll.«

»Ich glaube, davon muss ich mich erst selbst überzeugen«, entgegnete sie augenzwinkernd. »Also, erzähl etwas von dir.«

»Zum Beispiel?«

»Warum studierst du BWL?«

»Willst du lieber die ehrliche oder die gesellschaftlich akzeptierte Antwort?«

Alex und Giulia unterhielten sich eine Weile und Alex fand heraus, dass seine Gesprächspartnerin Vegetarierin war und Wirtschaftsjournalistin werden wollte. Alex fand, dass Giulia hinsichtlich ihres Berufswunsches den richtigen Riecher hatte. Wann immer sich zwischen seinen Erläuterungen zu den Statistik-Aufgaben Gesprächspausen ergaben, nutzte Giulia die Gelegenheit, um ihn auszufragen. Sie interviewte ihn geradezu. Sie wollte wissen, wie er das Essen an der Universität fand, was er über die Nachhaltigkeit dachte und ob er in naher Zukunft plante, am Aktienmarkt zu investieren. Der Strom an Fragen brach einfach nicht ab. Irgendwann waren beinahe anderthalb Stunden vergangen, und sie waren immer noch nicht bis zur dritten Aufgabe gekommen. Alex hatte plötzlich das dringende Bedürfnis, allein zu sein und Giulia so schnell wie möglich wieder loszuwerden. Ungeduldig fragte er:

»Hör mal, Giulia. Ich muss jetzt langsam wirklich nach Hause gehen. Was hältst du davon, wenn du dir meine Lösungen einfach abfotografierst?«

»Ist schon gut. Ich probiere es lieber selbst, aber danke für dein Angebot.«

Einige Tage später traf Alex Giulia wieder. Er hatte in der Nacht zuvor schlaflos an seinen neuen Texten geschrieben und am Morgen zwang er sich mit der gesamten Selbstüberwindung, die er aufbringen konnte, um halb elf aus dem Bett, duschte ausgiebig, warf lustlos sein iPad in die Tasche und machte sich auf den Weg in die Universität. Als er dort ankam, hatte er die erste Vorlesung lange verpasst, aber für die zweite war er noch zu früh dran. Er holte seine Vorlesungsunterlagen aus dem Schließfach und trank einen Kaffee. Als dann noch immer genügend Zeit blieb, beschloss er, etwas zu essen.

In der Mensa war es an diesem Mittag brechend voll. Es dauerte eine ganze Weile, bis er sich eine halbwegs genießbare Mahlzeit ausgesucht und sie bei einer mürrischen Kassiererin bezahlt hatte. Danach blickte er sich suchend um. Fast alle Tische waren schon besetzt. Er überlegte gerade, wo er sich hinsetzen sollte, als ihm die Entscheidung abgenommen wurde, denn er hörte durch den brummenden Lärm der Mensa eine vertraute Stimme nach ihm rufen:

»Alexander, setz dich zu uns!«

Giulia winkte ihm von einem der Tische an der weiten Fensterfront zu. Giulia schien beliebt zu sein, denn um sie herum tummelte sich ein Haufen Kommilitoninnen, die sich mit einem strahlenden Lächeln nach ihm umdrehten. Sie waren der Typ adrett gekleideter und ambitionierter, ewig in der Bibliothek lernender Studentinnen, die Kasy immer als ›Vittel-Wasserflaschen-Mädchen‹ bezeichnete. Alex folgte Giulias zuvorkommender Einladung halbherzig und ließ sich auf einen freien Platz schräg gegenüber von ihr, zwischen zwei ihrer Freundinnen, nieder. Giulia entband ihn von der Notwendigkeit, sich vorzustellen, indem sie laut verkündete:

»Das ist Alexander. Er studiert mit mir zusammen im ersten Semester BWL.«

Die Mädchen machten ein paar freundliche Bemerkungen, und einige stellten sich höflich vor. Am Ende war er nicht viel schlauer als vorher. Alex hatte ein mieses Namensgedächtnis, Kopfschmerzen und das störende Stimmengewirr ringsherum taten ihr Übriges.

»Warst du vorhin in Statistik?«, fragte Giulia ihn, als sich der Redefluss ihrer Freundinnen etwas gelegt hatte.

»Nein, ich bin gerade erst gekommen.« Er fuhr sich mit den Fingern durch die Haare. Sie fühlten sich noch ein wenig feucht an. »Es ist gestern noch ziemlich spät geworden.«

»A-ha«, sagte Giulia lebhaft, als hätte sie ihn einer Straftat überführt. Sie stocherte mit der Gabel wild in ihrem Salatteller. »Darf man fragen, was du gemacht hast?«

»Nichts Besonderes, eigentlich. Ich war zu Hause. Ich konnte bis fünf Uhr morgens nicht schlafen.«

»Wie schade, ich dachte, du hättest Spannenderes zu berichten, irgendwelche wilden Frauengeschichten oder so.«

»Wilde Frauengeschichten?«, wiederholte er schmunzelnd. »Tut mir leid, da muss ich dich leider enttäuschen.«

Giulia lächelte geheimnisvoll und Alex widmete sich gleichmütig seinem lauwarmen, faden Mittagessen. Während er aß, blickte er träge aus dem Fenster und bekam kaum mit, worüber sich Giulia mit den anderen Mädchen unterhielt. Ab und zu versuchten sie, ihn in ein langweiliges Gespräch zu verwickeln, das er, darum bemüht, nicht unhöflich zu sein, ins Leere laufen ließ. Es war beinahe dreizehn Uhr, als er das nächste Mal einen kurzen Blick auf seine Uhr warf. Langsam zerstreuten sich die Gruppen der Studenten und schlenderten in Richtung der Vorlesungsräume. Auch Giulias Freundinnen erhoben sich nach und nach und räumten ihre Tabletts weg. Nur Giulia blieb auf ihrem Platz sitzen.

»Wie sieht's aus, hast du heute Abend was vor? Ansonsten könnte ich dich auf die erste Studentenparty deines Lebens mitnehmen. Um mich dafür zu revanchieren, dass du mir letzte Woche Statistik erklärt hast«, schlug sie vor. Er dachte kurz ernsthaft über ihr Angebot nach, aber dann fiel ihm ein, dass er schon andere Pläne hatte.

»Danke für deine Einladung, aber ich muss leider arbeiten.«

»Nachts? Als was arbeitest du denn?«

»Ich lege auf.«

»Und wo?«

»Im *Manhattan* am Hafen, falls dir das was sagt.«

»Du bist DJ im *Manhattan*?«, fragte Giulia, und ihre Stimme bebte vor Begeisterung.

»Seit ich studiere, mache ich das nur noch ab und zu. Der Clubbesitzer ist ein Bekannter von mir und hat gefragt, ob ich heute für jemanden einspringen kann.«

»Wow, gegen das *Manhattan* ist natürlich jede Studentenparty ein Witz. Die Partys dort sollen der Wahnsinn sein. Gibt's zufällig eine klitzekleine Chance, dass du mir für heute Abend eine Eintrittskarte besorgen kannst?«

»Sicher.«

»Ist das dein Ernst?«

Alex zuckte mit den Achseln.

»Ich schreibe dich auf die Gästeliste, dann darfst du noch zwei Personen mitbringen.«

»Das wäre großartig.«

Giulia strahlte übers ganze Gesicht.

»Bevor ich es vergesse, hier ist deine Übung. Ich habe sie nach der Vorlesung für dich abgeholt. Ich hoffe, du hast nichts dagegen«, sagte sie und reichte ihm über den Tisch hinweg den zusammengehefteten Papierbogen, den er eine Woche zuvor bei seinem Übungsleiter eingereicht hatte. Er überflog die Vorderseite und entdeckte befriedigt, dass ihm nur zwei Punkte bis zur vollen Punktzahl fehlten.

»Nein, natürlich nicht. Vielen Dank, dass du das für mich gemacht hast, Giulia. Wie lief es bei dir, übrigens? Hast du noch alles geschafft?«

Sein Blick streifte zufällig Giulias korrigierte Übungsblätter, die zur Hälfte unter ihrer Tasche begraben waren. Giulia setzte eine ertappte Miene auf, und ihre Hände bedeckten schützend das Ergebnis.

»Frag besser gar nicht erst. Es war eine Katastrophe.«

Sie faltete ihre Übung zusammen und ließ sie hastig in der Tiefe ihrer Handtasche versinken.

»Naja, das ist doch nicht schlimm. Kann mal passieren. Nächstes Mal machst du es besser«, versuchte er sie aufzumuntern.

Sie schüttelte den Kopf.

»Es ist hoffnungslos.«

Am späten Nachmittag traf sich Alex mit Kasy auf dem universitären Basketballplatz, und sie warfen wie in ihrer Jugend ein paar Körbe. Kasy spielte in der Regel besser als Alex, aber an diesem Tag konnte Alex ihm mühelos den Ball ablaufen, und Kasy verfehlte den Basketballkorb aus kurzer Distanz mehrere Male in Folge.

»Ich glaube, du wirst langsam alt«, bemerkte Alex, als Kasy fluchend den hüpfenden Ball auffing.

»Bilde dir bloß nichts ein, Alex. Du spielst nur besser als ich, weil ich für das Physikum lernen muss und mit den Gedanken woanders bin. Sobald ich die Prüfungen hinter mir habe, kannst du einpacken.«

Kasy grinste und warf Alex den Ball zu. Alex zielte und warf ihn in den Ring.

»Wie geht's mit dem Lernen voran?«

»Im Grunde nicht schlecht«, entgegnete Kasy. »Allerdings ist es momentan nicht so einfach, finanziell über die Runden zu kommen. Gut, ich habe vorher extra gejobbt, damit ich die Zeit zur Prüfungsvorbereitung nutzen kann. Aber jetzt muss ich umziehen, und der ganze Umzug kostet auch wieder einen Haufen Geld. Leider kann mir meine Mutter da auch nicht helfen. Ihr Gehalt als Reinigungsfrau ist wirklich mies.«

»Ich kann dir was vorstrecken, wenn du willst.«

»Danke, aber ist schon gut. Ich kriege das schon irgendwie auf die Reihe.«

In diesem Augenblick bewunderte Alex Kasy aufrichtig dafür, dass er Medizin studierte. Kasy stammte aus sehr bescheidenen Verhältnissen, und sein Studium musste er sich mit einer Reihe Gelegenheitsjobs finanzieren. Er arbeitete und lernte oft bis tief in die Nacht hinein und bekämpfte Angespanntheit immer mit Partys und guter Laune. Kasy war selbstbewusster denn je, ungemein scharfzüngig, und er beschwerte sich nie.

»Warum musst du denn umziehen?«, fragte Alex und ließ sich auf den Bordstein sinken. Kasy setzte sich neben ihn.

»Du weißt doch, dass unter meiner Wohnung dieses Restaurant ist.«

»Du meinst den Inder.«

»Genau. Ich hatte schon immer die Vermutung, dass der Laden ziemlich versifft ist, und vor zwei Wochen habe ich eine richtig fette Ratte in meiner Wohnung gesehen. Es war echt eklig. Natürlich habe ich dem Vermieter gleich Bescheid gesagt. Er ist der Betreiber des Restaurants und hat darauf bestanden, meine Wohnung zu überprüfen. Ich esse unter der Woche fast nie zu Hause, deswegen stand mein Kühlschrank leer, aber auf dem Tisch lag ein doppelt eingeschweißtes Snickers. Mein Vermieter hat doch ernsthaft behauptet, dass dieses Snickers die Ratte angelockt hat. Ich hatte danach echt Angst um meine Gesundheit, deswegen habe ich den Mietvertrag gekündigt. Wer weiß, vielleicht hätte ich mich da noch mit einem seltenen, gefährlichen Keim infiziert. Einen, der mein Gehirn von innen auffrisst oder so.«

»Und wo ist deine neue Wohnung?«

»Am Schanzenpark. Du weißt schon, wo diese verrückte alte Frau ihre Katze spazieren führt und Tauben füttert. Es ist eine WG. Eine Freundin von Yumi hat noch einen Mitbewohner gesucht. Apropos Yumi ...«, sagte Kasy und kratzte seinen Bart. »Sie ist wirklich wütend auf dich. Sie sagt, du hättest dich schon seit Ewigkeiten nicht bei ihr gemeldet.«

»Sie übertreibt«, hielt Alex entgegen. »Ich war erst vor kurzem mit ihr mittagessen.«

»Scheinbar reagierst du nicht auf ihre Anrufe und schreibst ihr nicht zurück.«

Der Stich eines schlechten Gewissens flammte in Alex auf. Er versuchte ihn zu verdrängen.

»Du weißt doch, wie Yumi ist. Wenn ich ein paar Wochen nichts von mir hören lasse, beginnt sie sofort, am Rad zu drehen. Und wenn ich mich mit ihr treffe, sagt sie mir immer nur, dass ich endlich über Lily hinwegkommen muss. Sie liegt mir damit ständig in den Ohren.«

»Sie hat nicht Unrecht.«

»Es nervt trotzdem.«

»Ich verstehe, was du meinst. Sie ist anders geworden, seit sie von Ced getrennt ist. Ich denke, sie versucht ihre Fürsorge auf dich zu projizieren, jetzt, wo sie niemanden mehr hat, den sie bemuttern kann.«

»Warum bemuttert sie zur Abwechslung nicht mal dich?«

»Weil ich schon ein großer Junge bin«, erwiderte Kasy mit einem Augenzwinkern. »Komm, lass uns gehen. Sonst kommst du noch zu spät zu deinem großen Auftritt.«

Mit der Zeit hatte Alex beim Auflegen im *Manhattan* so

viel Routine entwickelt, dass selbst seine Liveauftritte für ihn in etwa so wenig aufregend waren wie ein Fernsehabend mit seinen Freunden auf der Couch. Von dem Treiben um sich herum bekam er meistens kaum etwas mit, außer wenn die Mitarbeiter des Clubs etwas von ihm wollten oder Frauen ans DJ-Pult kamen, um sich albern kichernd ihre Lieblingslieder zu wünschen. Wie üblich wartete Kasy nach dem Ende der Show auf ihn im VIP-Bereich. Sie wollten gerade in ein etwas zwielichtiges Lokal im Rotlichtmilieu aufbrechen, um den Abend ausklingen zu lassen, als Giulia plötzlich wie aus dem Nichts auftauchte. Sie hatte zwei Freundinnen im Schlepptau und winkte Alex von der Tanzfläche aus zu.

»Heeeeey, Mister Diiiiijaaaaay!«

»Wer ist das?«, fragte Kasy interessiert. Alex stöhnte genervt. Er hatte Giulia schon wieder ganz vergessen.

»Ach, das ist eine, die mit mir zusammen studiert und mich gefragt hat, ob ich sie auf die Gästeliste setzen kann. Lass mich sie schnell abwimmeln, dann können wir los.«

»Hast du Tomaten auf den Augen, Alex? Sie ist heiß. Und ihre beiden Freundinnen sind auch nicht von schlechten Eltern.«

Alex blieb nichts anderes übrig, als Kasy und Giulia einander vorzustellen. Zu fünft suchten sie eine Bar in der Nähe auf, die etwas gesitteter war als das Striplokal an der Reeperbahn, in dem Alex und Kasy seit Beginn von Alex' Studium Stammgäste waren. Kasy flirtete, was das Zeug hielt, während Alex, die Arme vor der Brust verschränkt, die meiste Zeit schwieg.

»Dein bester Freund ist nicht gerade gesprächig, Kasy«, kommentierte Giulia diesen Umstand irgendwann. »Ich habe mir an ihm schon in der Uni die Zähne ausgebissen.«

Sie war schon ein bisschen angetrunken und knabberte ein paar gesalzene Erdnüsse, die zu den Getränken gereicht worden waren.

»Sieh es ihm nach, Giulia«, entgegnete Kasy. »Er hat ein bisschen Liebeskummer.«

»Ach, Liebeskummer.« Giulia lehnte sich in ihrem Stuhl vor und legte die Fingerspitzen aneinander. »Jetzt kommen wir der Sache also auf den Grund. Erzähl mir von deinen Problemen. Ich gebe dir den Beziehungsratschlag deines Lebens. Versprochen.«

Alex grinste, zog dabei den Mund schief und fuhr sich dann mit der Hand durch die Haare.

»Wärst du doch mit diesem magischen Beziehungs-ratschlag früher um die Ecke gekommen, Giulia. Better luck next time, schätze ich.«

Giulia zuckte mit den Schultern.

»Dann vergiss die Frau einfach. Andere Mütter haben auch schöne Töchter. Ich habe bisher jeden Typen, der mir nicht gepasst hat, sofort in die Wüste geschickt und es kein einziges Mal bereut. Männer haben heutzutage einfach verlernt, charmant und faszinierend zu sein«.

»Das hört sich an, als wärst du richtig anspruchsvoll.«

»Das stimmt nicht. Ich bin nicht anspruchsvoll, ich habe einfach nur meine eigenen Vorstellungen. Verstehst du, was ich meine?«

»Und die wären?«

»Ich will zum Beispiel einen Freund, der mir süße SMS schreibt und mir Blumen schenkt. Am besten bei jeder Gelegenheit. Findest du nicht, dass ein Mann seinem Mädchen auf diese Weise zeigt, wie viel sie ihm bedeutet?«

»Nein, überhaupt nicht. Ein Typ, der seiner Freundin ständig Blumen schenkt, hat auch das Gefühl, dass er ständig etwas gutzumachen hat, und zwar auf die einfallsloseste, billigste und bequemste Art und Weise, die es gibt.«

Giulia schenkte ihm einen vorwurfsvollen Blick.

»Wie kannst du nur so unromantisch sein?«

»Was hat das mit Romantik zu tun? Das Ganze nennt sich Männerpsychologie.«

»Nimm mir gefälligst nicht meine Illusionen«, ereiferte sie sich und warf einen Bierdeckel nach ihm. Alex fing ihn auf und ertappte sich dabei, Giulias gespielte Verärgerung süß zu finden. Als die Bar schloss, lud Alex alle ein und fuhr mit dem Taxi nach Hause. Kasy erzählte Alex später, dass er an diesem Abend einen One-Night-Stand mit einer von Giulias Freundinnen gehabt hatte, aber nichts Ernstes daraus wurde.

An Giulias Gesellschaft gewöhnte Alex sich schnell. Giulia hatte nie viel Zeit, denn sie war die engagierteste Studentin des Jahrgangs. Sie schrieb für die Studentenzeitung, war Vorstand in der Studenten-verbindung und Gründerin eines universitären Buchclubs für Wirtschaftsbücher.

Trotzdem versuchte sie fortwährend, Alex in das Universitätsleben einzubinden, indem sie ihn für ihre Projekte gewinnen wollte oder ihn zu überreden versuchte, auf einer von ihr oder ihren Freunden organisierten Party aufzulegen. Obwohl Alex stets ablehnte, begann er bald, häufiger in die Universität zu gehen, und sofern sich das ergab, auch die Vorlesungen und Pausen mit Giulia und ihren Freunden zu verbringen. Ehe er sich's versah, hatte er einen festen Platz in Giulias großem Bekanntenkreis und konnte an keinem Ort mehr ungestört seinen düsteren Gedanken nachhängen. Es war vielleicht keine willkommene Abwechslung, aber er spürte, dass sie ihm guttat.

XII

Das Jahr neigte sich dem Ende zu. Alex verbrachte ein ruhiges Weihnachtsfest mit seiner Mutter und Joachim zu Hause. An Silvester hingegen ließ er es mit Kenan und den Mitgliedern seiner neuen Crew in Berlin ordentlich krachen. Sie veranstalteten in einem Fünf-Sterne-Hotel eine ausladende Champagnerparty und hinterließen in einer Suite beispielloses Chaos und Verwüstung, über die sogar Lokalzeitungen berichteten und die ihnen ein Hausverbot bescherte. Alex bestand alle Prüfungen in der Universität im ersten Anlauf mit einigermaßen zufriedenstellenden Noten, und er widmete sich mit neuem Elan der Fertigstellung von Kenans Rap-Album. Er verbrachte noch mehr Zeit in Berlin als im ersten Semester, und langsam passte er sich auch optisch an seine Berliner Freunde an. Er ließ sich einen Bart wachsen und fing an, ins Fitnessstudio zu gehen. Innerhalb weniger Monate legte er ein paar Kilogramm zu und sein Aussehen bekam etwas Verwegenes, das eine für ihn bislang unbekannte Anziehung und Faszination auf Frauen ausübte. Im Frühjahr rückten die Videodrehs für die erste Single, die veröffentlicht werden würde, immer näher und Alex musste sich entscheiden, ob er offen oder maskiert auftreten wollte. Nach langem Überlegen entschied Alex sich dazu, eine Maske zu tragen, die eigens für ihn von einem Berliner Künstler entworfen wurde. Die Single erreichte die Top 10 in den Charts, und ein besseres Geburtstagsgeschenk hätte es für Alex nicht geben können. Kasy und Ced waren begeistert. Yumi hingegen schien entsetzt darüber zu sein, in welche Richtung sich Alex' einstige musikalische Ambitionen entwickelt hatten.

»Das kann nicht dein Ernst sein, Alex. Diese Musik ist so

unglaublich vulgär und frauenverachtend. Das bist doch nicht du!«

»Nun stell dich nicht so an, Yumi«, versuchte Ced sie zu beschwichtigen. »Es ist nur Kunst. Alex ist noch der Gleiche wie früher.«

Doch Yumi wollte nichts davon wissen.

»Hör auf, ihn auch noch zu verteidigen!«

Eigentlich hatte Alex vorgehabt, vor seiner Mutter und Joachim vorerst Stillschweigen zu bewahren. Es würde wahrscheinlich noch eine ganze Weile dauern, bis seine wahre Identität gelüftet werden würde, und selbst wenn dies geschah, interessierten sie sich viel zu wenig für diese Art von Musik, um allzu viel davon mitzukriegen. Aber als das Album sich innerhalb kürzester Zeit nach Veröffentlichung mehr als 100.000 Mal verkaufte, eine Gold-Auszeichnung erhielt und Alex sich vor Anfragen unterschiedlichster Labels kaum noch retten konnte, fühlte er sich dazu verpflichtet, ihnen reinen Wein einzuschenken. Als Alex seinen Eltern das erste Mal ein paar der veröffentlichten Lieder in der Küche vorspielte, rutschte er unangenehm berührt auf dem Küchenstuhl herum, während seine Mutter fast weinte und Joachim sich schwer damit tat, nicht in Lachen auszubrechen. Bevor ein Lied eine besonders explizite Stelle erreichte, schaltete Alex die Musik schnell aus und kam auf das eigentliche Thema zu sprechen, das ihm unter den Nägeln brannte.

»Ich überlege, mein Studium abzubrechen.«

»Das kommt gar nicht in Frage.«

»Ich werde bald in ganz Deutschland auf Tour gehen, Mama. Ich habe echt keine Zeit mehr zu studieren.«

»Wenn du dein Studium abbrichst, wirfst du deine Zukunft weg!«

»Rap ist meine Zukunft! Ich mache genau das, was ich immer machen wollte. Ich habe bald genug Geld, um mir eine eigene Wohnung in Hamburg zu kaufen. Was glaubst du, wieviel ich verdienen kann, wenn ich das Vollzeit mache?«

Wie immer war Joachim die Stimme der Vernunft.

»Alex ist jetzt erwachsen, Anna. Er muss selbst die Entscheidungen für sein Leben treffen.«

Sie diskutierten den ganzen Abend und einigten sich schließlich salomonisch darauf, dass Alex zumindest das zweite Semester zu Ende machen würde und in der Tourneezeit vorerst ein Urlaubssemester einlegen würde. Alex, der das Entgegenkommen seiner Mutter zu schätzen wusste, hielt sein Versprechen ihr gegenüber und bemühte sich in den folgenden Wochen aufrichtig darum, den Stoff aufzuholen, den er verpasst hatte. Eher zufällig begegnete er Giulia bei einem seiner seltenen Besuche in der Universität im Parkhaus, als er in seinem brandneuen 6er BMW angebraust kam. Er hatte sie ewig nicht mehr gesehen und sie sah hübscher aus, als er sie in Erinnerung behalten hatte.

»Ist das dein Auto?«, fragte sie ihn beeindruckt.

»Jep.«

»Wie kannst du dir so etwas leisten?«

»Ich arbeite nebenher als HiWi.«

»Sehr witzig.«

Alex vertraute Giulia, deswegen erzählte er ihr von seinem neuen Album und dem damit einhergehenden Erfolg.

»Waaaaaaaaas?« Giulia riss ungläubig die Augen auf. »Das bist du? Du hast bei uns zu Hause die erste Familienkrise aller Zeiten ausgelöst. Mein kleiner Bruder macht mich nämlich schon seit Wochen mit deiner Musik verrückt. Ich habe ihm schon damit gedroht, ihn vor die Tür zu setzen oder ihn zu erwürgen.«

Alex musste lachen, und Giulia stimmte in sein Lachen mit ein.

»Du musst heute Abend bitte zu uns zum Essen kommen. Er wird aus allen Wolken fallen.«

Alex hatte sich nichts anderes vorgenommen, deswegen begleitete er Giulia nach den Vorlesungen zu ihr nach Hause. Giulia wohnte in einer Doppelhaushälfte in einer ruhigen Gegend am Rande der Stadt. Das ganze Viertel strotzte vor gutbürgerlicher Gesinnung, von den sorgsam gestutzten Rasenflächen und Hecken, lächelnden Gartenzwergen, bis hin zu den spießig gestalteten Fußmatten war die kleine Welt in Giulias Straße perfekt. Als Alex und Giulia aus seinem Wagen stiegen, verschlangen sie ein paar Nachbarinnen, die sich in einem Vorgarten offenbar zum Kaffeetrinken und Kuchenessen verabredeten hatten, mit ihren Blicken. Ein paar winkten ihnen zu. Giulia winkte zurück. Alex war heilfroh, als Giulia schließlich die Tür aufschloss und sie das Haus betraten. Sie hängte die Jacken auf, dann gingen sie durch einen schmucklosen Flur in die Küche.

»Bist du bereit, den Löwen zum Fraß vorgeworfen zu werden?«, scherzte sie.

Giulias Eltern waren sehr freundlich und überhaupt nicht darauf aus, ihn aufzufressen. Sie boten ihm gleich an, sie zu duzen, und stellten harmlose, unverfängliche Fragen, um dann höflich und zustimmend mit dem Kopf zu nicken, wenn Alex diese beantwortete. Wie Giulia prophezeit hatte, konnte sich ihr vierzehnjähriger Bruder Max vor Aufregung über Alex' Anwesenheit gar nicht mehr einkriegen. Er machte an die zwanzig Selfies mit Alex, und als er nach oben in sein Zimmer rannte, um seinen Freunden von seinem prominenten Besuch zu erzählen, hörte Alex, wie er in sein Telefon brüllte: »Junge, meine Schwester datet ihn!«

Zum Abendessen gab es selbstgebackene Pizza, Salat mit Himbeerdressing und sizilianischen Wein. Alex wollte anschließend nach Hause aufbrechen, doch Giulia fragte, ob er nicht Lust hätte, noch etwas mit ihr zu unternehmen. Sie entschieden sich dazu, ins Kino zu gehen.

Der Film, den sie anschauten, war unterhaltsam, aber nicht spektakulär. Danach besuchten sie noch eine Bar und später in der Nacht landeten sie schließlich im Bett. Giulia war die erste Frau, der Alex seit Lilys plötzlichem Verschwinden nahe war, und er brauchte etwas Zeit, um sich mit Giulia zu entspannen und es wirklich genießen zu können. Er zündete sich danach im Bett eine Zigarette an und Giulia fragte ihn, ob sie auch eine haben könnte. Alex hatte Giulia noch nie rauchen sehen, aber er hielt ihr schweigend die geöffnete Schachtel hin und half ihr dabei, die Zigarette anzuzünden. Giulia nahm einen tiefen Zug und blies Qualm durch ihre Nasenlöcher aus.

»Ich dachte schon, du würdest nie anfangen, dich für mich zu interessieren«, sagte sie schließlich.

Alex wusste nicht, was er darauf sagen sollte. Stattdessen nahm er ebenfalls einen Zug.

»Wie hieß sie eigentlich?«

»Wer?«

»Die Frau, in die du verliebt warst.«

Alex schwieg einen Augenblick, dann schloss er die Augen und sagte leise und beinahe seufzend: »Lily ...«

»Erzähl mir etwas über Lily.«

»Das ist was Privates, Giulia.«

»Wir haben gerade miteinander geschlafen. Findest du das etwa nicht privat?« Giulia stützte sich auf ihren Ellbogen. »Außerdem hilft es, über die Sachen, die einen belasten, zu reden. Das braucht man, um darüber hinwegzukommen. Ich habe einen Vorschlag. Du erzählst mir von Lily und im Gegenzug erzähle ich dir eine private Sache über mich. *Quid pro quo*. Ich kann anfangen.«

Sie strich sich über eine Narbe an ihrem Unterleib, die Alex schon aufgefallen war, als er Giulias Jeans ausgezogen hatte.

»Ich kann keine Kinder bekommen. Mir wurden die Eierstöcke entfernt, als ich ein kleines Kind war. Es ging nicht anders. Ich hatte eine schlimme Entzündung. Das Traurige daran ist, dass es mein größter Traum ist, irgendwann Kinder und eine eigene Familie zu haben. Auf der einen Seite ist es gut, dass ich es so früh erfahren habe, aber andererseits muss ich nun mit dieser Gewissheit leben.«

Animiert durch Giulias Vertrauensvorschuss erzählte Alex ihr schließlich von den Ereignissen vor einem Jahr, und er erwähnte sogar Lilys Brief, der immer noch ungeöffnet in seiner Schreibtischschublade lag.

»Das heißt, du hast ihn nie gelesen?«

Alex schüttelte den Kopf.

»Bist du denn gar nicht neugierig, was drinsteht? Warum sie es gemacht hat?«

»Doch, schon. Auf eine Art und Weise. Aber vielleicht will ich die Antworten darauf auch gar nicht so genau wissen. Du weißt schon, diese Sache mit der Gewissheit.« Er nahm Giulia ihre fertig geraucht Zigarette ab und legte sie in den Aschenbecher. Dann fuhr er mit seinen Fingerspitzen an den Innenseiten ihres Oberschenkels entlang und entlockte ihr ein leises Seufzen. »Aber lass uns jetzt bitte nicht mehr über Lily sprechen.«

In dieser Nacht schrak Alex aus einem diffusen Traum hoch und setzte sich keuchend auf. Nach kurzem Herumsuchen bekam er sein Handy zu fassen. Er nahm es in die Hand und hielt es ganz nahe vors Gesicht, um die Ziffern in der Dunkelheit vor dem grellen Licht des Bildschirms erkennen zu können. Es war 4:37 Uhr. In seiner Wohnung war es dunkel, aber der Fernseher, der angegangen zu sein schien, flackerte bunt. Regen prasselte dumpf gegen die Fensterscheibe, und er hörte sehr leise im Hintergrund die Musik einer Teleshopping-Sendung. Er verfolgte einige Minuten in einem tranceartigen Zustand, wie sich ein funkelnder Anhänger auf einem dunkelblauen Samtkissen um seine eigene Achse drehte, und stellte dann den Fernseher mit der Fernbedienung aus. Giulia schlief auf der anderen Bettseite. Alex schlug die Decke zurück und ging unter die Dusche. Eine halbe Stunde später kehrte er erfrischt in sein Schlafzimmer zurück. Für Giulia hinterließ er auf dem Nachttisch eine krakelige Notiz, für seine Haushälterin auf dem Küchentisch eine Einkaufsliste und Geld. Dann angelte er nach seiner Jacke und schloss so leise wie möglich die Haustür. Er lief gedankenverloren durch den Flur und stieg in den Fahrstuhl, der sich ratternd in Bewegung setzte, um im Erdgeschoss piepend aufzuspringen.

Ziellos streifte er durch die menschenleeren, schummrigen Straßen. Die klammen geisterhaften Arme des seichten Nebels umarmten den trostlosen Junimorgen gleichermaßen achtlos, wie gleichgültig, streiften und umschlichen ihn auffordernd, um sich dann, ihr kindliches Wohlwollen verwerfend, in den stahlgrauen Himmel emporzuwinden.

Ab und zu rauschten grelle Autoscheinwerfer an ihm vorbei, mit orangefarbenen Reflektoren ausgestattete Radfahrer oder in Regenmäntel eingemummte Passanten, die ihre Hunde Gassi führten. Vor seinem Gesicht stand ein Dunstschleier seines heißen Atems. Er vergrub seine Hände tiefer in den Taschen seiner Jeans, um sie vor der morgendlichen Frische zu schützen. Als die Dämmerung hereinbrach, fand er sich in der Nähe seiner Wohnung wieder.

Einer spontanen Eingebung folgend beschloss Alex, Yumi, die Frühaufsteherin war, einen Besuch abzustatten. Yumis Wohnung lag nur wenige Wohnblocks von seiner eigenen entfernt. Er nahm einen Umweg durch den mit unordentlichen Hecken umsäumten Park, um ihr aus ihrem Lieblingscafé Frühstück zu besorgen.

Eine Viertelstunde später erreichte er Yumis Wohnhaus und übersprang ein paar Treppenstufen bis zu ihrer Wohnung im ersten Stock. Er klingelte und wartete. Yumi öffnete im Schlafanzug die Tür und sah verwundert hinaus. Als sie ihn erkannte, verschränkte sie die Arme vor der Brust und lehnte sich mit der Schulter gegen den Türrahmen. Sie bedachte ihn mit einem abschätzigen Blick.

»Dir ist also wieder eingefallen, wo ich wohne«, bemerkte sie spitz.

Alex fuhr sich mit der freien Hand schuldbewusst durch die Haare.

»Ich habe dir Frühstück mitgebracht.« Yumi hob eine Augenbraue. Seufzend fügte er hinzu: »Es tut mir leid, dass ich mich in letzter Zeit so selten gemeldet habe, Yumi.«

Yumi rollte die Augen.

»Komm rein, du Idiot.«

Sie kochte Kaffee, während Alex den Tisch deckte, dann setzten sie sich in Yumis winziges Wohnzimmer.

»Wie laufen die Proben für Onegin?«, erkundigte er sich, als er das Programmheft der Hamburger Staatsoper erblickte, das auf Yumis Geigenkasten lag. Yumi arbeitete in der Staatsoper als Violinistin. Die Bezahlung war lausig, aber sie war verbeamtet, und die Sicherheit wog für sie mehr als das Geld.

»Ganz gut, obwohl wir einige Anlaufschwierigkeiten hatten, weil ein Oboist kurzfristig abgesprungen ist und eine Violinistin im Schwangerschaftsurlaub ist. Kommst du eigentlich zur Premiere?«

»Ich weiß nicht recht ...«

»Bitte überleg es dir. Ced kann mich nicht begleiten, und du weißt, wie schrecklich aufgeregt ich immer bei den ersten Aufführungen bin.«

»In Ordnung, wenn es so wichtig für dich ist«, gab sich Alex geschlagen.

Yumi lächelte erfreut. »Danke, Alex. Ich organisiere dir Karten.«

Dann fuhr sie fort: »Weißt du, was ich mich in letzter

Zeit immer wieder gefragt habe?«, fragte sie, und ohne Alex' Antwort abzuwarten, fügte sie hinzu: »Vermisst du die Musik denn gar nicht?«

»Wieso sollte ich? Ich mache doch fast den ganzen Tag nichts anderes als Musik.«

»Ich meine richtige Musik.«

Alex hatte keine Lust, mit Yumi eine Grundsatzdiskussion zu führen, deswegen kam er auf Ced zu sprechen, mit dem Yumi neuerdings wieder ausging.

»Wo du doch vorhin Ced erwähnt hast, wie läuft es eigentlich zwischen dir und ihm? Ich habe gehört, ihr seid wieder zusammen.«

»Es läuft toll und ich bin so glücklich«, antwortete Yumi euphorisch. »Leider ist er, wie du weißt, momentan beruflich viel im Ausland unterwegs. Sein Frachter ist im Moment in Singapur. Er wird erst Ende Dezember wieder in Deutschland anlegen.«

Sie unterhielten sich und frühstückten, und als Alex in seine Wohnung zurückkehrte, war Giulia zu seinem Erstaunen noch dort.

»Wo warst du?«, fragte sie ihn neugierig.

»Ich konnte nicht schlafen. Ich war spazieren und dann habe ich noch eine Freundin von mir getroffen.«

»Eine Freundin? Sag mal, bist du etwa einer dieser Mormonen, die immer mehrere Frauen gleichzeitig am Start haben?«

Alex musste grinsen. »Es ist eine Freundin aus Kindertagen von mir. Außerdem ist sie mit meinem besten Freund zusammen.«

»Da bin ich ja beruhigt.« Giulia hielt den Zettel in die Höhe, den er ihr am frühen Morgen hinterlassen hatte. »Das war richtig süß von dir, Alex. Ich könnte mir jetzt sogar vorstellen, noch einmal mit dir auszugehen.«

XIII

Giulia besaß mehr Temperament als alle anderen Frauen, die Alex kannte. Sie stritt sich leidenschaftlich gerne mit ihm und sie konnte keinen Streit ohne eine gehörige Portion Drama beenden. Wenn sie zornig war, beschimpfte sie ihn auf Italienisch, schmetterte Türen zu und warf Teller gegen die Wände. Dann kündigte sie Alex an, ihn nie wiedersehen zu wollen, doch meistens stand sie bereits wenige Stunden später heulend vor seiner Haustür. Giulia hasste seine Musik und Alex ihren Filmgeschmack. Giulias Lieblingsfilm war Titanic und sie wollte ihn zumindest alle paar Wochen ansehen.

»Was hast du gegen Titanic?«, fragte sie ihn, als er einen ihrer Filmabende mit ihren Freundinnen bei sich in der Wohnung boykottieren wollte.

»Die Frage, die sich mir stellt, ist eher, was du an diesem Film so toll findest. Von allen tragischen Geschichten, die sich wirklich auf diesem Schiff zugetragen haben, hat sich James Cameron ausgerechnet eine ausgesucht, die ausgedacht ist.«

Für studentische Verhältnisse lebten sie dank Alex' stetig steigenden Einkünften fürstlich, und Alex überhäufte Giulia geradezu mit kostspieligen Geschenken. In seinem Schlafzimmer stapelten sich bis an die Decke Einkaufstaschen und Schuhkartons voller Designerkleidung aus dem Alsterhaus oder von Online-Versandhäusern für Luxuslabels, die sich am Ende des Monats zu astronomischen Kreditkartenabrechnungen summierten.

Das Ende des zweiten Semesters näherte sich unaufhaltsam. Anstatt in Berlin mit seinen Freunden zu feiern, saß Alex an einem Wochenende am Frühstückstisch in Kenans Studio und lernte für seine Prüfungen, als Kenans One-Night-Stand, eine langbeinige Blondine, mit zerzausten Haaren aus dem Schlafzimmer kam. Sie hatte ein Bettlaken dürftig um ihren Körper gewickelt.

»Wo ist die Toilette?«, fragte sie Alex. Er deutete auf den Flur.

»Zweite Tür rechts.«

Sie verschwand im Bad, dann kam Kenan in Boxershorts aus dem Schlafzimmer geschlendert. Kenan war verheiratet und hatte drei Kinder im Grundschulalter in seinem Stadthaus in Berlin Mitte, aber das hielt ihn nicht davon ab, seine Affären beinahe so regelmäßig wie seine Unterwäsche zu wechseln, egal ob es sich dabei um Groupies, Darstellerinnen oder Tänzerinnen aus Musikvideos, Stylistinnen oder flüchtige Bekanntschaften von ihren zahlreichen Partynächten handelte.

»Ich habe den heftigsten Kater meines Lebens«, jammerte Kenan und warf sich aufs Sofa, während er sich über seine behaarte Brust strich. »Außerdem habe ich die ganze Nacht kein Auge zugemacht.«

»Ja, das habe ich gehört«, bemerkte Alex trocken.

»Nur kein Neid, mein Freund. Nicht jeder zieht es vor, wie ein Mönch zu leben und sich nur für eine einzige Frau aufzuheben.«

Er deutete auf Alex' Bücher und Vorlesungsunterlagen.

»Na los, erzähl mal, wie läuft's in deiner Einsteinbude so?«

Anders als die Leute, denen sie im Musik-Business begegneten, häufig dachten, waren Alex und Kenan sich nicht im Geringsten ähnlich, und auch ansonsten war ihre Freundschaft eher oberflächlicher, interessenbehafteter Natur. Sie beschränkten sie auf die wenigen Gemeinsamkeiten und Interessen, die sie teilten: Musik, Fitnesstraining und schicke Autos. Kenan genoss einen bemerkenswert schlechten Ruf in der breiten Öffentlichkeit und stand mit den Medien auf Kriegsfuß, nachdem er in seinen Songs sämtliche Politiker, Musiker, Schauspieler und Personen des öffentlichen Lebens provoziert, beleidigt oder bedroht hatte. Kenans Bekanntheit hatte seit ihrer Zusammenarbeit auch auf Alex abgefärbt und hatte sein Alter Ego im deutschsprachigen Raum zum Gegenstand öffentlichen Interesses gemacht. Als Kenan, Alex und ein weiterer Kollege für ihre musikalischen Erfolge mit einem deutschen Musikpreis ausgezeichnet werden sollten, wurden empörte Protestrufe laut und die Nominierung wurde zurückgezogen, was Alex' Karriere zumindest im finanziellen Sinne keinen Abbruch tat, wenn auch sein Image sich dadurch nicht gerade besserte.

Auch Giulia verfolgte die Schlagzeilen über Alex mit anhaltendem Interesse. Jedes Mal, wenn er aus Berlin zurückkehrte, bemerkte er außerdem, dass sie seine Telefonate belauschte, heimlich seine Nachrichten las und seine Reisetaschen durchwühlte. Alex ärgerte das nicht. Es belustigte ihn nur und er tat, als würde er von alledem nichts mitkriegen.

Kurz vor seiner Tour am Ende des zweiten Semesters lernten Alex und Giulia gemeinsam für die Prüfungen. Um sieben Uhr morgens, wenn die Universitätsbibliothek öffnete, standen sie mit einer Meute Studenten auf der Matte, in dem Bemühen, sich den entlegensten und einsamsten Lernplatz zu sichern. Dort vergruben sie sich in Bücher und Aufzeichnungen, bis die Bibliothekarin sie spät abends ungeduldig aufforderte, zu verschwinden.

Alex fand heraus, dass Giulia eine richtige Überfliegerin in Mathe war. Als er wissen wollte, warum sie ihn im ersten Semester überhaupt nach seiner Hilfe gefragt hatte, erwiderte sie belustigt:

»Na, weil ich dich unbedingt kennenlernen wollte. Ich dachte, du hättest das nach einer Sekunde durchschaut.«

An den Prüfungstagen lief Alex auf der Suche nach dem ihm zugewiesenen Platz durch die meterlangen Reihen von Tischen mit Sichtschutz. Studenten standen herum und unterhielten sich angeregt mit ihren Bekannten oder sortierten mit ernsten Gesichtern auf ihren Tischen Getränke, Bleistifte, Marker, Lineale, Schokoriegel, Dextro Energy, Ohrstöpsel und Taschenrechner, während sie verstohlene Blicke um sich warfen, als wollten sie sich vergewissern, dass niemand etwas Besseres dabeihatte.

Ähnlich wie in seinem ersten Semester bestand Alex alle Prüfungen, aber dieses Mal nur knapp, und er hatte nach der Prüfungsphase nicht einmal die Zeit, einen kurzen Urlaub einzulegen.

Über seiner vereinnahmenden Arbeit, seinem nervenaufreibenden Studium und seiner frischen Beziehung zu Giulia hatte Alex es versäumt, seine Eltern monatelang zu besuchen. An einem ruhigeren Wochenende entschied er, nach Moosbach zu fahren. Am Horizont hingen blaugraue Wolken, gekrönt von goldenem Sonnenlicht. Als Alex zu Hause klingelte, tauchte seine Mutter in einem alten Jogginganzug an der Haustür auf, die Haare zu einem nachlässigen Pferdeschwanz zusammengebunden. Sie freute sich sehr über Alex' Besuch und bat ihn herein. Alex stieg über herumstehende Kisten und Kartons voller Notenbücher in die Küche.

»Tee? Oder lieber Kaffee?«, fragte seine Mutter zerstreut und leerte den überquellenden Kaffeefilter in die ebenso überquellende Mülltonne.

»Ich trinke keinen Tee, Mama«, wandte Alex vorsichtig ein.

»Ach ja, richtig. Tut mir leid, das muss ich wohl vergessen haben.«

Seine Mutter kochte für ihn Kaffee und warf für sich zwei Teebeutel in eine bauchige Tasse mit New-York-Motiven, ein Souvenir ihrer USA-Reise mit Joachim, dann goss sie kochendes Wasser hinein. Alex bemerkte, wie dünn sie aussah, und als sie sich an den Küchentisch setzten, fragte er besorgt: »Ist alles in Ordnung, Mama?«

»Wieso sollte etwas nicht in Ordnung sein?«, entgegnete

seine Mutter und nippte an ihrem Tee. Ihre Wimpern und Augenbrauen waren so hell, dass sie beinahe weiß aussahen und ihr ein kränkliches Aussehen verliehen. Dazu kam, dass sie nervös und müde aussah, als hätte sie nächtelang nicht geschlafen. »Ich fühle mich bestens.«

»Wo ist Joachim?«

»Er ist auf Geschäftsreise. Er wollte zuerst gar nicht fahren, kannst du dir das vorstellen? Ich habe ihm jedenfalls gesagt, dass er sich um mich keine Sorgen zu machen braucht.«

Alex konnte Joachims Bedenken sehr gut nachvollziehen, aber er wollte auf diesem Thema nicht herumreiten und kam stattdessen auf Giulia zu sprechen.

»Ich habe eine neue Freundin, Mama.«

»Wirklich? Das ist ja wundervoll.«

»Ich wollte sie dir eigentlich heute vorstellen, aber sie ist dieses Wochenende mit einer Freundin an den Timmendorfer Strand gefahren. Nächstes Mal bringe ich sie mit.«

Alex erzählte seiner Mutter von Giulia, bis er bemerkte, dass die Tasse in ihrer Hand zitterte. Der Tee schwappte über die Ränder und sammelte sich in der Untertasse.

»Ist wirklich alles okay?«

Seine Mutter rang sich ein Lächeln ab und stellte die klappernde Tasse auf den Tisch.

»Aber ja. Erzähl bitte weiter.«

Alex wollte gerade fortfahren, doch er verstummte entsetzt, als sich die Hände seiner Mutter krampfartig in die Stuhllehne krallten und sich ihr Gesicht zu einer entsetzlichen Grimasse verzog. Sie sah aus, als würden zwei unsichtbare Hände ihre Kehle zudrücken und ihr die Luft abschnüren.

»Mama!«

Alex sprang auf, doch da erschlafften ihre Gliedmaßen schon. Sie klappte vornüber und brach in Alex' Armen zusammen.

Der Krebs war wieder zurück, und er war aggressiver denn je.

»Ein Glioblastom im fortgeschrittenen Stadium«, erklärte ihm ein Arzt bedauernd im Krankenhaus, die Finger auf der aufgeklappten Patientenakte ineinander verschränkt. »Der Krebs hat metastasiert, wie es scheint. Bei so einer Diagnose bleiben Ihrer Mutter selbst mit den besten Medikamenten höchstens ein paar Wochen.«

Im Oktober ging es mit ihrer Gesundheit rasant abwärts. Sie bekam eine Chemotherapie, aufgrund derer sie alle Mahlzeiten erbrach. Die Metastasen waren überall. Sogar Alex wusste, dass seine Mutter nicht mehr viel Zeit hatte. Wenn Alex sie im Krankenhaus besuchen kam, erzählte seine Mutter ihm von ihren Gesprächen mit den Onkologen. Sie sah blass aus und an ihrem Körper hingen überall Schläuche, wenn sie nebeneinandersaßen und dem Piepen der Maschinen lauschten. Der Tod wachte stumm neben ihr. Alex wollte Giulia diesen Anblick lange Zeit nicht zumuten, aber Giulia bestand darauf, Alex' Mutter kennenzulernen und ihn bei einem seiner Besuche zu begleiten. Als seine Mutter für die palliative Behandlung nach Hause entlassen wurde, fuhr Alex schließlich mit Giulia nach Moosbach. Die Temperaturen hatten sich überraschend abgekühlt. Alex parkte sein Auto in der eingeschneiten Einfahrt und half Giulia beim Aussteigen. Giulia sah sich staunend in der tannenbewachsenen, schneebedeckten Landschaft um. Ringsherum gab es nichts außer Wald, Schnee und Himmel.

»Es ist schön hier. Und so friedlich.«

Alex' Mutter saß wegen ihrer Erkrankung im Rollstuhl, aber für Giulias Besuch hatte sie sich hübsch zurechtgemacht und ein schönes Wollkleid angezogen. Giulia und seine Mutter verstanden sich auf Anhieb. Als sie zu dritt im Wohnzimmer saßen, spürte Alex plötzlich die dünne Hand seiner Mutter auf seinem Oberschenkel.

»Weißt du, was ich mir mehr als alles andere auf der Welt wünschen würde?«

»Was denn, Mama?«

»Dass du mir noch ein Mal etwas auf dem Klavier vorspielst.«

»Du kannst Klavier spielen?«, fragte Giulia Alex erstaunt.

»Er hat früher sehr schön gespielt und viele Wettbewerbe gewonnen«, sagte seine Mutter stolz. »Wieso überrascht es mich nicht, dass er es dir nicht erzählt hat?«

Dann bat sie Alex noch einmal: »Bitte spiel mir und Giulia etwas vor.«

Alex blätterte in seinen alten Notenordnern und fand schließlich die Stücke, die seine Mutter besonders gemocht hatte. Alex besaß zwar ein Keyboard, mit dem er verhältnismäßig simple Melodien für seine Produktionen einspielte, aber er hatte seit Jahren kein klassisches Klavierstück mehr gespielt und er wollte den Moment für seine Mutter nicht ruinieren. Viele von den Stücken, die er früher beherrscht hatte, waren zu schwierig, um sie nach so langer Zeit spontan wiederzugeben, doch schließlich wurde er fündig und setzte sich mit Giulia zusammen auf den Klavierhocker, die losen Notenblätter in der richtigen Reihenfolge arrangierend.

Probeweise stimmte er ein paar Akkorde an.

»Das Klavier ist verstimmt. Außerdem habe ich Jahre nicht mehr gespielt«, stellte er unbefriedigt fest.

»Das ist doch unwichtig«, entgegnete Giulia leise.

Alex überflog die Noten rasch, dann spielte er seiner Mutter und Giulia ein besonders herzzerreißendes Stück vor, die von Liszt für das Piano arrangierte Schubert-Serenade. Die Erinnerungen daran, wie er vor vielen Jahren im Schein einer Stehlampe dieses Stück geübt hatte, kehrte zu ihm zurück.

Ihm fiel plötzlich wieder ein, wie enttäuscht Professor

Wolff darüber gewesen war, als sich sein Schützling entschieden hatte, mit dem Klavierspiel aufzuhören. Was wohl aus dem alten Mann geworden war? Bruchstückhafte Erinnerungen lebten in Alex auf, nach denen sein Verstand zufällig und nicht in Zeitfolge griff: Die faltigen, mit Altersflecken übersäten Hände des Professors. Das erste Mal, als seine Mutter ihn in die hallenden Räume der Universität geführt hatte. Das erste Mal, dass er überhaupt an einem Klavier gesessen hatte. Die ruhige Stimme seiner Mutter, die ihm das Notenlesen beibrachte. Sogar sein Vater kam ihm in den Sinn. Er versuchte, sich an sein Gesicht zu erinnern, aber es entglitt seiner Erinnerung immer mehr.

»Das war wunderschön.«

Erst als Giulia gesprochen hatte, bemerkte Alex, dass das Stück längst zu Ende war. Er räusperte sich und kämpfte mit den Tränen. Noch ehe er etwas sagen konnte, küssten sie sich schon, klammerten sich aneinander, hielten sich kurz fest, wie zwei Umherirrende, die sich für einen flüchtigen Augenblick zusammengefunden hatten, bevor sie wieder von den wilden, unberechenbaren Wellen des Lebens fortgerissen wurden.

»Ich bin so stolz auf dich. Das muss das schönste Abschiedsgeschenk der Welt gewesen sein«, seufzte Alex' Mutter.

»Das war kein Abschiedsgeschenk«, erwiderte Alex energisch. »Du wirst wieder gesund, Mama.«

Aber was Alex sagte, bewahrheitete sich nicht. Seine Mutter starb in der Nacht zum 8. Dezember. Alex empfand die Beerdigung als geisterhaft und unwirklich. Die versteinerten Gesichter der Trauergäste, die erleichtert darüber waren, nicht an Annas Stelle dort zu liegen, die gottesfürchtigen, dumpfen Worte des Priesters, der schwere, hölzerne Sarg, in dem seine geliebte Mutter für immer friedlich schlafen würde. Die Sonne schien und der

Himmel war strahlend blau, aber Alex war eiskalt, und er hasste die Welt in diesem Augenblick aus ganzem Herzen. Als der Sarg von dem tiefen, dunklen Loch verschluckt wurde, füllte brennende Scham seine Brust, weil er erleichtert darüber war, dieser schrecklichen Veranstaltung zu entkommen.

Alex konnte sich nicht dazu überwinden, zum Leichenschmaus zu gehen. Er wartete gemeinsam mit Giulia zu Hause, bis Joachim heimkehrte. In seinem schwarzen Anzug wirkte er noch blasser als sonst. Alex und er gingen zusammen in die Küche. Joachim setzte sich an den Küchentisch und nahm seine Brille ab, um geistesabwesend die Gläser zu putzen.

»Danke nochmal, dass du die Beerdigung bezahlt hast, Joachim«, sagte Alex, um das bedrückende Schweigen zu durchbrechen.

Joachim nickte knapp und sagte dann:

»Wir sollten ein paar Angelegenheiten besprechen.«

Auch Alex nickte zerstreut. Sie sprachen zuerst lange über die Vergangenheit, weinten und lachten zusammen. Dann erzählte Joachim ihm, dass er seinen Job gekündigt hatte und plante, für ein paar Monate eine Reise durch Südamerika zu unternehmen. Er wollte nicht mehr in den alten Kastanienhof zurückkehren.

»Jetzt, wo sie nicht mehr da ist, kann ich hier nicht mehr wohnen bleiben. Das Haus gehört dir, Alex. So hat es deine Mutter ohnehin gewollt.«

Den restlichen Tag packte Alex Sachen seiner Mutter, die ihm besonders am Herzen lagen, in Umzugskisten. Am Abend lagen Giulia und Alex in Decken geschlungen in seinem alten Kinderbett, und sein Gesicht ruhte träge auf ihrer Brust. Giulia zuckte zusammen, als schrilles Gekreische durch die Fenster erklang und die einsame Ruhe der Nacht störte.

»Was war das?«, fragte sie Alex erschrocken.

»Füchse«, murmelte er.

»Füchse?«

»Ich weiß, es klingt gruselig, aber diese Geräusche machen Füchse. Hier gibt's eine ganze Menge davon.«

Giulia wandte sich zu ihm um.

»Wie sollen wir dieses Geschrei ein paar Nächte am Stück aushalten?«

»Wir fahren morgen wieder nach Hamburg, Süße. Ich kann es keine Nacht länger in diesem Haus ertragen.«

Giulia schmiegte sich enger an ihn und begann, seinen Rücken zu streicheln.

»Weißt du, Alex. Ich weiß, dich beschäftigen momentan andere, wichtigere Dinge, aber ich wollte dich etwas fragen. Es lässt mich einfach nicht los.«

»Was lässt dich nicht los?«

»Naja, weißt du. Als wir heute deine Sachen gepackt haben, da habe ich gesehen, dass auf deinen alten Notenblättern ein Name stand. Um genau zu sein, der Name ›Lily‹. Und da habe ich mich gefragt ... Naja, ob es diese Lily ist, du weißt schon. Die Lily, von der du mir erzählt hast.«

»Ist das eine ernst gemeinte Frage?«

»Ich weiß, es ist vielleicht ein wenig albern, aber ich würde es einfach gerne wissen ...«

Alex seufzte tief und blieb ihr eine Antwort schuldig.

»Sie ist es, oder?«, verlangte Giulia begierig zu wissen. »Wie lange kennst du Lily schon?«

»Ich habe sie kennengelernt, als ich vierzehn Jahre alt war.«

»Warum hast du mir das nie erzählt?«

Alex merkte, dass er verärgert war.

«Was spielt es für eine Rolle für dich?«

«Für mich spielt es eine große Rolle, weil du mir so gut wie gar nichts über Lily erzählt hast. So gut wie gar nichts aus deiner Vergangenheit.«

»Was willst du eigentlich wissen?« Alex schob Giulia

von sich und redete sich richtig in Rage. »Dass ich in sie verliebt war, ist ja kein Geheimnis mehr für dich. Ihr Name steht auf meinen Notenblättern, weil ich für sie diese Musik geschrieben habe. Bist du jetzt glücklich mit dieser Offenbarung?«

»Tut mir leid, ich wollte nicht neugierig sein, Alex«, sagte Giulia kleinlaut.

»Ich möchte nie wieder über Lily sprechen, hast du das verstanden, Giulia? Erwähne diesen Namen nie wieder in meiner Gegenwart! Nie wieder!«

XIV

Alex kehrte lange Zeit nicht in das Haus in Moosbach zurück, aber er brachte es auch nicht übers Herz, es zu verkaufen. Die Monate nach dem Tod seiner Mutter waren die produktivste Phase seines Lebens, auch wenn er wild mit seinem Musikstil hin und her wechselte und zum ersten Mal auch merkwürdige, melancholisch anmutende Lieder produzierte, die gar nicht zu seinem Image passten. Alex tourte mit Kenan wochenlang durch Deutschland, Österreich und die Schweiz, und er war so vertieft in seine Arbeit, dass Essen, Trinken und Schlafen zu einem lästigen körperlichen Bedürfnis wurden. Als er aus seinem Arbeitsrausch aufwachte, war er, so unglaublich und absurd es ihm schien, Millionär. Er beschloss spontan, sich eine kurze Auszeit zu gönnen. Er flog mit Giulia zwei Wochen auf die Seychellen, und als sie zurückkehrten, kaufte Alex ein schickes geräumiges Loft in einem Hamburger Szeneviertel. Aus seiner Studentenwohnung behielt Alex nur seinen alten Schreibtisch, in dem noch immer Lilys Brief lag. In der neuen Wohnung richtete sich Alex sein erstes richtiges Studio ein. Giulia kaufte für ihr Wohnzimmer dunkelgrüne Samtvorhänge, nachdem sie hunderte Farbtöne durchgeschaut hatte, und hängte eine Lampe im Retrostil auf, die Alex nur zufällig auf dem Nachhauseweg gefunden und nach stundenlanger Arbeit aufwendig repariert hatte. Giulia suchte moderne Möbel aus und sammelte raffinierte Dekorationsgegenstände aus Antiquitätengeschäften und aus dem Internet. Sie bewies bei der Einrichtung ihrer Wohnung so viel Geschmack, dass Alex der Gedanke kam, sie hätte ihre Berufung verfehlt und eigentlich Innenarchitektin werden sollen.

An ihren frisch gestrichenen Wänden reihten sich neben Alex' Auszeichnungen und goldenen Schallplatten

Fotos ihres gemeinsamen Lebens: Fotoautomaten-Bilder von Hochzeiten, die sie gemeinsam besucht hatten, Partyabende mit ihren Freunden, Urlaubsbilder. Auf der Suche nach einem neuen Zeitvertreib fing Alex wieder an, sich für die Fliegerei zu interessieren, und in einer ruhigeren Zeit legte er die Prüfung für den Hubschrauberschein ab, während Giulia die Backkunst für sich entdeckte. Alex gab außerdem das Rauchen auf und brach sein Studium ab, bevor Giulia ihres abschloss. Er stellte sich nie die Frage, ob er glücklich war. Es fühlte sich für ihn an, als würde er für dieses Leben, unter der Obhut seiner besten Freunde, einer fürsorglichen, liebevollen Freundin und eines väterlichen Freundes und Mentors bestimmt sein. Er war plötzlich erwachsen geworden, ohne es zu bemerken. Er machte sich Gedanken über seine Steuererklärung und den Restmüllkalender, und in seiner gemeinsamen Wohnung mit Giulia mehrte sich unaufhaltsam entbehrlicher Schnickschnack wie Untersetzer für Rotweingläser. Mit Giulia sprach Alex schon manchmal über Heirat und Adoption. Sicherlich hätte sein Leben völlig anders ausgesehen, wenn Lily nicht aus der Schweiz zurückgekehrt wäre. Im Nachhinein war er überzeugt, dass dies einer der großen Wendepunkte seines Lebens gewesen war, als hätte jemand wie bei einem Zug die Schienen umgelegt, um es in eine andere Richtung zu leiten. Von Lilys Rückkehr aus der Schweiz erzählte ihm Maja, die ihn anrief, um ihn nach seiner neuen Adresse zu fragen.

»Oscar und ich werden bald heiraten, und ich würde dir gerne eine Einladungskarte senden.«

Alex hatte Maja und Cartman in den vergangenen Jahren beinahe vollständig aus den Augen verloren. Als Alex Cartman ein paar Monate zuvor zufällig bei einem Starbucks in der Hamburger Innenstadt getroffen hatte, hatte dieser ihm zwar nichts von den anstehenden Hochzeitsplänen, aber immerhin von Zelenkos Verhaftung erzählt, der in einer stillgelegten Fabrik in Moosbach im großen Stil Kokain in polnische Waschmittelsäcke verpackt hatte, und dessen Transporter beim Grenzübertritt nach Österreich von der Polizei hochgenommen worden war. Über Majas Einladung freute Alex sich dennoch sehr.

»Ich gratuliere dir von Herzen, Maja. Hättest du etwas dagegen, wenn ich meine Freundin mitbringe?«

»Natürlich nicht, Alex. Sie ist ebenfalls herzlich eingeladen. Ich freue mich darauf, sie kennenzulernen. Und ich freue mich so sehr darauf, dich endlich wiederzusehen. Das wird ein Abend wie in alten Zeiten. Du, Lily und ich!«

»Lily?«, hörte Alex sich tonlos fragen.

»Lily ist meine Trauzeugin. Hast du denn nicht gewusst, dass sie wieder in Moosbach lebt? Sie ist kürzlich in das Unternehmen ihrer Eltern eingestiegen. Ich dachte, ihr hättet euch längst schon wieder mal getroffen.«

Entgegen jeder Vernunft ging Alex zu Majas Hochzeit in Moosbach, ohne es Giulia oder seinen Freunden zu erzählen. Lily verfehlte ihren Auftritt nicht. Als sie aus einem schwarzen Panamera ausstieg, sah sie in ihrem Abendkleid aus smaragdgrüner Spitze schlichtweg atemberaubend aus. Vor der Kirche kreuzten sich ihre Blicke, und Alex bemerkte das nervöse Zucken um ihre Mundwinkel. Alex erkannte, dass er mit dem Feuer gespielt hatte, indem er dieses Aufeinandertreffen herausgefordert hatte. Plötzlich fühlte er wieder den Schmerz der Ungewissheit und die ohnmächtige Wut auf sie. Ihr Blick brannte auf seiner Haut, und er wünschte sich sehnlichst, sich einfach im Nichts aufzulösen, doch da stand Lily bereits vor ihm. Sie begrüßte ihn mit einem Wangenküsschen.

»Hallo, Alex. Schön dich zu sehen. Wollen wir uns nachher einen Augenblick unterhalten?«

Wie benebelt von ihrem Parfüm murmelte er eine nichtssagende Bemerkung und verschwand mit einer hastig hervorgebrachten Entschuldigung. Der Empfang nach der kirchlichen Trauung war für Alex eine Qual. Er war nur kurz dort, trank zu viel und hing später in seinem Badezimmer würgend über der Kloschüssel. Als er am nächsten Morgen aufwachte, hatte er stechende Kopfschmerzen, und er trug Unterhose und immer noch sein Hemd vom gestrigen Tag. Er angelte seufzend nach seinem Handy und entdeckte eine Nachricht von Lily, die sie spät in der Nacht gesendet hatte.

Morgen gleiche Zeit, gleicher Ort?

Mehr stand dort nicht. In einem Anfall der Nostalgie tippte er:

Okay.

Alex bestellte sich etwas zu essen, duschte und machte seine Haare zurecht. Als der Nachmittag anbrach, streifte er sich eine Jacke über und lief Richtung Lichtung. Dort traf er auf Lily, die auf dem moosbedeckten Baumstumpf an ihrem alten Treffpunkt saß und bereits auf ihn wartete.

»Lass uns eine Runde gehen«, schlug sie vor.

Sie gingen schweigend nebeneinanderher. Trockene Zweige und Tannenzapfen knackten unter ihren Schuhen. Die Luft war feucht und schwer. Es war Lily, die als Erste das Wort ergriff.

»Wie geht es dir, Alex?«

Ohne groß auszuholen, erzählte Alex ihr, dass er in Hamburg lebte und Musik produzierte. Außerdem berichtete er von dem Tod seiner Mutter. Lily wirkte betroffen.

»Das ist furchtbar, Alex. Ich habe schon davon gehört. Mein herzliches Beileid.«

Die Höflichkeit verlangte es, dass Alex an der Reihe war, Fragen zu stellen, aber er wollte nicht höflich sein. Und so schwiegen sie wieder, bis Lily leise fragte:

»Warum bist du denn nicht auf Majas und Oscars Hochzeit geblieben? Ich dachte, wir würden dort miteinander reden.«

»Ich wollte nur kurz vorbeischauen, um zu gratulieren. Ich bin nicht mehr so viel mit Maja und Oscar unterwegs. Eigentlich mit niemandem aus deiner Clique.«

»Du meinst aus unserer Clique.«

Alex zuckte mit den Achseln.

»Maja hat erzählt, dass du eine Freundin hast. Wie heißt sie noch?«

»Giulia.«

»Ich freue mich für dich.«

»Mhm«, sagte er mit dünner Stimme. Alex spürte einen kalten Regentropfen im Gesicht. Lily hob den Kopf, als das Prasseln des Regens ertönte. Sie deutete auf die Gewitterfront über ihnen.

»Wir könnten am Aueteich warten, bis der Regen vorbeizieht.«

Sie erreichten die Jagdhütte, bevor der Himmel sich über ihnen entlud. Draußen stürmte und blitzte es und die kräftigen Äste der Baumwipfel flogen in alle Richtungen. Es dämmerte bereits. Der wolkenverhangene Himmel war ein Mosaik aus Weiß und Blaugrau, mit einem Stich von giftigem Grün, Senfgelb und Lila. Lily mischte für Alex und sich Gin Tonic. Das erste Glas leerte er in wenigen Zügen und nippte bereits an seinem zweiten, bevor Lily auf dem Chesterfield-Sofa neben ihm Platz nahm.

»Hast du nicht Lust, das Wochenende über hier zu bleiben? Wir könnten uns morgen den neuen Tarantinofilm anschauen und mit den anderen bowlen gehen.«

»Ich habe dieses Wochenende keine Zeit. Ich bin mit meiner Freundin in Hamburg verabredet.«

Lily zeigte sich verständnisvoll und schlug vor, dass sie sich treffen könnten, wenn er wieder aus Hamburg nach Moosbach zurückkäme.

»Ich weiß nicht, Lily. Ich meine, ich weiß nicht, ob wir uns überhaupt treffen sollten. Ehrlich gesagt, glaube ich, es wäre besser, wenn wir weiter getrennte Wege gehen.«

Es bereitete ihm Schadenfreude, den verletzten Ausdruck in ihrem Gesicht zu sehen.

»Warum sagst du das, ›weiter getrennte Wege gehen‹? Wir waren so gute Freunde, Alex.«

»Du sagst es. Wir waren gute Freunde«, sagte er höflich, aber distanziert. »Doch diese Zeiten sind vorbei.«

»Du bist noch immer böse auf mich, oder?«

»Ja, das bin ich.«

»Warum?«

»Das fragst du noch?«, entgegnete er ungehalten. Er trank, das Gesicht verziehend, sein zweites Glas Gin Tonic leer und stand auf. »Du bist einfach spurlos verschwunden! Hast du überhaupt die geringste Vorstellung davon, wie ich mich gefühlt habe? Ich habe mir wahnsinnige Sorgen um dich gemacht. Ich dachte, dir wäre etwas passiert! Die Polizei war bei mir zu Hause! Ich konnte nachts wochenlang nicht schlafen!«

Sie seufzte und ließ den Gin Tonic in ihrem Glas kreisen.

»Was hätte ich denn tun sollen?«

»Wie wär's, wenn du mit mir geredet hättest?«

»Ich kann sowas nicht gut.«

»Was? Was kannst du nicht gut?«

»Naja, du weißt schon, reden. Über solche Dinge.«

»Du machst es dir ziemlich leicht, weißt du das?«, gab er erbost zurück. »Du kannst nicht so gut reden und deswegen verschwindest du von einem Tag auf den anderen einfach, ohne ein einziges Wort zu sagen? Ich finde, ich hätte es wenigstens verdient, dass du mich über deine Pläne aufklärst! Ich hätte verdient, zu wissen, dass es dir gutgeht!«

Lily erhob sich ebenfalls.

»Ich weiß, ich ...«

Er gab ein abfälliges Geräusch von sich, begleitet von einer wegwerfenden Handbewegung.

»Spar dir das, bitte. Ich will dieses Gespräch eigentlich überhaupt nicht führen.«

»Willst du denn nicht, dass alles zwischen uns wieder in Ordnung kommt?«

»Denkst du, du kannst hier nach all der Zeit antanzen und dann ist alles wie vorher? Erwartest du von mir, dass ich auf dich warte? Nach der Nummer, die du mit mir abgezogen hast?«

»Ich wollte dich nicht verletzen, Alex. Ich dachte, es ist besser, einfach zu gehen, um alles nicht noch schlimmer zu machen.«

»Wie hättest du es denn noch schlimmer machen können?«

Verdrossen wandte er sich von ihr ab. Er spürte, dass sie seinen Arm berührte.

»Es tut mir leid«, sagte sie.

»Es braucht dir jetzt nicht mehr leid zu tun. Dafür ist es zu spät.«

»Wirst du mich jetzt für immer hassen?«

»Wie kommst du auf so einen Unsinn? Ich werde dich nie hassen.«

»Aber du wirst mir auch nicht verzeihen.«

»Irgendwann schon. *Vielleicht*.«

»Verzeih mir jetzt. Bitte, Alex. Ich ertrage es nicht, wenn du auf mich wütend bist.«

»Die letzten Jahre scheinst du damit ja prima klar gekommen zu sein.«

Und ehe Alex es realisierte, strömten Tränen über seine Wangen. Seine Stimme vibrierte, als er sie fragte:

»Wie konntest du mir das antun? Du hast mich so verletzt. Ich habe dich wirklich geliebt, Lily.«

»Oh, Alex.«

Sie trat von hinten an ihn heran und legte ihre Arme

um ihn. Sie weinte ebenfalls, und ihre Lippen berührten beinahe seinen Nacken, als sie flüsterte:

»Es tut mir so, so leid. Wenn ich könnte, würde ich alles anders machen. Aber du hast mich auch sehr verletzt. Du hast nicht eine Nachricht oder einen Anruf von mir erwidert, dabei habe ich dich genauso geliebt. Nachdem du mich überall blockiert hast, habe ich dich darum angefleht, mir zu verzeihen und mir eine zweite Chance zu geben, und du hast nie darauf geantwortet.«

»Wovon sprichst du, Lily? Du hast mir nie gesagt, dass du mich liebst. Und du hast mich um gar nichts angefleht.«

»Doch, das habe ich.«

»Nein, hast du nicht.«

»Ich habe dir das alles geschrieben, Alex!«

»Geschrieben?«, fragte Alex verwirrt. »Du meinst, in deinem Brief?«

»Wenn ich dir so wichtig wäre, wie du behauptest, dann würdest du dich daran erinnern.«

Alex' Ärger verrauchte plötzlich im Nichts und Lily löste sich von ihm.

»Ich kann verstehen, dass sich für dich Einiges geändert hat. Aber können wir nicht wenigstens wieder Freunde sein? Du bist mir wichtig und wirst es für mich immer bleiben, Alex.«

Seinen Lippen entwich ein Seufzen.

»Ich werde darüber nachdenken, okay?«

Alex schlug Lilys Angebot aus, zu warten, bis der Regen aufhören würde. Er konnte sich kaum daran erinnern, wie er nach Hause gelangte. Entgegen seinen ursprünglichen Plänen und obwohl er getrunken hatte, stieg er ins Auto und fuhr sofort nach Hamburg. Noch ehe er sich seiner Schuhe und seiner Jacke in der Garderobe entledigt hatte, lief er zu seinem Schreibtisch und riss die unterste Schublade auf, um verwundert festzustellen, dass Lilys Brief dort nicht lag. Er suchte alles ab, durchwühlte alle Fächer und Kommoden, doch er fand ihn nirgends. Grübelnd ließ er sich aufs Sofa sinken. Er wusste nicht, wie lange er dort saß, bis er hörte, dass sich der Hausschlüssel im Schloss umdrehte, und Alex ging plötzlich ein Licht auf.

Giulia kam herein und sah ihn überrascht an.

»Hi, Schatz. Ist alles gut? Was machst du denn hier? Wolltest du heute Abend denn nicht in Moosbach schlafen?«

»Ich muss dich etwas fragen, Giulia. Wo ist der Brief?«

»Welcher Brief?«

»Du weißt genau, welchen Brief ich meine.«

Giulia stellte ihre Tasche auf den Küchentisch und zog den Regenmantel aus.

»Ach, dieser Brief. Ich habe ihn weggeworfen. Wofür brauchst du ihn denn?«

»Hast du sie noch alle? Es war mein Brief und du hattest kein Recht dazu, ihn einfach wegzuwerfen!«

Giulia fuhr zu ihm herum.

»Ich wusste es!«

»Was wusstest du?«

»Ich wusste die ganze Zeit, dass du nie wirklich über sie weggekommen bist. Aber ich wollte es einfach nicht wahrhaben. Ich wusste es schon, seitdem du dich in Moosbach so aufgeregt hast und dann auch noch diesen Schreibtisch mit diesem blöden Brief mit in unsere neue Wohnung genommen hast.«

»Du hast ihn gelesen, oder?«

»Ja, das habe ich. Und als ich gesehen habe, was drinstand, habe ich Angst bekommen, Alex. Angst dich zu verlieren. Verstehst du das denn nicht?«

Alex seufzte. Dann gestand er ihr, dass er auf Majas Hochzeit gewesen war und dass er mit Lily gesprochen hatte.

»Und wie geht es jetzt für uns weiter?«

»Ich weiß es nicht, Giulia.«

»Wie meinst du das, du weißt es nicht? Haben dir die letzten Jahre mit mir denn gar nichts bedeutet? Hast du mich überhaupt jemals geliebt?«

Giulia weinte schluchzend und Alex konnte nichts sagen, um sie zu trösten. An diesem Abend packte sie ihre Sachen und verschwand, ohne Alex zu erzählen, wohin sie ging.

Die nächsten Tage bestanden für Alex aus Apathie und Elend. Jede Handlung, die ihn dazu zwang, das Bett zu verlassen, war für ihn eine schier unerträgliche Last. Er vergrub sich in seiner Wohnung und beantwortete nicht einmal die Anrufe seiner besten Freunde. Er musste einen so bemitleidenswerten Eindruck gemacht haben, dass sogar Kasy sich seiner erbarmte. Als er ihn besuchte, zeigte er sich weder sarkastisch noch spöttisch wie so oft, sondern einfach nur besorgt.

»Scheiße, wir dachten, du wärst tot oder so. Du hättest wenigstens dein Handy einschalten können.« Er blickte sich in Alex' unordentlicher Wohnung um. »Wie lange hast du deine Bude nicht mehr verlassen?«

»Höchstens ein paar Tage …«

»Und wie geht's dir?«

»Ging schon mal besser.«

»Willst du vielleicht über irgendetwas reden?«

»Es gibt nichts zu reden.«

»Sicher?«, fragte Kasy vorsichtig. »Und was ist mit Giulia?«

»Was soll mit ihr sein?«, entgegnete Alex gereizt. »Was willst du hier überhaupt, Kasy?«

Kasy verschränkte die Arme ineinander.

»Hör zu, Alex. Ich will ja nichts sagen …«

»Es hat noch nie jemand nach ›Ich will ja nichts sagen‹ nichts gesagt.«

»Also gut. Ich weiß, dass du jetzt deprimiert bist. Und es ist in Ordnung, wenn du Zeit brauchst, um die Trennung zu verarbeiten. Aber lass uns doch morgen Abend endlich wieder mal zusammen losziehen. Im *Manhattan* ist Model's Silvester Night. Du weißt schon. Ein bisschen Ablenkung, jede Menge hübscher Frauen. Und danach gehen wir noch auf die Reeperbahn. Nach einem kleinen Private Dance sieht die Welt schon wieder ganz anders aus ...«

»Nein.«

»Warum nicht? Du schmollst schon seit drei Wochen. Davon kommt Giulia auch nicht zurück. Es wird mal Zeit, dass du wieder anfängst, zu leben. Morgen Abend ist Silvester! Willst du so ins neue Jahr starten? Komm schon, Alex. Vielleicht kann ich dich ja auf andere Gedanken bringen.«

»Ich überleg's mir«, versprach er schließlich ausweichend.

Aber weil die Berliner Crew seit Wochen wenig von sich hatte hören lassen, Ced und Yumi sich dazu entschieden hatten, gemeinsam mit Yumis Eltern Raclette zu essen, und Alex keine Lust hatte, den Silvesterabend allein mit einem Bier vor dem Fernseher zu verbringen, fiel ihm am Ende des Tages kein plausibler Grund ein, nicht doch zumindest kurz auf der Party vorbeizuschauen. Er rief Kasy an und holte ihn bei der Universitätsbibliothek ab, wo er mit Studienfreunden für anstehende Prüfungen gelernt hatte.

Das *Manhattan* befand sich im zwanzigsten Stockwerk eines Hochhauses und war überaus extravagant. Alex hatte oft im *Manhattan* aufgelegt, aber als er mit dem Aufzug hinauffuhr, bewunderte er mit jungfräulichem Entzücken den Hafen, der sich im spiegelnden Glas des Aufzugs wie ein vollendetes Gebilde aus plastischen, bunten Legosteinen unter ihm erstreckte: schwarzes, von weißgelben Lichtern gesprenkeltes Wasser, rostrote Container und Kräne, riesige Frachtschiffe und am Ufer Häuser mit zahllosen, golden leuchtenden Augen, die wie dunkle Grashalme überall aus dem Boden gesprossen waren.

Im *Manhattan* war es an diesem Abend brechend voll und so laut, dass Alex Kopfschmerzen bekam, noch ehe Kasy und er sich durch das Gedränge auf der Tanzfläche einen Weg zum VIP-Bereich gebahnt hatten, wo sie am größten Tisch im Club in die Arme der üblichen Verdächtigen liefen: Lily und ihre Freunde. Die rothaarigen, sommersprossigen Feuerstein-Zwillinge in tadellos gebügelten Poloshirts und bunten Cordhosen. Anabol Dave, den mit Goldkettchen behangenen Dealer, der zwar sein Herz, aber nicht seinen Kopf am rechten Fleck hatte. Maja, die ihre kastanienbraunen Haare neuerdings im Ombré-Look mit einem Stich Violett trug und ihren Schlafzimmerblick träge durch die Gegend schweifen ließ, während sie trübsinnig einen Cosmopolitan schlürfte. Cartman, der an Majas Arm hing wie ein hässliches Accessoire. Und Lily, die ohne Begleitung gekommen war. Alex schien, als sei sie seit Majas Hochzeit noch schöner geworden. Schwarze Lederleggins spannten sich um ihre schlanken Beine, und ihr kurzes Balmain-Top mit geflochtenem Ausschnitt gestattete einen Blick auf ihren flachen Bauch, in dem ein filigranes Piercing silbern funkelte. Die Freude darüber, Lily wiederzusehen, überstrahlte für Alex mit beunruhigender Intensität die Trostlosigkeit der vergangenen Wochen.

»Alex und Kasy, ich werd' verrückt«, grölte Cartman ihnen zur Begrüßung zu, als er sie erblickte. »Was macht ihr denn hier, ihr beiden Schlingel?«

Alex und Kasy schlossen sich der Gruppe an und Kasy fackelte nicht lange. Noch ehe Alex die Möglichkeit hatte, Lily zu begrüßen, nahm Kasy Lilys Hand und hauchte ihr galant einen Kuss auf den Handrücken.

»Hallo, Lily. Ewig nicht gesehen«, flötete er. »Du bist schön wie eh und je. Was verschlägt dich wieder in unsere Lande?«

Lily lächelte geschmeichelt.

»Ich bin kürzlich in unser Familienunternehmen eingetreten. Ich werde bald CEO. Und du, Kasy? Wie geht es dir?«

Kasy pfiff durch die Zähne und bedachte Lily mit einem anerkennenden Blick, dann beeilte er sich zu konstatieren:

»Ich studiere Medizin, Lily.«

»Wirklich?«

»Oh ja. Ich schreibe bald das Staatsexamen.«

Alex unterdrückte den Impuls, seinen besten Freund zur Hölle zu schicken. Dass gerade Kasy so unbefangen mit Lily turtelte, ließ Alex vor Verärgerung kochen, und wenn er erwartet hatte, dass Kasy ihn mit seinem aufmerksamkeitsheischenden Auftritt nur ärgern wollte, um sich dann zu verziehen, wurde er eines Besseren belehrt, denn Kasy legte in einer lässigen Geste einen Arm um Lilys Schultern. Mit der anderen Hand fuhr er sich durch die Haare. Es war eine lästige Angewohnheit, die Alex mit Kasy teilte und die er in diesem Augenblick zutiefst verabscheute. Kasy begann zunächst, Lily von seinem Medizinstudium zu erzählen und mit Lily zu fachsimpeln. Sie unterhielten sich angeregt über Forschung und Arzneimittel, bis sie in philosophische und gesellschaftspolitische Diskussionen abdrifteten, die Alex aufgrund des ohrenbetäubenden Lärms kaum verstehen konnte. Alex horchte erst nach einer gefühlten Ewigkeit wieder auf, als er hörte, wie Kasy Lily mit Komplimenten überschüttete und sie dazu einlud, mit ihm Kaffee trinken zu gehen. Lily erklärte ausweichend, sie hätte in den nächsten Wochen bereits zu viele Termine, versprach aber, sich bei ihm zu melden. Sie tauschten Nummern aus, dann erhob sie sich und kündigte an, gleich wiederzukommen. Kasy rückte breit lächelnd zu Alex auf und zündete sich eine Zigarette an. Er hielt Alex die geöffnete Schachtel hin. Alex schüttelte energisch den Kopf.

»Was sollte das denn bitte eben?«

»Was meinst du?«, fragte Kasy unbeeindruckt.

»Warum hast du mit ihr geflirtet?«

»Ich habe nicht mit ihr geflirtet. Wir haben uns nur ein bisschen unterhalten.«

»Und wofür wolltest du dann ihre Nummer haben?«

»Du hast ja recht. Sie ist meine verdammte Traumfrau! Ich konnte dem Drang nicht widerstehen, ein wenig mit ihr zu flirten. Das verstehst du doch, oder?« Kasy stupste ihn an. »Komm schon, Alex. Selbst du musst zugeben, dass Lily und ich füreinander bestimmt sind. Ich lasse mir von ihren reichen Eltern mein Studium finanzieren, und wenn ich fertig bin, will ich sie auf Capri heiraten und ihren millionenschweren Konzern übernehmen. Ich nehme sogar ihren Familiennamen an, denke ich. Herr Dr. med. Lindenbaum ... Klingt ganz gut, oder? Später will ich drei perfekte Kinder mit ihr, die in unserer riesigen Villa aufwachsen werden, wo wir den ganzen Tag im Pool plantschen und Polo spielen.«

Alex leerte tonlos die Reste seines Whiskeys aus. Er merkte, dass er angetrunken war, aber er protestierte nicht, als Kasy ihm ein neues Glas in die Hand drückte.

»Jetzt mach dich mal locker. Das war nur ein kleiner Spaß. Und selbst wenn nicht, würde dich das wirklich stören? Ich dachte, du warst mit Giulia glücklich. Ich dachte, du wärst noch nicht über sie hinweg.«

»Darum geht's nicht.«

»Dann erklär mir, worum es geht.«

Alex begann mit seinen Ausführungen, doch beim Erzählen merkte er, wie widersprüchlich alles, was er sagte, klang. Kasy schien das ähnlich zu sehen, denn er fixierte ihn mit dem Zeigefinger auf der Brust.

»Weißt du, was ich glaube? Du hast keine Eier in der Hose. Sei ein Mann und steh endlich zu deinen wahren Gefühlen! Man lebt nur einmal, Alex. Und selbst ein Blinder würde sehen, dass du Lily vergötterst.«

»Wirklich?«, fragte Alex betroffen. Kasy nickte.

»Es tut schon fast weh, dir dabei zuzusehen, wie du dich nach ihr verzehrst.«

Kasys mitleidiger Blick war noch schlimmer als die Tatsache, dass er recht hatte. Alex seufzte.

»Okay.«

»Was okay?«

»Ich werde deinen Ratschlag befolgen.«

»Gut.« Kasy lächelte. »Und wenn ich mir noch eine Bemerkung erlauben darf – gib dir zur Abwechslung ein wenig Mühe, ja? Normalerweise stellst du dich beim Flirten nämlich so geschickt an wie ein Elefant im Porzellanladen.«

»Fick dich, Kasy.«

Kasy boxte Alex versöhnlich in die Seite, dann wechselte er das Thema und begann, seinen besten Freund mit detailreich geschilderten Frauengeschichten zu zerstreuen, von denen Alex wusste, dass sie mindestens zur Hälfte frei erfunden waren. Alex lauschte nur mit halbem Ohr und beobachtete seine Umgebung. Dichte Zigarettenschleier kreisten über ihm. Seine Umgebung erschien ihm verschleiert und trüb, genauso wie sein Zeitempfinden. Mal kam es ihm vor, als würden die Sekunden zäh und langsam vergehen, als würden sie wie heißes, schmelzendes Wachs über den Rand einer Kerze quellen, dann wieder jagten sie davon wie die wirren, flackernden Lichter der Scheinwerfer über die nachtschwarzen Wände.

Alex wurde schwindelig, und er stellte sein Glas weg. Plötzlich war Lily wieder neben ihm und Kasy war spurlos verschwunden.

»Komm«, forderte sie ihn auf, »lass uns tanzen.«

Ehe Alex sich's versah, waren sie inmitten der Tanzfläche. Alex wusste nicht, wie viel Körperkontakt mit Lily angemessen war, deswegen versuchte er, sie so wenig wie möglich zu berühren, was sich angesichts der Menschenmassen auf der Tanzfläche als schwieriges Unterfangen erwies. Sie waren sich zu nahe. Als sich ihre Hände zufällig berührten, legte Lily ihr Gesicht an seine Brust, während sie sich zum Takt der Musik bewegten. Alex' Finger umschlossen ihre Taille. Sie tanzten eng umschlungen. Er bemerkte, dass sie sich umblickte, bevor sie sich zu ihm vorbeugte.

»Es ist so heiß hier«, sagte sie atemlos. »Ich muss hier raus.«

Er bot ihr seine Hand. Gemeinsam bahnten sie sich ihren Weg durch die Menge. Alex holte an der Garderobe ihre Jacken und half Lily in die ihre. Als sie nach draußen traten, erkundigte er sich besorgt:

»Alles in Ordnung?«

Lily lehnte sich gegen die mit Graffiti beschmierten Wände.

»Ich würde gerne woanders hingehen. Irgendwohin, wo es ruhiger ist.«

»Ich wohne hier gleich um die Ecke.«

»Okay.«

Alex winkte ein Taxi heran und nannte seine Adresse. Auf der Fahrt blickte Lily aus dem Fenster, während die Straßenlaternen an ihnen vorbeizogen und orangefarbenes Licht auf ihr Gesicht, das sie mit einem dunklen Schal vermummt hatte, warfen. Sie sprach kein Wort mit ihm, bis sie die Wohnung betraten. Alex hätte seine Karten für das Champions-League-Finale hergegeben, um zu erfahren, was in ihr vorging.

»Es ist ein bisschen unordentlich, sorry.« Er fuhr sich durch die Haare. »Ich hatte heute Abend nicht unbedingt mit Besuch gerechnet.«

Lily wartete nicht, bis er sie herumführte, stattdessen verschränkte sie die Arme hinter dem Rücken und schlenderte das Wohnzimmer entlang. Sie nahm eines der Fotos von Giulia von der Wand und betrachtete es eingehend, bis Alex ihr den Bilderrahmen entwand. Lily blickte ihn an.

»Stellst du Vernunft über Gefühle oder Gefühle über Vernunft, Lily?«

»Gefühle über Vernunft«, antwortete sie ohne Zögern. »Weil ich mich meinen Gefühlen lieber hingebe.«

Alex vermutete, dass es der Alkohol war, der ihn mutiger machte, als er sich fühlte, als er ihre Hand nahm und einen sehr sanften Kuss auf ihre Finger hauchte. Draußen erstrahlte der Himmel in bunten Farben und Böller knallten auf den Straßen.

»Happy Birthday«, sagte er, noch immer Lilys Hand festhaltend. »Die ganze Welt feiert ihn mit dir.«

Es war Silvester und Alex war jung, betrunken und vielleicht so verliebt in Lily wie noch nie zuvor. Als sie ihn erwartungsvoll ansah, fuhr er mit der Hand in ihren Nacken und er presste seine Lippen gierig auf ihre. Lily erwiderte seinen Kuss voller Verlangen. Alex wollte sie zum Schlafzimmer führen, aber sie zerrte so ungeduldig an ihm, dass er es sich anders überlegte und sie sanft gegen den Esstisch drängte. In einer einzigen Bewegung fegte er alle störenden Gegenstände von der Oberfläche, hob sie hinauf und zog ihre High Heels und ihre Leggings aus, während Lily mit einem Handgriff den Reißverschluss seiner Jeans öffnete und ihm sein T-Shirt über den Kopf streifte. Halb bekleidet schob Alex sich zwischen ihre Beine und Lily krallte sich in seinen Rücken. Es kam ihm surreal vor, im Halbdunkel seiner Wohnung Lilys Nacken zu küssen. Es machte ihn verrückt, wie sie in sein Ohr raunte, dass sie ihn wollte. Es berauschte ihn, ihre Finger auf seinem Körper zu spüren. Sie hatten die restliche Nacht Sex, als müssten sie die Jahre der Abstinenz, in denen sie voneinander getrennt waren, gewaltsam in wenige Stunden pressen. Alex' Wohnung war geschwängert von verzerrten Lauten, lustvollen Seufzern, wirren, geflüsterten Worten. Sie waren stürmisch, sanft, brutal und zärtlich. Als sie schließlich voneinander abließen, dämmerte es bereits.

Hinter den Schlafzimmerfenstern verblasste der Mond vor einem frühmorgendlichen, pfirsichfarbenen Himmel, und Alex war schwindelig vor glückseliger Erschöpfung. Er streichelte Lilys Oberarm mit den Fingerspitzen, darum bemüht, sie nicht zu wecken. Sie lag schlafend in seinem Arm, und während er ihr entspanntes Gesicht betrachtete, konnte er beim besten Willen nicht begreifen, wie er die ganze Zeit ohne sie überlebt hatte. Bei dem Gedanken, sie noch einmal zu verlieren, wurde ihm so schlecht, dass er glaubte, keine Luft bekommen zu können. Er vergrub sein Gesicht seufzend in ihrem Nacken. Irgendwann fiel er in einen leichten Schlaf, der von dem Klingeln seines Handys nur kurze Zeit später gestört wurde. Er drehte sich weg und vergrub seinen Kopf unter dem Kopfkissen. Das Klingeln verstummte kurz, dann dröhnte es penetrant weiter. Er blinzelte gegen die Trägheit des Schlafs und tastete nach seinem iPhone auf dem Nachttisch. Dabei stieß er versehentlich einen Bücherstapel um, der krachend auf dem Fußboden landete. Fluchend hob er ab.

»Ja?«

»Alex«, ertönte Giulias Stimme am anderen Ende der Leitung. »Wo bist du?«

Alex war augenblicklich hellwach.

»Zu Hause, warum?«

»Warum flüsterst du so? Ist jemand bei dir?«

»Was willst du, Giulia?«

»Ich wollte gleich vorbeikommen, um ein paar meiner Sachen zu holen.«

»Tut mir leid, aber es passt jetzt gerade überhaupt nicht. Du kannst heute Abend kommen, wenn du möchtest.«

Giulia protestierte, doch Alex legte auf und blickte über die Schulter. Lily lag auf der Seite neben ihm und sah ihn mit schläfriger Miene an.

»Deine Freundin?«, fragte sie in ihrer typisch unverblümten Art.

»Sie ist nicht mehr meine Freundin.«

»Ich hätte mich nicht einmischen dürfen.«

»Es war meine Entscheidung, Lily. Bitte rede nicht kaputt, was passiert ist.«

Bevor Lily sich wehren konnte, zog Alex sie an sich und schloss sie in eine feste Umarmung. Er ließ sich ihre glänzenden, honigblonden Haare durch die Finger gleiten und hatte dabei kurz das Gefühl, vor Glück überzusprudeln.

»Hm«, machte Lily und räkelte sich in seiner Umarmung. Sie unterdrückte ein Gähnen.

»Hast du gut geschlafen, mein Engel?«

»Himmlisch«, antwortete sie mit einem Lächeln auf den Lippen. »Und du?«

Er lächelte erheitert.

»Ich auch, wenn auch ein bisschen zu kurz.«

»Hast du dir für heute etwas vorgenommen?«

»Ich wollte mich noch mit Ced im Fitnessstudio treffen, aber ich kann ihm absagen, wenn du möchtest.«

»Nein, du solltest hingehen. Ich bin ohnehin nachher mit meiner Familie zum Mittagessen verabredet. Du weißt schon, wegen meines Geburtstags«, erwiderte sie und sah prüfend Richtung Spiegel. »Wenn du nichts dagegen hast, würde ich vorher noch bei dir duschen.«

»Ich hole dir gleich ein Handtuch.«

Sie befreite sich aus seiner Umarmung und fischte nach ihrem Handy, das auf dem Nachttisch lag.

»Soll ich dich bringen, Lily?«

»Hm?«, fragte sie tippend, ohne den Blick von ihrem Handy abzuwenden.

»Ich habe gefragt, ob ich dich bringen soll, wenn du dich nachher mit deiner Familie zum Mittagessen triffst.«

»Das wäre toll.«

»Wo trefft ihr euch?«

»Im Vier Jahreszeiten.«

Alex hätte Lily liebend gerne zu ihrem Geburtstagsessen begleitet, aber das bot sie ihm nicht an. Er hatte kein Geschenk für sie, deswegen machte er für sie Frühstück und brachte es ihr ans Bett. Während sie frühstückten, erzählte Lily ihm bedauernd, dass sie für ein paar Monate zu Hause einziehen musste, weil sie keine Lust hatte, im Hotel zu leben oder sich eine Wohnung zu mieten. Lily hatte vor ein paar Wochen das Grundstück am Aueteich von ihren Großeltern geerbt und plante, die alte Jagdhütte aufwendig umbauen und renovieren zu lassen.

»Du kannst bei mir wohnen, bis dein neues Haus fertig wird«, schlug Alex vor.

Lily hob nachdenklich eine Augenbraue und wischte sich mit dem Daumen etwas Marmelade aus ihrem Mundwinkel. Ohne ihm eine Antwort zu geben, stand sie auf und schwebte nackt durch sein Schlafzimmer. Alex fand, dass sie mit ihren golden welligen Haaren eine griechische Göttin hätte sein können. Am Eingang zum Bad blieb Lily stehen und lächelte ihn über die Schulter hinweg an.

»Ich gehe jetzt duschen. Kommst du mit?«

Nachdem Alex Lily vor dem Vier Jahreszeiten abgesetzt hatte, holte er Ced ab und fuhr mit ihm ins Fitnessstudio. Alex war beim Training so unaufmerksam, dass ihm die Langhantel mit den Gewichten polternd auf den Boden fiel und er sich zwei Mal den Kopf an herumstehenden Hindernissen stieß. Als Ced ihn befremdet ansah, platzte es aus ihm heraus:

»Ich habe mit Lily geschlafen!«

Ced ließ die Hanteln sinken und sein vom Sport gerötetes Gesicht erstarrte in Verblüffung. Alex hatte diese Reaktion erwartet, aber er fuhr fort, denn Ced war neben Kasy der Einzige, dem er sich anvertrauen konnte:

»Wir haben uns gestern Abend zufällig im *Manhattan* getroffen. Ihr ging es nicht so gut, also sind wir zu mir nach Hause gegangen. Und dann ist es irgendwie passiert.«

»Dann ist sie also wieder zurück in Hamburg?«

Alex nickte und berichtete seinem Freund ausführlich von den Ereignissen der vergangenen Wochen. Ced hörte ihm aufmerksam zu und legte erst ganz zum Schluss die Hanteln weg, die er vor Erstaunen die ganze Zeit in den Händen festgehalten hatte.

»Nun, okay, dieses Mal kann man ja noch einen Ausrutscher nennen«, sagte Ced. »Aber warum hast du ihr gleich angeboten, bei dir zu wohnen? Ich dachte, du bist wütend auf sie. Du hast wegen ihr jahrelang gelitten und jetzt hattet ihr Sex und alles ist wieder vergessen?«

»Nein, das nicht ... Aber ich möchte ihr eine Chance geben, es wieder gutzumachen.«

»Und dafür soll sie gleich bei dir einziehen?«

»Ich wollte ihr einen Gefallen tun. Lily ist eine Freundin. Ich hätte es ihr auch angeboten, wenn wir nicht miteinander geschlafen hätten.«

»Tu mir bitte auch einen Gefallen und versuch nicht, dich selbst zu belügen, Alex. Du liebst sie noch. Das ist okay, wenn auch überhaupt nicht nachvollziehbar für mich.«

Alex seufzte.

»Bitte, erzähl Yumi nichts von alledem.«

»Bist du verrückt? Yumi würde dich umbringen. Und mich gleich mit dazu.«

Ced stemmte einen Arm in seine Hüfte.

»Ich muss dir auch etwas erzählen«, sagte er und blickte kurz zu Boden, bevor er wieder Alex ansah. »Yumi ist schwanger.«

»Wirklich? Warum hast du denn nichts gesagt? Freust du dich, Ceddie?«

»Am Anfang überhaupt nicht. Aber so langsam habe ich mich an den Gedanken gewöhnt, und mittlerweile kann ich mir eigentlich nichts Schöneres mehr vorstellen, als mit Yumi eine Familie zu gründen.«

XV

Nach der Silvesternacht hörte Alex einige Tage nichts von Lily, und diese Tage erschienen ihm wie eine Ewigkeit. Er wollte sie anrufen, aber er wollte nicht aufdringlich sein. Andererseits wollte er aber auch nicht desinteressiert oder unverbindlich auf sie wirken. Für ihn war es klar. Er wollte und liebte Lily unverändert. Ungeachtet dessen, was zwischen ihnen vorgefallen war. Ungeachtet dessen, was ihre Beweggründe für ihr Verhalten in der Vergangenheit gewesen sein mochten. Es war mehr als Verständnis oder Vergebung. So viel mehr, dass er sich keine Fragen mehr nach dem Warum stellen musste. Es war einfach.

Irgendwann hielt er die Funkstille zwischen ihnen nicht länger aus. Er schrieb Lily eine kurze Nachricht. Sie rief ihn daraufhin zurück und erkundigte sich fröhlich nach seinem Befinden. Alex fragte sich ernüchtert, ob sie überhaupt einen einzigen Gedanken an ihn verschwendet hatte, aber er versuchte, sich seine Resignation nicht anmerken zu lassen.

»Es tut mir leid, Alex. Bei mir geht momentan wirklich alles drunter und drüber«, erklärte sie ihm. »Ich wollte dich anrufen, aber ich bin einfach vorher nicht dazu gekommen.«

»Kein Problem, Lily. Ruf mich an, wenn du mehr Zeit hast.«

»Warte kurz«, hörte er sie am anderen Ende der Leitung einwenden. »Können wir uns sehen? Ich kann heute Abend bei dir vorbeikommen, aber es könnte ein wenig später werden.«

Wie angekündigt, kam Lily erst gegen Mitternacht. Sie war in Overknees mit hohen Absätzen, einem nachtblauen Blazer mit silbernen Knöpfen und roten Lederhandschuhen gekleidet. Lily wirkte müde und überspannt. Sie küssten sich, dann streckte sie sich auf seinem Sofa aus. Es war, als wäre sie eine komplexe, elektrische Maschine, der plötzlich der Stecker gezogen worden war. Der Strom, der pulsierend durch ihre Adern geflossen und sie am Leben gehalten hatte, war versiegt. Alex half ihr dabei, ihre Kleidung abzustreifen, und trug sie ins Bett. Lily kämpfte in seinem Arm beinahe darum, wach zu bleiben, während sie ihm mit belegter Stimme erzählte, dass sie seit fünf Uhr morgens auf den Beinen war und morgen um die gleiche Zeit wieder aufstehen musste.

»Warum das?«, erkundigte Alex sich.

»Ach, weißt du, ich muss morgen früh unbedingt noch zum Cardiotraining mit meinem Fitnesstrainer, bevor ich ins Büro gehe. Dann habe ich ganz viele Termine und nach der Arbeit fahre ich auf die Baustelle, um nach dem Haus zu sehen. Und abends habe ich noch Reitunterricht. Ich nehme bald an ein paar Turnieren teil. Da fällt mir ein, dass ich mich dringend um die Begleitmusik kümmern muss. Könntest du mir nicht dabei helfen?«

»Ich helfe dir gerne, Lily.«

»Wirklich? Das wäre so toll.«

Sie gähnte in ihre Hand.

»Wie sieht eigentlich dein Arbeitsalltag aus, Alex?«

Alex zuckte mit den Schultern.

»Immer unterschiedlich, schätze ich. Momentan gibt es keine Touren, Konzerte, Videodrehs oder Ähnliches. Das heißt, ich arbeite überwiegend an neuen Texten oder neuer Musik. Es kommt immer darauf an, wie kreativ ich mich fühle. An manchen Tagen arbeite ich zwei Stunden und bringe total viel zustande, an anderen Tagen arbeite ich zwölf Stunden ohne irgendwelche nennenswerten Ergebnisse. Manchmal kommen mir sogar die besten Ideen ganz spontan, beim Sport zum Beispiel oder beim Duschen oder wenn ich mit meinen Freunden unterwegs bin. Ich kann es nie voraussehen, und ich muss mich dabei auf mein Bauchgefühl verlassen. Meistens stelle ich mir keinen Wecker. Erst wenn ich morgens aufwache, kann ich sehen, was der nächste Tag so bringt.«

»Beneidenswert«, hauchte Lily und als Alex ihr darauf antwortete, merkte er, dass sie bereits eingeschlafen war. Alex bekam nicht mit, wann Lily aufstand, aber als er am nächsten Vormittag erwachte, war sie bereits fort. In den kommenden beiden Wochen kam Lily beinahe jeden Abend zu ihm, aber nur ein einziges Mal erschien sie vor Mitternacht gegen acht Uhr abends, weil sie sich nicht gut fühlte und ihr Reittraining abgesagt hatte. Sie gingen Hand in Hand am Hafen spazieren und bestellten sich Take-Away-Sushi in Lilys Lieblingsrestaurant. Während sie bei der Abholung an einem der Tische warteten, sprach Alex endlich aus, was ihn die ganze Zeit beschäftigt hatte:

»Warum bist du damals verschwunden?«

Lily stützte ihr Gesicht in ihre Handfläche.

»Ich glaube, es gibt keine einfache Antwort darauf. Im Nachhinein gesehen, frage ich mich das oft selbst. Damals schien es für mich der einzige Ausweg zu sein.«

»Der einzige Ausweg wovor?«

»Um all dem hier zu entkommen. Meiner schlechten Beziehung zu meiner Familie. Den Erwartungen, die sie an mich geknüpft haben. Und vielleicht auch ein bisschen mir selbst. Ich habe lange überlegt, ob ich dir davon erzählen soll, Alex. Aber wenn ich es dir gesagt hätte, hätte ich es mir vielleicht anders überlegt und davor hatte ich Angst. Irgendwie hatte ich darauf gehofft, wir könnten später trotzdem zusammenbleiben und uns während meines Studiums in Zürich gegenseitig besuchen. Jetzt verstehe ich natürlich, wie naiv diese Vorstellung nach meinem Verhalten dir gegenüber gewesen ist.«

»Es ist dir sicher nicht entgangen, dass sich meine Gefühle für dich nicht geändert haben, Lily. Für mich spielt die Vergangenheit jetzt keine Rolle mehr. Wir haben die Chance bekommen, neu anzufangen. Aber ich möchte, dass du in Zukunft immer offen und ehrlich zu mir bist. Sonst kann das zwischen uns nicht funktionieren. Vorausgesetzt, dass du es auch möchtest und es dieses Mal mit mir wirklich ernst meinst.«

»Natürlich möchte ich es«, entgegnete sie ernst. »Ich liebe dich, Alex.«

Alex küsste sie glückselig, aber er kam nicht lange in den Genuss von Lilys weichen Lippen, bis eine höhnische Stimme sie auseinanderfahren ließ.

»Wie überaus rührend! Da kommen mir ja fast die Tränen.« Karl, der besser aussah denn je und offenbar den gleichen Einfall wie Alex und Lily gehabt hatte, war an ihrem Tisch aufgetaucht. Er setzte sich unaufgefordert zu ihnen und verschränkte die Finger ineinander, aufmerksam zwischen Alex und Lily hin und her blickend.

»Ich hoffe, ich störe eure Zweisamkeit nicht, ihr beiden Turteltauben?«

Lily sah ihn verärgert an.

»Doch, genau das tust du.«

Karl grinste unverschämt.

»Mir war ja gar nicht klar, dass du immer noch einen so erbärmlichen Männergeschmack hast, Lily. Was wohl unsere Eltern zu deinem Freund sagen werden?« Karl machte eine gespielt nachdenkliche Miene. »Obwohl, wer weiß? Vielleicht werden sie abends bei einem feinen Gläschen Petrus mit ihren Golffreunden statt Pavarotti und den Beatles zukünftig nur noch geschmackloser Ghettomusik lauschen.«

»Was willst du hier, Karl?«

»Eigentlich war ich nur aus privaten Gründen in der Stadt und wollte bei dieser Gelegenheit mein Kobe-Steak für heute Abend abholen, aber jetzt kann ich mir ja kaum entgehen lassen, meinen neuen Schwager ein wenig näher kennenzulernen und dir damit auf die Nerven zu gehen.«

»Verschwinde«, zischte Lily.

»Das hättest du wohl gerne, *Schwesterchen*«, erwiderte Karl kalt.

Alex erkannte, dass zwischen Lily und Karl etwas im Argen lag, das gar nichts mit ihm zu tun hatte. Karl fuhr fort, die Augen zu Schlitzen verengt.

»Zuerst rebellierst du und haust ab. Und dann, als es um die Übertragung der Firma an die nächste Generation geht, kommst du plötzlich wie die ›verlorene Tochter‹ reumütig zu unseren Eltern zurückgekrochen! Denkst du, du kannst einfach in die Firma einsteigen und mich dann auch noch übergehen? Was fällt dir eigentlich ein, Papa zu überreden, ausgerechnet dich zum neuen CEO zu ernennen? Das ist meine Rolle, Lily. Ich bin Jahre lang in Moosbach verrottet, während du in Montreux und Zürich dein High-Society-Leben genossen hast. Ich lasse nicht zu, dass du mir wegnimmst, worauf ich so lange hingearbeitet habe!«

»Dass ich nicht lache, Karl! Du hast höchstens lange darauf hingearbeitet, Papas Geld mit beiden Händen zum Fenster rauszuwerfen und dich wichtig zu machen.«

»Warum bist du überhaupt aus der Schweiz zurückgekommen? Hier hat dich jedenfalls niemand vermisst. Du weißt, es wäre Mama und Papa sowieso viel lieber gewesen, wenn du damals gestorben wärst und nicht Fee. Und mir auch, offen gestanden.«

Lily erbleichte, sagte jedoch nichts. Alex glaubte, sich verhört zu haben. Er war außer sich vor Fassungslosigkeit.

»Was hast du gerade gesagt?« Er packte Karl am Kragen und zerrte ihn grob aus seinem Stuhl. Eine Flasche Sojasoße fiel vom Tisch und zerbarst geräuschvoll auf dem Fliesenboden. »Entschuldige dich sofort bei Lily!«

Alex war nun größer und kräftiger als Karl und für einen

Moment war der Schreck Karl ins Gesicht gemeißelt, aber er brachte seine Miene schnell wieder unter Kontrolle. Ein hämisches Lächeln legte sich auf seine Lippen und seine Augen blitzten vor Erheiterung. Er machte sich von Alex los und klatschte kurz in die Hände.

»Den hast du ja gut dressiert. Wirklich beeindruckend. Und jetzt pfeif deinen Hund wieder zurück!«

Bevor er sich zurückhalten konnte, schlug Alex Karl ins Gesicht. Karl schrie vor Schmerz auf und griff sich entsetzt an seine Nase. Im nächsten Augenblick stürzte er sich auf Alex und riss ihn von den Beinen. Sie rangelten auf dem Boden, bis Alex Karl festnagelte. Lily ging kreischend dazwischen.

»Aufhören!« Sie zerrte hysterisch an Alex' Sweater. »Sofort aufhören!«

Alex kam wieder zur Besinnung und hielt mitten in der Bewegung inne. Karl nutzte seine Unaufmerksamkeit und verpasste ihm seinerseits einen Schlag ins Gesicht. Im nächsten Augenblick rissen Alex zwei Hände von Karl weg. Es war einer der Mitarbeiter des Restaurants, der hinter der Theke die Sushis vorbereitet hatte und eine Kochschürze trug.

»Was ist denn hier los?«, rief er verärgert.

Alex kam auf wackligen Beinen zum Stehen und sah sich keuchend um. Eine Menge Schaulustiger hatte sich vor dem Take-Away versammelt und reckte die Köpfe, um sehen zu können, was drinnen vor sich ging. Etwas Warmes rann seine Schläfe hinab. Als Alex danach tastete, fühlte er Schmerz. Seine Finger waren voller Blut.

»Ist alles in Ordnung bei Ihnen, Lady?«, fragte der Sushikoch besorgt. Lily versicherte, dass es ihr gut ging.

»Das ist bloß ein Missverständnis«, erklärte sie. »Die beiden sind angetrunken und sind ein wenig aneinandergeraten. Es ist wirklich keine große Sache.«

Karls Augen verengten sich, aber er widersprach Lilys

Version der Geschehnisse nicht. Der Sushikoch entschuldigte sich bei den anderen Gästen für die Störung und zerrte Alex aus dem Restaurant. Alex wurde hinausgeschmissen. Er hatte Glück, dass er keinen Personalausweis dabeihatte, denn der Sushikoch drohte ihm damit, die Polizei zu rufen und ihn anzuzeigen.

Mit einem Taxi fuhr Alex nach Hause, und eine halbe Stunde später stand Lily, außer sich vor Wut, vor seiner Tür. Als es klingelte, saß er mit einem Kühlbeutel im Gesicht vor dem Fernseher. Er stand auf und öffnete die Tür. Lily stürmte, bevor er etwas sagen konnte, an ihm vorbei und fuhr dann im Wohnzimmer zu ihm herum.

»Kannst du mir mal verraten, was mit dir los ist?«, herrschte sie ihn an und ihre Stimme bebte vor Zorn, während ihre Augen ihn anfunkelten. Alex hatte Lily noch nie wütend erlebt und diese neue Seite an ihr ließ in diesem Moment sein Herz zusammenschrumpfen. Ihr unvermittelter Wutausbruch war schlimmer als ihre permanente Zurückhaltung, die sie ihn sonst spüren ließ. Alex studierte besorgt ihr wutverzerrtes Gesicht.

»Was denkst du dir dabei, meinen Bruder zusammenzuschlagen?«, brüllte Lily ihn an.

»Es tut mir leid, Lily!«, erwiderte Alex kleinlaut. »Ich weiß, dass ich mich wie ein Idiot benommen habe.«

»Nein, du hast dich wie ein Arschloch benommen! Du hättest ihm die Nase oder das Jochbein brechen können! Hast du eine Vorstellung davon, wie verzweifelt ich ihn darum anbetteln musste, keine Anzeige wegen Körperverletzung gegen dich zu erstatten?«

Alex griff ein wenig hilflos nach Lilys Hand.

»Ich hätte deinem Bruder nichts Ernsthaftes getan, das weißt du doch, oder? Als er dich so dermaßen beleidigt und mich provoziert hat, sind bei mir alle Sicherungen durchgebrannt. Auch wenn ich finde, dass es dieser Kotzbrocken wirklich verdient hat, bereue ich es, ihn geschlagen zu haben. Ich habe in dem Moment einfach nicht nachgedacht«, gestand Alex und mehr kam ihm zu seiner dürftigen Verteidigung nicht in den Sinn. Offenbar sah Lily das ähnlich, denn sie riss ihre Hand aus seinem Griff los.

»Du mischst dich nicht in diese Sache zwischen Karl und mir ein, Alex. Ich kann meine Probleme und Angelegenheiten selbst regeln, hast du das verstanden?«

Auch wenn sie sich am gleichen Abend wieder vertrugen, sah Alex Lily nach der Prügelei mit Karl kaum. Normalerweise kam sie nach Mitternacht zu ihm nach Hause, wenn Alex längst im Bett lag, und sie stand vor dem Morgengrauen auf, um zum Ausdauertraining und anschließend ins Büro zu fahren. In der Regel war sie für Alex nie erreichbar, denn Geschäftstermine, Interviews und Konferenzen füllten ihren Terminkalender. Manchmal sprang sie in den Firmenhubschrauber, um auf Sylt oder in München mit ihren Geschäftspartnern zu Mittag zu essen, und abends trainierte sie wie besessen mit ihren Pferden. Selbst ihre Wochenenden waren verplant, denn ab Ende der Woche reiste Lily meistens alleine oder in Begleitung ihrer Mutter von einem Reitturnier zum nächsten. Alex lebte Lilys Leben nur am Rand mit. Niemand aus ihrer Familie, abgesehen von Karl, wusste, dass sie zusammenlebten. Alex hatte es sich angewöhnt, im Hintergrund zu bleiben und auf sie zu warten, sie nach Kräften zu unterstützen und ihr den Rücken freizuhalten, ihre Besorgungen zu erledigen, ihre Klamotten aus der Reinigung zu holen und für sie zu kochen. Es machte ihm nichts aus, weil er die Zeit dazu hatte, aber er fühlte sich fortwährend einsam, wenn er abends in seinem Studio arbeitete oder allein auf der Couch fernsah. Als sie zusammen im Bett lagen, sagte Alex eines Abends zu ihr:

»Ich will mit dir mal einen Tag ganz normal zusammen sein, Lily. Ich möchte dich am liebsten in abgetragenen

Jeans sehen und Sneakers. Ich will mit dir einen Kaffee trinken, spazieren und ins Kino gehen. Das wünsche ich mir.«

Lily seufzte.

»Es tut mir leid, dass ich so wenig Zeit für dich habe.«

»Du könntest als Wiedergutmachung mit mir am Valentinstag essen gehen.«

Zu Alex' Freude nickte sie.

»In Ordnung.«

»Wollen wir uns um 20 Uhr am Hafen treffen?«

»Das ist zu spät. 17 Uhr wäre mir lieber.«

Bevor er zum Restaurant losfuhr, spielte er an seinem Computer noch einmal den Song für Lilys Reitturnier ab, dem er am Abend zuvor den letzten Schliff verpasst hatte. Dann zog er die Datei befriedigt auf einen neuen USB-Stick. Der Remix war nicht gerade sein Magnum opus, denn dafür waren Lilys Vorgaben zu eng gewesen, aber im Grunde war er gar nicht schlecht und außerdem hatte Alex ihn für Lily erschaffen. Allein dies verlieh ihm einen besonderen Wert. Alex fuhr voller Vorfreude zum Hafen, wo er mit Lily verabredet war, und wartete fünfzehn Minuten vor dem Restaurant, bis sie endlich aufkreuzte. Sie sah wie immer schön aus, obwohl ihre ganze Aufmachung, entsprechend Alex' geäußertem Wunsch, eher nachlässig als leger war. Sie war kaum geschminkt, trug einen weiten beigen Mantel, einen verwaschenen Sweater mit Pop-Art-Motiven, Skinny Jeans und weiße Nike Sneakers.

»Du siehst toll aus, Lily.«

Lily gestattete ihm, ihr zur Begrüßung einen Kuss auf die Wange zu geben.

Dann lächelte sie und strich sich eine lockige Haarsträhne hinter ihr Ohr, an dem ein cremefarbener Perlenohrring schimmerte. »Wollen wir?«

Sie schlenderten hinein und Alex legte einen Arm um

Lilys Taille, bevor er sich an eine junge Frau hinter dem Tresen am Eingang wandte.

»Ich habe eine Reservierung für zwei Personen.«

Die Empfangsdame unterstrich mit einem gelben Textmarker eine eng beschriebene Zeile in einem dicken, ledergebundenen Notizblock. Dann sah sie wieder zu ihnen auf und lächelte höflich.

»Folgen Sie mir bitte.«

Sie führte Alex und Lily an einen abgeschiedenen Zweiertisch zwischen zwei Weinregalen. Alex schob Lilys Stuhl zurecht und nahm dann ihr gegenüber Platz. Lily vertiefte sich mit nachdenklicher Miene in die Menükarte. Sie legte sie wenige Augenblicke später weg, und ihr Blick fiel auf ihn.

»Ich habe etwas für dich«, verkündete er, legte den Stick auf den Tisch und schob ihn Lily zu.

»Was ist das?«, erkundigte sie sich neugierig.

»Dein Remix für deinen nächsten Grand Prix.«

»Mein Remix? Ich glaube kaum, dass man das so sagen kann. Schließlich hast du die ganze Arbeit allein gemacht.«

»Ich habe dir nur ein bisschen unter die Arme gegriffen. Ansonsten gehört er ganz dir.«

Sie schwieg einen Augenblick und musterte den USB-Stick mit beinahe wissenschaftlichem Interesse.

»Danke, Alex«, sagte sie dann. »Das ist echt süß von dir.«

Ihre Fingerspitzen glitten über das Plastik, bevor sie seinen Handrücken streichelte. Alex nahm ihre Hand in seine und hielt sie fest, bis Lily sie ihm mit einem entschuldigenden Lächeln entzog, als die Getränke und der Gruß aus der Küche gebracht wurden.

Obwohl Lily im Verlauf des Abendessens ab und zu Fragen stellte und Alex mit aufmerksamer Miene zuhörte, hatte er den Eindruck, dass sie gelangweilt war. Wenn sie sich unbeobachtet wähnte, schielte sie, lautlos aufseufzend, auf das Display ihres iPhones oder sie blickte träge aus dem Fenster. Es war offensichtlich, dass sie mit ihren Gedanken ganz woanders war.

Die enttäuschende Entwicklung des Abends versetzte Alex in zunehmende Unruhe. Trotz seiner Bemühungen, Lily zu unterhalten, gestaltete sich die Zeit bis zum Dessert eintönig, und als er schließlich die Rechnung beglich, gestand er sich ein, dass sich das Abendessen in einen Reinfall verwandelt hatte. Alex fragte sich im Stillen, ob es wohl Lilys Absicht gewesen war, ihren gemeinsamen Abend zu sabotieren. Niedergeschlagen half er ihr in ihre Jacke. Als sie nach draußen an die frische Luft traten, drehte sie sich zu ihm um.

»Vielen Dank für die Einladung. Es war wunderbar.« Sie reckte sich lächelnd. »Ich bin so müde. Ich habe viel zu viel gegessen.«

»Möchtest du, dass ich dich nach Hause bringe?«

»Nach Hause?« Sie machte ein erstauntes Gesicht. »Natürlich nicht, du Langweiler. Es ist doch erst sieben Uhr abends.«

»Aber ...«

»Aber was?«

Er beobachtete verwundert, wie Lily voller Tatendrang in die Hände klatschte, und er kam nicht umhin, sich zu fragen, woher ihr plötzlicher Stimmungswechsel kam.

»Wie sieht's aus«, sagte sie, »hast du Lust auf eine kleine Spritztour?«

»Klar, warum nicht. Wohin geht's?«

»Nach Sylt.«

»Man braucht mit dem Auto ein paar Stunden, und ich bezweifle, dass der Shuttle noch so spät fährt.«

»Wir fahren nicht mit dem Auto.«

»Wie kommen wir dann dorthin?«

»Du wirst gleich sehen. Darf ich fahren?«

»Du hast getrunken.«

»Meine Güte, Alex. Nun stell dich doch nicht so an ...«

Gehorsam, aber nicht frei von Widerwillen, überreichte Alex Lily den Autoschlüssel. Sie setzte sich ans Steuer und er rutschte auf den Beifahrersitz. Sie machte sich kurz mit dem Armaturenbrett des Touaregs vertraut und warf dann den Motor an.

»Cooles Auto, übrigens.«

»Danke.«

»Ist es deins?«

»Nein, es gehört Joachim.«

»Wie nett von ihm, dass er dir sein Auto leiht, damit du Frauen, die mit dir ausgehen, beeindrucken kannst.«

»Und, bist du beeindruckt?«

Lily lächelte belustigt. Sie folgte der Elbchaussee, bog an einer Ampel ab und fuhr in ein Labyrinth aus Seitenstraßen. Am Schluss landeten sie in einer schmalen Gasse, in der Alex den Eindruck hatte, die Häuser links und rechts würden sich mehr und mehr aufeinander zubewegen.

»Das ist Privatgelände, Lily«, machte Alex sie auf ein Schild bei der Einfahrt aufmerksam, doch sie war so unbeeindruckt, dass sie sich nicht einmal die Mühe machte, ihm darauf zu antworten. Lily parkte den Wagen auf dem verlassenen Gelände, dann ging sie ihm voraus. Sie umkreisten ein Lagerhaus. Ein großer unförmiger Körper schob sich in Alex' Blickfeld, der sich als Hubschrauber der Lindenbaum AG entpuppte.

»Überraschung! Ich habe ihn extra von Moosbach hierher einfliegen lassen.«

Lily steuerte auf den Hubschrauber zu und öffnete die Tür. Sie warf nachlässig ihre Handtasche in den Fußraum.

Als sie sich umdrehte, lachte sie über Alex' Gesichtsausdruck.

»Was ist los? Freust du dich nicht?«

»Wir können doch nicht einfach nach Sylt fliegen.«

»Warum nicht? Ich besitze einen Hubschrauber und du einen Hubschrauberschein.«

»Man muss so einen Flug vorher anmelden, Lily.«

»Das weiß ich doch.« Sie wurde ungeduldig. »Meine Sekretärin hat sich um alles gekümmert. Die Unterlagen liegen im Cockpit. Nun komm schon, Alex. Sylt ist mit dem Hubschrauber nur einen Katzensprung von hier entfernt. Wo bleibt dein Sinn für Abenteuer?«

Beim Einsteigen ins Cockpit überkam Alex ein flaues Gefühl. Während er die Instrumente und Anzeigen kontrollierte und die notwendigen Vorbereitungen für den Flug traf, fingerte Lily unablässig an ihm herum. Als er auf ihre Flirtversuche nicht reagierte, beugte sie sich zu ihm vor und flüsterte ihm etwas ins Ohr. Alex schob sie gereizt von sich. »Bitte lass das, Lily. Ich muss mich jetzt konzentrieren.«

»Was ist denn mit dir los?«

»Das ist kein verdammtes Spiel. Wenn du heute Abend im Ganzen in Sylt ankommen möchtest, musst du mich jetzt in Ruhe lassen.«

Lily wandte sich beleidigt von ihm ab, aber das war Alex in diesem Moment gleichgültig. Nachdem er keine Auffälligkeiten an dem Hubschrauber feststellen konnte, warf er Lily eines der Headsets in den Schoß und bedeutete ihr, sich anzuschnallen. Lily legte gehorsam den Gurt an, und Alex startete den Abflug. Das Heulen des Rotors wurde lauter. Sie hoben senkrecht ab, mühelos und schwerelos, als wäre der Hubschrauber eine Feder, die von einem Windhauch weggepustet wurde. Der Boden entfernte sich immer weiter von ihnen. Häuser, Autos und Straßen schrumpften zu lächerlich winzigen Gebilden, bis Alex den Eindruck hatte, dass sich unter ihm eine Spielzeugstadt aus glitzerndem Plastik erstreckte. Unter ihnen erkannte er an den Ausläufern der Elbe die Hafencity und die Elbphilharmonie.

Lilys Stimmte erklang verzerrt und rauschend an seinem Ohr.

»Ich würde auch gerne fliegen können.«

Alex musterte sie versöhnlich.

»Wenn man einmal geflogen ist, versteht man, warum die Vögel singen.«

»Wer hat das gesagt?«

»Joachim.«

Lily lächelte.

»Kannst du mir etwas über das Fliegen beibringen?«

»Was willst du wissen?«

Sie tippte gegen die Instrumente. »Zum Beispiel: Was zeigt der hier?«

»Das ist der Drehzahlmesser der Turbinen.«

Alex erläuterte ihr die Aerodynamik und Steuerung des Hubschraubers. Irgendwann verfielen sie in Schweigen, das nur vom Funk unterbrochen wurde und zwischen ihnen anhielt, bis Lily mit dem Zeigefinger auf die Küsten einer schmalen, länglichen Insel deutete und ausrief: »Da ist Sylt!«

Sie hatten eine Landebewilligung für den Sylter Flughafen erhalten. Alex flog das Meeresufer entlang und landete den Hubschrauber neben ein paar Privatjets in der Nähe eines Leuchtturms auf einer ebenen, grünen Wiese.

Als sie ausstiegen, schlug Alex kühle Meeresluft entgegen. Er wandte sich an Lily, die sagte:

»Komm. Ich habe uns ganz in der Nähe eine Übernachtungsmöglichkeit organisiert.«

Sie holte eine Reisetasche aus dem Hubschrauber, die Alex für sie trug, und sie verließen den Flughafen. Dann fuhren sie zu dem Haus, das Lily gemietet hatte. Als sie die Einfahrt erreichten, ging Lily ihm voraus auf einen ausgetretenen Pfad, der sich entlang von Sanddünen schlängelte. Es dauerte nicht lange, bis vor ihnen ein Reetdach bedecktes Backsteinhäuschen auftauchte. Zum Meer hin gab es eine Terrasse mit zwei rot gestreiften Strandkörben.

Lily steuerte auf den Eingang zu und holte unter einem Blumentopf den Hausschlüssel hervor. Sie betraten das Haus, und sie schaltete das Deckenlicht ein.

Alex roch, dass das Haus frisch renoviert war, obwohl die Einrichtung eher einen altmodischen und gemütlichen Eindruck machte. Es gab nur ein Stockwerk, das in dumpfen Pastelltönen gehalten war und mit hübschen, hellen Holzmöbeln, einem moosgrün gefliesten Kachelofen und mehreren Schiffsmodellen in Flaschen verziert war.

»Tolles Haus«, sagte er, als sie wieder im Wohnzimmer angelangt waren.

»Möchtest du etwas trinken?«, fragte Lily ihn. »Die Hauseigentümerin hat ein paar Kleinigkeiten für uns eingekauft.«

Sie machten eine Flasche Rotwein auf und setzten sich mit Wolldecken auf die Terrasse, um den Sonnenuntergang zu beobachten.

Die gelbrote Sonne sank wie ein Feuerwerksfunke tiefer und tiefer, bis sie ins glänzende, graublaue Meer eintauchte und darin verschmolz. Die Streifen aus Licht wurden von dem quecksilbergleichen Wasser verschluckt.

Lily trank ihr Glas leer, dann setzte sie sich auf seinen Schoß und fing an, mit ihm herumzualbern, bis sie wie Kinder lachend über die Sanddünen rollten. Im Anschluss duschten sie gemeinsam unter heißem Wasser, und Lily sank auf die Knie, um ihn zu verwöhnen. Alex legte genüsslich den Kopf zurück und blickte auf sie herunter. Es überwältigte ihn jedes Mal, wenn sie ihre dominante Haltung ihm gegenüber ablegte, um ihn zu verführen. Sie wusste genau, wie sie sich geben, was sie tun und sagen musste, um ihn um den Verstand zu bringen. Schnell und heftig überkam Alex der Orgasmus, und Lily richtete sich mit einem triumphierenden Lächeln wieder auf.

»Wohin gehst du?«, fragte er atemlos, als sie wortlos aus der Dusche stieg und sich in ein Handtuch wickelte.

»Haare föhnen«, entgegnete sie lässig.

Alex folgte ihr und legte von hinten seine Arme um sie.

»Du warst unglaublich«, flüsterte er ihr ins Ohr.

Sie zwinkerte seinem Spiegelbild zu und griff nach dem Föhn in der Schublade der Kommode. Alex massierte sanft ihren Nacken. »Es tut mir leid, dass ich dich vorhin so angefahren habe. Mit dir weiß ich einfach nie, was mich als Nächstes erwartet, Lily. Du bist so geheimnisvoll. Mit dir zusammen zu sein, ist wirklich ein Abenteuer. Ich dachte, Sylt ist einfach eine Spinnerei von dir. Aber es war eine tolle Idee. Danke, dass du das alles organisiert hast. Endlich habe ich dich mal für mich allein.«

Alex entging nicht, dass Lily sich kurz auf ihre Unterlippe biss.

»Oder etwa nicht?«, fragte er argwöhnisch, und die Stimmung zwischen ihnen schlug augenblicklich wieder um.

»Naja, weißt du, ich habe heute Abend noch eine Verabredung.«

»Mit wem?«

Sie befestigte mit seitlich gelegtem Kopf schimmernde Ohrringe in ihren Ohrläppchen.

»Ach, nur mit ein paar Freunden von mir von früher vom Reiten. Ich habe versprochen, noch bei jemandem vorbeizuschauen. Du kannst gerne hierbleiben, wenn du nicht mitkommen möchtest. Ich kann verstehen, wenn du darauf keine Lust hast.«

Alex war klar, dass dies Lily am liebsten gewesen wäre, doch diesen Gefallen wollte er ihr nicht tun.

»Ich komme mit.«

»Bist du dir sicher?«

»Ja.«

»Niemand weiß, dass wir zusammenleben.«

»Und das soll so bleiben, nehme ich an?«

Lily wurde verlegen.

»Ich möchte einfach nicht, dass meine Eltern davon erfahren.«

»Warum würde dich das stören?«

»Du weißt, warum. Sie würden deine Musik und den ganzen Aufruhr um dich überhaupt nicht verstehen, Alex.«

»Ich kann nachvollziehen, dass ich nicht der Freund bin, den sich deine Eltern vielleicht für dich gewünscht hätten. Aber du kannst mich auch nicht ewig vor ihnen verstecken, Lily.«

»Das weiß ich. Und ich möchte dich auch gar nicht ewig verstecken, aber es ist einfach noch zu früh. Bitte gib mir noch etwas Zeit. Es gibt gerade so viele Dinge, die mich momentan beschäftigen und auf die ich mich konzentrieren muss. Du weißt doch, wie schwierig die Situation mit Karl ist und wie viele Probleme es in der Firma gibt. Dann noch der Umbau meines Hauses. Und dieser ständige Druck beim Reiten. Es ist im Moment einfach zu viel auf einmal für mich.«

Es fiel Alex schwer, seinen Überdruss vor ihr zu verbergen.

»Keine Sorge, Lily. Ich werde dein kleines Geheimnis vor deinen Freunden schon nicht ausplaudern.«

»Ach, Alex. Bitte sei nicht beleidigt.«

Sie nahmen sich ein Taxi und fuhren nach Kampen. Auf der Fahrt redeten sie kein Wort miteinander, bis sie zwischen einem Lamborghini Aventador und einem Bentley Continental vor einer Reetdach-Villa hielten. Ein dunkelblonder Mann Anfang dreißig öffnete die Tür und begrüßte Lily überschwänglich. Lily legte seine Arme um ihn, und er küsste sie auf die Wange. Augenblicklich fühlte Alex Eifersucht in sich aufbrodeln, und er nahm den Fremden lauernd unter die Lupe. Er sah ganz anders aus als Alex und Alex konnte ihm, obwohl er sich redlich darum bemühte, seine Attraktivität nicht absprechen. Er war groß und sehr schlank und hatte ein markantes Gesicht. Sein makellos weißes Hemd strahlte mit seinen Zähnen um die Wette. Obendrein war Lilys Bekannter offensichtlich nicht unvermögend, denn abgesehen von seinem exklusiven Designerjackett mit Einstecktuch schimmerte an seinem Handgelenk eine Patek Philippe, die den Wert eines schicken Mittelklassewagens hatte. Er neigte sich zu ihr vor und flüsterte etwas in ihr Ohr, das Alex nicht verstehen konnte. Es schien etwas Witziges gewesen zu sein, denn Lily warf lachend ihren Kopf zurück. Alex fühlte sich, als hätte ihn jemand geohrfeigt. Obgleich es seine ganze Selbstbeherrschung kostete, den Kerl nicht sofort zurechtzuweisen, blieb ihm nichts anderes übrig, als die ganze Szene zu ertragen.

»Wie ich sehe, kommst du in Begleitung.«

Lily schien sich plötzlich daran zu erinnern, dass Alex auch noch da war, und wandte sich zu ihm um.

»Freddie, das ist Alex. Ein Freund von mir aus Hamburg. Er ist ein bekannter Rapper und Musikproduzent. Du kennst ihn sicherlich unter seinem Künstlernamen.«

Als Lily Freddie diesen nannte, wirkte der Gastgeber ein wenig überrascht und belustigt zugleich.

»Ach, was!«

»Und das ist Freddie, Alex. Sein Onkel ist der Inhaber der *Neptun Verlagsgruppe*.«

Alex und Freddie tauschten einen kurzen Händedruck aus, dann führte Freddie sie hinein. Im Wohnzimmer warteten bereits ein paar andere Gäste, und Alex erriet sofort, dass es sich um eine sehr erlesene Runde handelte. Seine Einschätzung wurde bestätigt, als Lily ihm ins Ohr flüsterte, wem welches namhafte oder börsennotierte Unternehmen gehörte, wie viele Immobilien und Ferienhäuser wer wo im In- und Ausland besaß und wie viele Hunderttausende von

Euro die Ponys und Pferde gekostet hatten, mit denen Lilys Freunde in ihrer Kindheit und Jugend in Reitturnieren angetreten waren. Alex war die Kuriosität des Abends, und er erkannte plötzlich, dass Lily sich gerne mit bekannten und einflussreichen Menschen schmückte und umgab. Dafür war Alex offensichtlich gerade noch gut genug, aber als ihr Freund hätte er sie vermutlich nirgendwohin begleiten dürfen. Und vermutlich hätte Lily jeden der anderen männlichen Anwesenden sofort ihren Eltern vorgestellt.

Freddie schlug vor, eine kleine Führung durch die extravagante Ferienbleibe seines Onkels zu machen. Sie schauten sich zusammen das Haus an und gingen zum Schluss in den Garten, wo Freddie seine Golfausrüstung präsentierte. In den ebenen Rasen wurden ein paar hässliche Löcher geschlagen, bevor alle wieder zurück ins Wohnzimmer gingen. Im Laufe des Abends schenkte Freddie teuren Whiskey aus und reichte Zigarren in einem Rosenholz-Humidor herum, was Alex, scheinbar als Einziger, reichlich albern fand, denn bei den anderen Gästen fand die Gentlemen's-Club-Atmosphäre durchaus Anklang. Je angetrunkener die Gäste wurden, desto tiefgründiger sinnierten die Jungunternehmer über die europäische Wirtschaftslage und den Lobbyismus. Gesellschaftskritische Äußerungen, die in Alex' Ohren eher nach komischen Stammtischwahrheiten klangen, machten die Runde. Alex fühlte sich unwohl und fehl am Platz. Er spürte es und die anderen spürten es auch. Er gehörte nicht hierher. In einem günstigen Moment mit Lily, als er sich vergewissert hatte, dass die anderen Gäste außer Hörweite waren, schluckte er seinen Stolz hinunter und deutete mit dem Kopf in Freddies Richtung.

»Ist er ein guter Freund von dir?«

Lily musterte ihn aufmerksam. Es war der erste richtige Satz, den er zu ihr gesagt hatte, seit sie das Haus verlassen hatten.

»Nein, ist er nicht.«

»Nicht? Ihr habt aber gewirkt, als würdet ihr euch ziemlich gut kennen.«

»Was du nicht sagst«, erwiderte sie ein bisschen kühl.

»Wenn er kein guter Freund von dir ist, was hast du dann mit ihm zu tun?«, fragte Alex und als sie nicht sofort antwortete, fügte er hilfsbereit hinzu.

»Ich meine, warum sind wir dann heute Abend hier?«

»Weil ich ihn schon fast mein Leben lang kenne, wie alle anderen hier, Alex. Freddie ist früher mit Karl zusammen geritten. Unsere Eltern sind gut befreundet. Was willst du eigentlich genau wissen?«

Entgegen seiner Erwartung fiel Alex in dieser Nacht in einen tiefen, erholsamen Schlaf und wachte erst am frühen Morgen wieder auf, als unangenehme, stechende Kälte seine nackte Haut entlangkroch. Er tastete in den Bettlaken nach der Wärme von Lilys Körper, aber Lily war nicht da. Alex richtete sich etwas benommen auf und nahm seine Umgebung prüfend in Augenschein. Lilys Reisetasche lag, wie am Abend zuvor, auf einem der beiden Sessel am Kamin. Ihm fiel auf, dass die Balkontür hinter den halb zugezogenen, windgeblähten Gardinen einen winzigen Spalt geöffnet war. Er stieg aus dem Bett und ging in das benachbarte Badezimmer, um sich seine unordentlich herumliegenden Klamotten überzustreifen. Dann schob er die Tür vollständig auf und trat auf die Terrasse. Zu seiner Erleichterung erblickte er Lily ganz in der Nähe.

Sie stand am Strand, die Hände in den Taschen eines weiten, grauen Universitätspullovers mit einer verblichenen Aufschrift vergraben. Er trat von hinten an sie heran und schloss sie vorsichtig in seine Arme.

»Nicht erschrecken«, raunte er ihr entschuldigend zu und hauchte einen zärtlichen Kuss in ihren Nacken.

Zusammen wanderten sie durch mit Heidekraut bewachsene Sanddünen und betraten dann einen hölzernen Steg, der direkt zum Wasser führte. Am Ende des Stegs gab es eine kleine Plattform, auf der Lily innehielt. Sie wartete, bis Alex neben ihr stand, dann setzte sie sich und ließ die Beine hinunterbaumeln. Alex tat es ihr gleich. Im goldenen Sonnenlicht warf das Wasser wellenartige Reflexionen auf Lilys blasse Haut, und ihre Augen schimmerten karibikblau.

»Ich schmeiße alles hin, Lily.«

»Was meinst du?«

»Du bist eine seriöse Unternehmerin mit viel Verantwortung und ich bin ein Rapper mit einem ziemlich schlechten Image. Ich lasse Rap sein. Ich kann auch was anderes machen. Du bist mir viel wichtiger.«

»Im Ernst?«

»Ja, im Ernst.«

»Das könnte ich nie von dir verlangen, Alex. Außerdem, was willst du stattdessen machen?«

Alex zuckte mit den Achseln.

»Keine Ahnung. Arbeiten, denke ich. Oder vielleicht werde ich wieder anfangen zu studieren. Lass das mal meine Sorge sein. Mir fällt schon irgendwas ein.«

XVI

E s war ein schwerer Schritt für Alex, und er nahm sich einige Wochen Zeit dafür. Er erzählte zunächst weder Ced und Yumi noch Kasy etwas davon. Nur Kenan unterrichtete Alex über seine Pläne, und dieser war außer sich.

»Was denkst du dir dabei? Was wird mit dem Deal, den wir gerade unterzeichnet haben? Hast du auch nur die geringste Ahnung, wie viel Geld dir durch die Lappen geht? So ein Angebot bekommst du nie wieder, Alex. Vielleicht wirst du nie ein Comeback schaffen. Das wäre das Aus für deine Karriere. Versprich mir, dass du wenigstens noch einmal über die ganze Sache nachdenkst.«

Aber Alex' Entschluss stand fest, und ehe er es sich anders überlegen konnte, wählte er eine radikale Herangehensweise, um ihn umzusetzen. Er trat von seinen Verträgen zurück, löschte seine Social-Media-Kanäle und die Telefonnummern von Leuten aus der Szene, und er verkaufte sogar einen Großteil seines Equipments. Alex war bewusst, dass er mit seinen Einkünften von der GEMA und seinen Ersparnissen seinen mittlerweile gehobenen Lebensstandard nicht ewig würde halten können, aber er brachte es auch nicht über sich, so schnell wieder mit Musik in Berührung zu kommen, deswegen begann er, nach einem Job zu suchen, der nichts mit Musik zu tun hatte. Eines Abends kam Lily mit einer Idee zu ihm.

»Mein Vater sucht gerade einen neuen Assistenten.«

Alex sah Lily zweifelnd an, doch Lily schien sich das alles schon genau überlegt zu haben.

»Alex, das ist perfekt. Er zieht sich gerade aus dem Unternehmen zurück und ist viel mit meiner Mutter im Urlaub. Der Assistent meines Vaters verdient in unserem Unternehmen besser als die meisten leitenden Angestellten und kriegt die besten Firmenautos. Außerdem wirst du viel mit meiner Sekretärin zusammenarbeiten und bei mir sein. Dann können wir Zeit miteinander verbringen, ohne dass einer was davon mitkriegt.«

Obwohl Lily den offiziellen Bewerbungsprozess umgehen konnte, verlangten die Firmenprozesse, dass ein formelles Interview stattfand und dieses Scheininterview führte Lily mit Alex in der Firmenzentrale der Lindenbaum AG in Moosbach durch. Als sie zwanzig Minuten später aus dem Besprechungsraum hinausgingen, verkündete Lily der Personalabteilung, dass sie den richtigen Mitarbeiter gefunden hatte, Alex unterschrieb einen Arbeitsvertrag und erschien am kommenden Monatsbeginn um acht Uhr zur Arbeit.

Gleich als Allererstes wurde er herumgeführt und dann von Lilys Sekretärin zu Lily gebracht, die gerade am Telefon war und sich über etwas zu ärgern schien. Während Lily mit ihrem Gesprächspartner hitzig diskutierte, betrachtete Alex geistesabwesend das Managerspielzeug auf ihrem Schreibtisch mit Keramikplatte und das vergoldete Schildchen mit der Aufschrift:

Amelie Lindenbaum
Chief Executive Officer

»Kriegen Sie das gefälligst schleunigst auf die Reihe, sonst schmeiße ich Sie morgen raus«, fauchte Lily schließlich und knallte den Hörer auf die Gabel. Die Sekretärin machte sich mit einem verhaltenen Räuspern bemerkbar.

»Entschuldigen Sie bitte die Störung, Frau Lindenbaum. Ich habe Ihnen Alexander Fischer mitgebracht.«

Lily wandte sich zu ihnen um und legte ein unvergleichlich professionelles Lächeln hin, bevor sie Alex mit ernster Miene die Hand reichte.

»Herzlich willkommen«, sagte sie feierlich, und Alex musste sich ein Grinsen verkneifen. »Ich hoffe, dass Sie sich bei uns wohlfühlen werden, Herr Fischer. Isabelle wird Sie gleich mit Ihrem Aufgabenbereich vertraut machen. Wenn Sie Fragen haben, die Isabelle nicht beantworten kann, kommen Sie bitte zu mir.«

»Das werde ich. Danke.«

Lily entließ Alex und Isabelle mit einem knappen Nicken. Isabelle führte Alex zurück in den Vorraum und deutete auf einen Schreibtisch.

»Hier werden Sie arbeiten. Der Seniorchef kommt erst in ein paar Wochen von seiner Kreuzfahrt zurück. So lange werden Sie mit mir zusammen für die Juniorchefin arbeiten.«

Isabelle übergab Alex ein paar anspruchslose, administrative Aufgaben und widmete sich voller Konzentration ihrer eigenen Arbeit, bis es klopfte. Dann kam ein attraktiver Mann in einem todschicken maßgeschneiderten Anzug in den Raum. Es war Lilys Bruder Karl. Alex versteckte sich hinter dem Bildschirm seines Mac-Computers und tat, als wäre er mit seiner Excel-Tabelle zu beschäftigt, um den Besucher zu bemerken. Aus dem Augenwinkel sah er, wie Isabelle aufstand und ihren Rock glattstrich.

»Guten Morgen, Herr Lindenbaum«, begrüßte sie Lilys Bruder mit einem strahlenden Lächeln und Karl stützte seinen linken Ellbogen lässig auf ihren Computerbildschirm.

»Guten Morgen, Isabelle. Wie geht es Ihnen heute?«, flötete er und lächelte Lilys Assistentin charmant an, eine Geste, die Isabelle Röte in die Wangen trieb. Ohne ihre Antwort abzuwarten, die ihn nicht wirklich zu interessieren schien, fragte er sie: »Ist meine Schwester gerade zu sprechen?«

»Sie ist gerade in einer Besprechung, aber sie dürfte in wenigen Minuten wieder zurück sein, Herr Lindenbaum.«

»Schön, dann warte ich hier auf sie.«

Dann fiel sein Blick auf Alex. Karl machte ein verwundertes Gesicht und Erkennen spiegelte sich in seiner Miene wider. Isabelle kam erklärend zu Hilfe:

»Das ist Alexander Fischer, der neue Assistent Ihres Vaters.«

»Aha«, sagte Karl nach einem Augenblick des Schweigens. »Der neue Assistent meines Vaters? Was Sie nicht sagen!«

Er musterte Alex von Kopf bis Fuß mit unverhohlener Verachtung. Isabelle wandte sich an Alex.

»Wollen Sie sich nicht vorstellen?«, rügte sie ihn.

»Nicht notwendig, Isabelle. Herr Fischer und ich hatten schon das Vergnügen.«

»Ach, tatsächlich?«, fragte Isabelle erstaunt.

»Ja, tatsächlich.«

Karl ging langsam zu Alex herüber und blieb vor seinem Schreibtisch stehen.

»Wie gefällt es Ihnen bei uns, Herr Fischer?«

Das helle Grau seiner Augen blitzte Alex scharf an, und Alex erwiderte Karls Blick mit unbewegter Miene.

»Sehr gut. Danke der Nachfrage, Herr Lindenbaum.«

»Das freut mich zu hören. Ich bin mir sicher, dass Ihre außergewöhnlichen Kompetenzen und Fähigkeiten meinem Vater und unserem Unternehmen von großem Nutzen sein werden.«

Alex lag eine zynische Bemerkung auf der Zunge, aber bevor er dazu kam, sie zu äußern, kam Lily von ihrer Besprechung zurück. Sie blieb im Eingang stehen und betrachtete die Szenerie, die sich ihr bot. Karl grinste sie an.

»Guten Morgen, Lily! Du hast mir ja noch gar nicht erzählt, dass du für Papa schon einen neuen Assistenten eingestellt hast. Ich war der Ansicht, das wäre eigentlich Aufgabe der Personalabteilung? Ich habe jedenfalls gerade schon ein wenig mit Herrn Fischer geplaudert.«

Lilys Miene verdüsterte sich. Sie lud kommentarlos einen Stapel Unterlagen auf Isabelles Schreibtisch ab.

»Was willst du von mir, Karl?«

»Nun sei doch nicht gleich so schlecht gelaunt! Freust du dich denn gar nicht darüber, dass ich dich besuchen komme?«

»Ich weiß, dass es dir schwerfällt, das zu verstehen, aber es gibt in diesem Unternehmen Menschen, die arbeiten müssen. Und mit arbeiten meine ich nicht Zeitung lesen, Kaffee trinken und meine Mitarbeiter von ihren Aufgaben ablenken!«

Karls Lächeln erstarb, und Lily warf Alex einen flüchtigen Blick zu.

»Kommen Sie, Herr Fischer. Ich brauche Sie kurz oben im Konferenzraum.«

Alex stand auf. Als er an Karl vorbeiging, sahen sich beide tief in die Augen und gaben sich auf nachdrückliche, unmissverständliche Weise zu verstehen, dass sie einander nicht leiden konnten, eine telepathische Botschaft, die Isabelle vorenthalten blieb.

»Begleiten Sie Herrn Fischer und mich nachher zum Mittagessen, Herr Lindenbaum?«, hörte Alex sie noch fragen, bevor er Lily nach draußen folgte. Lily und Alex gingen schweigend den Korridor entlang. Als sie in den Aufzug stiegen und sich die Türen hinter ihnen schlossen, lächelte Lily Alex an. Sie gab ihm einen Kuss, dann spuckte der Aufzug sie im obersten Stockwerk aus. Lily stieg aus und schlenderte, als wäre nichts Ungewöhnliches vorgefallen, in den Konferenzraum. Alex vertrödelte ein wenig Zeit in der Mitarbeiterküche, dann stieg er die Treppen wieder hinunter und betrat das Büro.

Entgegen Isabelles Hoffnungen ging Karl gemeinsam mit Lily zum Mittagessen zu den Lindenbaums nach Hause, während Alex sich Isabelle anschloss. In der Kantine fragte Isabelle Alex aus, woher er Karl kannte und wie er an den Job des Chefassistenten gekommen war. Alex erfand irgendeine plausible Geschichte, die sie ihm offenbar glaubte, und Isabelle tratschte indiskret über andere Mitarbeiter. Dann endete die Mittagspause und sie nahmen die Arbeit wieder auf.

Der Job war wenig herausfordernd und monoton, aber Alex, der Lily noch nie zuvor so nah gewesen war, fand eine eigene Faszination daran. Er erhielt vertrauliche Einblicke in das tägliche Geschehen ihrer Firma und ihres Arbeitslebens. Er erfuhr, wieviel sie verdiente, wie ihr Tagesablauf aussah, mit wem sie sich traf und telefonierte. Ihm wurde klar, dass die Firma in den vergangenen Jahren in ihrer Entwicklung stagniert hatte und dass Lily erst kürzlich auf dem 60-jährigen Jubiläum der Firma im Einvernehmen mit dem Vorstand zum Chief Executive Officer und Karl zum Chief Technology Officer über zweitausend Mitarbeiter ernannt worden waren, weil ihr Vater entschieden hatte, das Unternehmen in naher Zukunft an seine beiden Kinder abzugeben. Alex und Lily trafen sich heimlich, wann immer sich zwischen ihren Terminen die Gelegenheit dazu ergab, und abends vor oder nach ihrem Reittraining, wenn Lily nicht befürchtete, jemanden im Reitstall anzutreffen. In Alex' dritter Arbeitswoche unternahm Lily eine Geschäftsreise ins Ausland, was Karl als Anlass nahm, sich Alex vorzuknöpfen. Er kam frühmorgens in sein Büro und beobachtete aufmerksam, was Alex tat. Dann ließ er sich von Alex jeden seiner Arbeitsschritte bis in die kleinste Einzelheit erläutern, zweifelte jede Kommastelle an und bohrte in den Unterlagen nach Möglichkeiten, Alex bei seiner Arbeit zu behindern. Unterdessen gab er missbilligende Kommentare von sich und machte versteckte Anspielungen über Alex' und Lilys Verhältnis, die an Taktlosigkeit unübertroffen waren. Wenn Karl die Lust daran verlor, Alex abzukanzeln, setzte er sich mit einer Tasse jamaikanischen Kaffees an Lilys Schreibtisch, legte seine polierten Hermès-Schuhe aus Krokodilleder hoch und hielt mit andächtiger Miene Monologe über die schlechte Innovationskultur in der AG oder resümierte in unerträglicher Weitschweifigkeit über die Missstände in der Marketingabteilung, während Isabelle mit verträumtem Blick ihren Kopf auf- und abbewegte. Sie hing an seinen Lippen. Es war offensichtlich, dass sie ihn anhimmelte. Noch ehe Lily von ihrer Geschäftsreise zurückkehrte, begegnete Alex außerdem zum ersten Mal Lilys Vater, den er noch nie zuvor gesehen hatte. An diesem Tag erschien Alex wie üblich um halb acht im Büro und sortierte als erstes Lilys Unterlagen, als ein klobiger und untersetzter Mann, der Lily und Karl in seiner mangelnden Eleganz und Anmut nicht weniger hätte ähneln können, hineinstürmte. Er war um die sechzig und hatte einen angegrauten Vollbart.

»Herr Fischer, ich warte hier schon seit über zwei Stunden auf Sie«, verkündete er sogleich ungeduldig.

»Bitte?«

»Ich brauche Zahlen. *Die Zahlen*, Herr Fischer. Dringend.«

So schnell, wie er gekommen war, verschwand er auch wieder. Alex sah ahnungslos zu Isabelle herüber.

»Sie sollen den Finanzvorstand anrufen und den Anruf weiterleiten. Schauen Sie die Nummer bei Outlook nach und beeilen sie sich«, erklärte sie ihm eindringlich. »Das war der Seniorchef.«

Lilys Vater war ein Macher. Er hatte es immer eilig, eine kryptische Art und Weise, Anweisungen in seltsamen Halbsätzen zu erteilen und einen beinahe philosophischen Sinn für Humor. Wie der Kapitän eines Schiffes war er immer der Erste im Büro und er wollte über alles und jeden Bescheid wissen, um seinen Senf dazugeben zu können. Außerdem scheute er keinerlei Auseinandersetzungen, um seinen unbeugsamen Willen durchzusetzen. Mit der Rückkehr von Lilys Vater ins Büro klingelte Alex' Telefon beinahe ununterbrochen. Alex organisierte Telefonkonferenzen, Termine und die privaten Angelegenheiten von Lilys Vater. Der Arbeitsalltag des Senior-Chefs folgte einem festgeschriebenen und straffen Zeitplan. Er kam zwischen 5:00 Uhr und 5:30 Uhr morgens ins Büro, ging um Punkt 12:00 Uhr zum Mittagessen und um 19:00 Uhr zum Ausreiten. Lilys Vater erwartete stets bedingungslose Arbeitsbereitschaft, und dafür zeigte er sich erkenntlich. Eines Nachmittags kam er nach einer Telefonkonferenz zu Alex, um sein Interesse an einem überteuerten Gewerbegrundstück in Hamburg kundzutun.

»Hören Sie, Herr Fischer. Ich brauche dieses Grundstück für eine neue Lagerhalle. Ich brauche es sogar unbedingt, aber ich bin nicht bereit, mehr als zehn Millionen Euro dafür zu bezahlen. Ich möchte, dass Sie am Samstagnachmittag für mich nach Hamburg fahren. Wenn Sie diesen Immobilienhai auf zehn Millionen Euro herunterhandeln können, kriegen Sie von mir als Belohnung auf ihr nächstes Monatsgehalt einen Bonus von 0.5 % des Kaufpreises.«

Alex überschlug es kurz im Kopf und stellte fest, dass es ein höchst verlockendes Angebot war, aber er hatte Lily bereits versprochen, sie zu ihrem Grand Prix nach Amsterdam zu begleiten, deswegen blieb ihm nichts anderes übrig, als höflich abzulehnen und sich eine billige Ausrede aus den Fingern zu saugen.

»Wissen Sie, Herr Lindenbaum. Es tut mir sehr leid, aber ich habe Samstagnachmittag schon etwas Wichtiges vor. Ich muss aufpassen auf … auf meinen … Hund aufpassen.«

»Ich bin gerne bereit, am Samstagnachmittag für Sie auf Ihren Hund aufzupassen, wenn Sie mit mir Ihren Bonus teilen, Herr Fischer«, schlug Isabelle vor, worüber Lilys Vater herzlich lachen musste.

Lilys Vater hielt nicht allzu viel von seinem neuen Mitarbeiter, das konnte Alex deutlich spüren. Alex mutmaßte, dass er für seinen Geschmack viel zu wenig Ehrgeiz, Biss und Geschäftssinn besaß, dennoch hatte Lilys Vater milde

Nachsicht mit ihm. Lilys Vater war ein beliebter Chef. Lily hingegen, die das Unternehmen beinahe despotisch regierte, wurde von allen gehasst oder gefürchtet. Das erzählte Isabelle Alex, nachdem sie Vertrauen zu ihm gefasst hatte.

»Da du der Neue bist, sollte ich es dir sagen.« Isabelle schielte zur Tür, als wollte sie sich vergewissern, dass Lily nicht dahinterstand und sie belauschte.

»Nimm dich vor ihr in Acht. Sie tut nur nett und unschuldig, aber in Wirklichkeit ist sie ein richtiger Tyrann. Seit sie hier die Geschäftsleitung übernommen hat, arbeiten sich alle zu Tode. Sie hat unerfüllbare Ansprüche und stellt die unmöglichsten Aufgaben, und wenn man dann ein Problem hat und sie um Hilfe bittet, sagt sie immer nur, dass sie es hasst, sich zu wiederholen. Bei den kleinsten Fehlern hackt sie so lange auf einem rum, bis man das Gefühl bekommt, dass man der dümmste und unfähigste Mensch auf der Welt ist. Sie terrorisiert jeden. Ich will ja gar nicht sagen, dass sie nichts von ihrer Arbeit versteht, ganz im Gegenteil. Die Frau ist trotz ihres jungen Alters ein echter Profi und eine wirklich starke Chefin. Aber sie hat einfach kein Herz.«

Alex' und Lilys Reise nach Amsterdam war der erste richtige Kurzurlaub, den sie gemeinsam verbrachten, und es war der erste Grand Prix de Dressage, zu dem Alex Lily begleitete. Sie fuhren am Freitagnachmittag in Lilys Pferdetransportwagen mit zwei ihrer Pferde dorthin. Alex half Lily bei den Vorbereitungen, und als sie mit ihrem Lieblingspferd Disney in das Dressurviereck einritt, war er nervöser als sie. Seine Nervosität war jedoch, wie sich schnell herausstellen sollte, völlig unbegründet, denn Lily gewann den Grand Prix scheinbar mühelos und unter tosendem Applaus der Zuschauer mit einem relativ deutlichen Vorsprung vor der Konkurrenz. In Amsterdam hatte

Alex ein Zimmer in einem netten, romantischen Hotel gemietet. Nach dem Grand Prix schauten sie sich gemeinsam
die Grachten an, flanierten im blühenden Vondelpark und
in den schmalen Gassen Amsterdams, sahen sich die viel-
fältigen Graffiti an und bummelten auf Straßenmärkten.
Abends stürzten sie sich in das Amsterdamer Nachtleben.
Sie feierten die ganze Nacht und brunchten am nächsten
Morgen übernächtigt in einem altmodischen Café.

»So sollte das Leben immer sein«, meinte Alex und
machte sich hungrig über das Omelett und die Würstchen
her.

»Wie denn?«

»Tja, ich weiß nicht. Aufregend und abwechslungsreich,
einerseits. Aber auch mit Momenten der Ewigkeit, in denen wir vor uns hintreiben und in denen die Seele vibriert,
weil wir innehalten und uns an den Grenzen unserer Emp-
findsamkeit bewegen.«

»Mein Gott, Alex.« Lily lachte. »Ich glaube, wir müssen
häufiger verreisen.«

»Oder für immer hierbleiben.«

»Und dann? Wovon werden wir leben?«

»Ich schlage mich als Straßenmusiker durch und du...
Du könntest alles machen, Lily. Ich könnte mir dich zum
Beispiel gut als Akrobatin vorstellen. Wir zwei würden
auf den Straßen Amsterdams von vorne anfangen und
alles hinter uns lassen. Und dann – einfach nur leben. In
vollen Zügen, ohne Verpflichtungen und ohne Kompromisse. Wäre das nicht toll?«

»Doch«, erwiderte sie und lächelte ihn an. »Das wäre
es.«

Zurück in Moosbach erlosch der Zauber von Amsterdam. Lily versank wieder in Arbeit und hatte nicht einmal
Zeit, um an seinem Geburtstag mit ihm essen zu gehen.
Alex lud schließlich Ced und Kasy zu sich ein. Als Alex seinen Freunden von seinem Glück mit Lily vorschwärmte,

während sie auf seinem Balkon ein Bier tranken, sahen Kasy und Ced sich an.

»Was ist?«, fragte Alex voller Misstrauen.

»Ced und ich müssen dir etwas sagen, Alex.«

»Ach Scheiße«, sagte Ced verärgert. »Kannst du nicht ein einziges Mal deinen Mund halten, Kasy? Wir haben doch vereinbart, uns da nicht einzumischen!«

»Ich hab's mir eben anders überlegt. Wenn ich Alex wäre, würde ich es wissen wollen.«

»Wovon sprecht ihr?«

Ced stieß ein Seufzen aus.

»Wir haben vor ein paar Tagen Lily gesehen. Sie war in diesem Sternerestaurant, in das du sie eingeladen hast, als ihr am Valentinstag euer Date hattet.«

Alex half ihm mit dem Namen auf die Sprünge.

»Jedenfalls waren wir später am Abend zufällig in der Gegend und haben dann gesehen, dass sie dort auf der Terrasse saß. Aber sie war nicht allein dort. Da war ein Mann bei ihr.«

Alex brauchte einige Augenblicke, bis er die Sprache wiederfand.

»Bist du dir sicher, dass sie es war?«

»Ja, hundertprozentig. Jeglicher Zweifel ausgeschlossen.«

»Und was haben sie gemacht?«

»Sie haben Wein getrunken und sich unterhalten. Als die Kellnerin mit der Rechnung kam, haben sie bezahlt und sie sind zum Restauranteingang gegangen ...«

Ced verstummte verlegen.

»Sie sind zusammen ins Taxi gestiegen und weggefahren«, fügte Kasy ungeniert hinzu.

Schweigen senkte sich über sie, dann packte Alex Kasy an den Schultern.

»Was, verdammt nochmal, willst du mir damit sagen?«, fragte er ungehalten. Kasy schüttelte Alex' Hände ab.

»Schalt mal dein Gehirn ein und denk einmal ganz scharf nach, Alex.«

Lily kam an diesem Abend früher nach Hause, um Alex zu gratulieren, und er wartete, anders als sonst, im Wohnzimmer auf sie. Als sie ihn küssen wollte, wich er vor ihr zurück.

»Wer war er?«, verlangte er prompt zu wissen.

Sie sah ihn verwirrt an.

»Wer?«

»Der Typ, mit dem du letzte Woche im Restaurant in Hamburg warst.« Er verschränkte die Arme vor der Brust. Sie schien kurz zu überlegen, dann fragte sie ruhig: «Meinst du Freddie?«

»Freddie?!«

Lily schälte sich aus ihrer Jacke.

»Mein Vater hatte Geburtstag, Alex. Er hat mich zum Abendessen eingeladen und er hat mir angeboten, in Begleitung zu kommen.«

»Und da hast du ausgerechnet ihn gefragt?«, ereiferte sich Alex.

»Ja«, antwortete sie arglos. »Warum auch nicht? Er war gerade in der Gegend, und da hat sich das irgendwie ergeben. Außerdem hält mein Vater sehr viel von ihm. Er hat sich wirklich sehr darüber gefreut, dass Freddie mitgekommen ist. Wir haben viel über die Reiterei gesprochen. Mein Vater möchte Freddie für die Deutschen Meisterschaften im Springreiten sponsern.«

»Aha«, presste Alex aus sich heraus und drohte, an seiner Eifersucht zu ersticken. »Und nach dem Geburtstag habt ihr euch zu zweit noch einen netten Abend gemacht?«

»Er hat mich gefragt, ob ich mit ihm noch ein Glas Wein trinken will. Da waren Karl und meine Eltern schon weg«, bestätigte sie achselzuckend.

»Hat er dich auch gefragt, ob du noch mit ihm ins Bett willst?«

Lily blinzelte ihn aus zusammengekniffenen Augen an. »Worauf willst du hinaus, Alex?«, fragte sie eisig.

»Mein Gott, Lily! Ced und Kasy haben dich gesehen. Du bist mit ihm ins Taxi gestiegen!«

»Du hast ihnen also gesagt, dass sie mir hinterherspionieren sollen?«

»Was? Nein, natürlich habe ich das nicht«, entgegnete er und fügte dann hinzu: »Das spielt doch außerdem auch überhaupt keine Rolle! Fakt ist, dass du dich heimlich mit ihm getroffen hast!«

»Ich habe mich nicht heimlich mit ihm getroffen. Wenn du mich gefragt hättest, hätte ich es dir erzählt. Dafür musst du nicht deine Freunde überreden, mir hinterherzuspionieren.«

»Das habe ich nicht!«, wiederholte er energisch. »Sie haben dich zufällig gesehen! Verdammt, hör endlich auf, vom Thema abzulenken!«

Erhitzt wandte er sich ab und fuhr sich durch die Haare.

»Was lief an dem Abend zwischen euch?«

»Es war gar nichts. Wir haben Wein getrunken und geredet. Und dann hat er mich mit dem Taxi zu meinem Haus gefahren. Das war's. Er ist verheiratet und hat zwei kleine Kinder, Alex!«

»Warum erzählst du mir so etwas nicht, Lily? Was soll diese ständige Geheimnistuerei? Ich dachte, wir waren uns darüber einig, dass du offener und ehrlicher zu mir sein möchtest.«

»Entschuldige mal! Ich bin eine erwachsene Person und ich treffe mich, mit wem ich will, und zwar auch ohne deine noble Erlaubnis. Wenn dir das nicht passt, ist das dein Problem und nicht meins.«

Ihr selbstverständlicher Tonfall war in diesem Augenblick mehr, als sein ohnehin schon in Mitleidenschaft gezogener Stolz verkraften konnte. Alex wusste nicht, an welchem Punkt seiner Entrüstung er ansetzen sollte.

Er rang um seine Fassung, und ehe er etwas Dummes sagen konnte, wandte er sich um, stürmte aus seiner Wohnung und schmetterte wutentbrannt die Tür hinter sich zu.

Kasy und Ced erwarteten ihn bereits in Kasys Studentenwohnung. Alex nahm sich aus dem Kühlschrank ein Bier und sank kraftlos in einen Sessel.

»Na, bist du von deiner Krankheit wieder geheilt?«, fragte Kasy spöttisch. Alex fuhr sich mit den Fingerspitzen über die Augen. Ihm war zum Heulen zumute, aber diese Blöße konnte er sich vor Kasy natürlich nicht geben.

»Ich kann nicht glauben, dass ich wieder auf all das reinfalle. Ich bin so ein Vollidiot. Wie kann ich nur so verblendet sein und immer noch darauf hoffen, dass etwas aus uns wird?«

»Nun ja, sie sieht umwerfend aus«, gab Kasy zu. »Dann ist sie noch talentiert, gebildet, reich und sie hat unheimlich viel Klasse.«

»Du bist auch talentiert, Kasy. Talentiert darin, immer das Falsche auf den Punkt zu bringen«, sagte Ced augenrollend. Dann wandte er sich an Alex. »Sie ist echt nicht gut für dich! Das hat die Vergangenheit immer wieder gezeigt. Vergiss diese Frau endlich, Alex.«

»Ich kann Lily nicht vergessen. Ich liebe sie«, entgegnete Alex mit der Sturheit eines Kindes, dem ein Wunsch verweigert wird.

»Das ist keine Liebe«, widersprach Ced nachdrücklich. »Das ist beinahe schon Besessenheit. Verstehst du denn nicht, dass ihr nichts an dir liegt? Du hast für sie deine Karriere auf Eis gelegt, aber ist sie dir dafür irgendwie entgegengekommen? Hast du ihre Eltern kennengelernt? Lässt sie sich irgendwo in Moosbach oder Hamburg mit dir blicken? Steht sie zu eurer Beziehung in der Öffentlichkeit? Die Antwort lautet nein. Sie schläft nur mit dir, weil sie dich gutaussehend findet und weil du nach ihrer Pfeife tanzt, ansonsten tut sie so, als wäre sie gar nicht mit dir zusammen. Du bist für sie nur ein nettes Spielzeug, Alex.«

XVII

Alex und Lily sprachen Tage nicht miteinander. Den ganzen Tag über gingen sie sich im Büro aus dem Weg, täuschten wichtige Besorgungen vor, um sich nicht unterhalten zu müssen, aßen auswärts und riefen einander nicht an, bis ein neuer Tag anbrach und das Spiel wieder von vorne begann. Lily benutzte sogar Isabelle, um Alex wichtige Mitteilungen zu übermitteln. Weder Alex noch Lily waren bereit, sich zu entschuldigen und sich um eine Versöhnung zu bemühen, doch dieses Mal behielt Alex den längeren Atem. Eines späten Abends, nachdem Isabelle längst gegangen war und Alex eine PowerPoint-Präsentation eines neuen Produktportfolios für Lilys Vater vorbereitete, kam Lily zu ihm.

»Das ist doch kindisch«, sagte sie. »Können wir uns bitte wieder wie Erwachsene verhalten?«

»Wie verhalten sich denn Erwachsene? Klär mich bitte auf. Du bist schließlich die erwachsene Person von uns beiden.«

»Ich versuche gerade, mich mit dir zu vertragen, Alex.«

»Das ist nett von dir, aber heute Abend wird es wohl beim Versuch bleiben.«

»Was willst du von mir hören?«

»Ich will gar nichts mehr hören.« Alex stand auf und er pokerte hoch, als er ihr verkündete: »Ich bin es leid, Lily. Ich muss mir echt nicht alles von dir gefallen lassen. Es ist egal, was ich tue. Es ist egal, wie sehr ich mich um dich und um unsere Beziehung bemühe. Ich werde nie gut genug für dich sein. Also lasse ich es einfach bleiben. Ich bin jung. Und ich will mir von dir nicht mein Leben ruinieren lassen.«

Lily starrte ihn fassungslos an.

»Willst du etwa sagen, du verlässt mich?«

»Wenn du es so nennen willst. Offiziell sind wir ja gar nicht zusammen.«

»Aber ich liebe dich, Alex! Ich kann ohne dich nicht leben!«

Er war darüber erstaunt, wie pathetisch sie klang. Noch vor wenigen Tagen hätte er alles getan, um diese Worte aus ihrem Mund zu hören, aber nun ärgerten sie ihn beinahe.

»Es tut mir leid, aber das wirst du lernen müssen.«

Lily griff nach seinem Arm und Tränen schimmerten in ihren Augen.

»Alex, bitte.«

»Bitte was?«

»Bitte, verzeih mir. Ich weiß, ich habe Mist gebaut. Ich weiß auch, dass die Firma nicht die Ausrede für alles ist, aber es ist wirklich hart, den Erwartungen meiner Eltern, meiner Mitarbeiter und all der anderen Menschen, die kritisch auf mich blicken, gerecht zu werden. Manchmal habe ich das Gefühl, ich werde erdrückt von all den Problemen, die auf mich einprasseln. Als würde ich in einen Abgrund blicken, und nur ein falscher Schritt würde genügen, bis ich ihn hinabschlittere.«

Es war das erste Mal, dass Lily offen mit ihm darüber sprach, was sie wirklich bewegte. Alex sagte nichts, was sie dazu veranlasste, fortzufahren:

»Ich verspreche, dass du meine Eltern kennenlernen wirst.«

»Ich kenne deine Eltern schon, Lily.«

»Ich meine, als mein fester Freund.« Sie wurde verlegen. »Meine Tante und mein Onkel feiern nächste Woche Silberhochzeit. Bitte geh mit mir dorthin. Dort werde ich dich meinen Eltern richtig vorstellen und ihnen alles sagen. Wahrscheinlich wirst du es furchtbar finden, weil meine ganze Verwandtschaft dort sein wird und alle dich kennenlernen wollen, aber ich hoffe, du gibst mir trotzdem die Chance, allen zu zeigen, wieviel du mir bedeutest.«

Alex war bereits weich geworden wie schmelzende Butter in der Sonne, aber Lily übertraf dies noch, indem sie hinzufügte:

»Du bist der Einzige, der immer für mich da ist. Der Einzige, der mich auf andere Gedanken bringen kann. Der Einzige, dem ich ausnahmslos alles anvertrauen kann.«

Und dann flüsterte sie fast, als sie fragte:

»Liebst du mich auch noch, Alex?«

Da war sie wieder, diese behagliche Vertraulichkeit zwischen ihnen, das süße Glück, bei Lily zu sein, sie zu lieben und von ihr geliebt zu werden. In der Dunkelheit des Büros nahm Alex Lily ergeben in den Arm und hauchte seufzend einen Kuss auf ihre Schläfe.

»Natürlich liebe ich dich noch, Lily.«

Es war eine große Sache für Alex, mit Lily zur Silberhochzeit ihrer Tante und ihres Onkels zu gehen, nachdem Lily sich monatelang nirgendwo mit ihm hatte zeigen wollen. Für den feierlichen Anlass kaufte sich Alex einen neuen Anzug, und Lily band seine Krawatte, bevor sie gemeinsam losfuhren. Gleich am Eingang des Restaurants begegneten sie Karl, der mehr als verwundert darüber schien, Alex an Lilys Seite zu sehen. Zur Begrüßung breitete Karl die Arme aus und schloss Lily in eine Umarmung.

»Lily! Wie schön, dich zu sehen. Du siehst bezaubernd aus.«

Alex und Karl tauschten lauernde Blicke aus, dann winkte Karl eine der Kellnerinnen heran. Er reichte Alex und Lily je ein Glas Champagner und nahm auch für sich selbst eins. Alex betrachtete das Glas argwöhnisch und überlegte kurz, ob der Champagner vergiftet sein könnte, aber als Karl an seinem Glas nippte, stufte Alex es als bedenkenlos ein, ebenfalls einen Schluck zu trinken.

»Ich muss noch ein paar Worte mit der Schlange wechseln.« Das war Lilys wenig schmeichelhafte Bezeichnung für die Chefin der Personalabteilung, mit der Lily im Clinch lag. »Es geht ums Geschäft. Kommst du eine viertel Stunde ohne mich zurecht, Alex?«

»Klar. Mach dir keine Gedanken um mich, Lily.«

»Ich kann ihn ein bisschen herumführen und ihn ein paar Verwandten vorstellen«, erbot sich Karl.

»Das ist eine richtig gute Idee. Alex würde sich darüber freuen. Nicht wahr?«

Alex nickte widerwillig. Lily führte Karl ein paar Schritte zur Seite und fasste ihn am Arm.

»Bitte sei ausnahmsweise nett zu ihm«, hörte Alex sie leise sagen. »Du weißt, ich liebe ihn.«

»Das versteht sich doch von selbst, Schwesterherz.«

»Ich möchte, dass ihr euch versteht.«

»Wenn das so ist, werden wir die besten Freunde.«

»Und ich möchte, dass er sich auf der Party wohlfühlt.«

»Ich werde mich darum höchstpersönlich kümmern, du kannst dich auf mich verlassen.«

»Danke, Karl.«

Lily verschwand in der Menge und überließ Alex Karls Obhut. Alex bemühte sich aufrichtig darum, freundlich zu Karl zu sein, aber Karl tat alles dafür, um Alex' Anstrengungen zu vereiteln. Wie üblich, stichelte er gegen ihn und war über alle Maßen herablassend und geringschätzig.

»Warum hast du eigentlich so ein Riesenproblem mit mir?«, fragte Alex verärgert, als ihm der Geduldsfaden riss. Der Moment, auf den Karl die ganze Zeit sehnsüchtig gewartet hatte, war gekommen und er grinste unverschämt.

»Hm, das ist eine gute Frage. Ich schätze, ich kann dich einfach nicht leiden. Reicht das als Grund? Außerdem musst du nett zu mir sein, ich aber nicht zu dir und das ist überaus amüsant, findest du nicht?«

»Du hast Lily etwas versprochen«, erinnerte Alex ihn.

»Oh, habe ich das? Und was wirst du jetzt tun? Mich bei meiner Schwester verpetzen? Willst du dich bei ihr ausheulen, weil ich so böse und gemein zu dir bin?«

Bevor Alex die Möglichkeit hatte, die Wogen zwischen ihnen zu glätten, gesellte sich ein älteres Paar zu ihnen, und Alex erkannte erschrocken Lilys Eltern. Karl schenkte ihm ein bitterböses Lächeln und Alex ahnte Schreckliches.

»Karl, da bist du ja.« Lilys Mutter zupfte liebevoll am Ärmel ihres Sohnes. »Du musst noch daran denken, deiner Cousine zur Konfirmation zu gratulieren und Oma Hildegart später nach Hause zu fahren. Und warum hast du denn nicht den dunkelblauen Kiton-Anzug angezogen, den wir neulich zusammen in Hamburg gekauft haben?«

»Der ist beim Schneider, Mama. Ich habe noch etwas ändern lassen.«

»Ach so, warum denn das? Der saß doch großartig.«

Lilys Vater nickte Alex kurz zu.

»Guten Abend, Herr Fischer.«

Dann wandte er sich an seinen Sohn, ohne weiter von Alex Notiz zu nehmen oder sich darüber zu wundern, was sein Assistent auf der Familienfeier verloren hatte.

»Anzug hin oder her, wo treibst du dich eigentlich die ganze Zeit rum? Du solltest dich eigentlich am Empfang um die Gäste kümmern.«

»Aber ich kümmere mich doch um die Gäste! Ich kümmere mich sogar um einen sehr besonderen Gast. Unseren heutigen Ehrengast, sozusagen.« Karl fügte bedeutungsschwer hinzu: »Sagt bloß, ihr habt noch gar nichts von Herrn Fischers Beförderung mitbekommen? Seine neue Funktion ist es, Lily auch außerhalb der regulären Arbeitszeiten zu bespaßen. Ja, ihr habt richtig gehört. Mama, Papa ...« Er deutete mit seinem Champagnerglas auf Alex und verkündete feierlich: »Darf ich vorstellen? Euer neuer Schwiegersohn.«

»Lass deine dummen Witze, Karl«, brummte Lilys Vater verärgert.

»In einer so ernsten Angelegenheit würde ich doch keine Witze machen.«

Als Alex nicht widersprach, musterten Lilys Eltern ihn aufmerksamer.

»Sie sind mit meiner Tochter liiert?«, erkundigte sich Lilys Vater mit hochgezogener Augenbraue.

Sechs kalte helle Augen nahmen ihn ins Visier.

»Ich ... Lily und ich ...«, stammelte Alex und Hitze stieg ihm ins Gesicht. In diesem Augenblick schlossen sich vertraute Finger um seine Hand und er registrierte erleichtert, dass Lily an seiner Seite aufgetaucht war.

»Sind ein Paar«, beendete sie seinen Satz lässig. »Tut mir leid, dass ich noch nicht dazu gekommen bin, euch davon zu erzählen.«

Kurz hüllte Schweigen sie ein. Karl schien überrascht darüber, dass Lily in die Offensive gegangen war, und Lilys Vater darüber, dass er von dem Verhältnis seines Bürosklaven mit seiner Tochter, das sich direkt unter seiner Nase abgespielt haben musste, trotz der zahlreichen kursierenden Gerüchte über ihre unangemessen vertrauliche Beziehung zueinander, nichts gewusst hatte. Nur Lilys Mutter bemühte sich um ein höfliches Lächeln.

»Oh! Wie schön, dass Sie heute Abend zu diesem besonderen Anlass mitgekommen sind.«

»Vielen Dank. Ich freue mich darüber, heute Abend hier zu sein, Frau Lindenbaum.«

»Sagen Sie doch bitte Caroline. Und Sie hießen nochmal?«

»Alexander. Alexander Fischer.«

»Ach, Alexander Fischer! Natürlich erinnere ich mich an dich. Meine Güte, ich hätte dich beinahe nicht wiedererkannt, wie doch die Zeit verfliegt!«

Ehe Alex etwas sagen konnte, riss Karl wieder das Wort an sich.

»Alle Achtung, Lily«, bemerkte er schnippisch. »Ich hätte nicht gedacht, dass du vor Mama und Papa endlich offen eingestehst, dass du keinen ordentlichen Mann abbekommst.«

Lilys Gesicht glich einem kochenden Teekessel.

»Was fällt dir eigentlich ein, Karl? Wieso erzählst du Mama und Papa eigentlich nicht, dass deine letzte Freundin früher am Hamburger Kiez Flyer verteilt hat und für ein paar Pillen mit jedem Drogendealer der Stadt gevögelt hat?«

»Wo wir grade über Vögeln sprechen, Lily. Stimmen die Gerüchte in der Firma, dass ihr beiden gelegentlich ein paar zweisame Minuten im Innovationsraum verbringt?«

»Wo wir grade über Gerüchte sprechen, Karl. Stimmt es, dass du deine nächtlichen Besuche in Zelenkos Spielhalle in der Buchhaltung immer als Firmenspesen kontierst?«

Alex musste sich eine Grimasse ob der absurden Situation verkneifen, aber ihm wurde sofort der Ernst der Lage bewusst, als Lilys Vater seine Stirn unheilvoll in Falten legte.

»Es reicht. Schluss mit dieser peinlichen Diskussion! Ich habe für heute Abend genug gehört. Ihr beide seid eine Schande. Mir kommen gerade ernsthafte Zweifel, ob ich das Richtige tue, wenn ich das Unternehmen in eure verantwortungslosen Hände übergebe. Ich werde mir überlegen, die Firma zu verkaufen. Ihr könnt euch dann selbst darüber Gedanken machen, wie ihr eure Zukunft beruflich gestalten wollt.«

Lilys Vater wandte sich ab und rauschte davon, dicht gefolgt von seiner Frau, die beschwichtigend auf ihn einredete. Lily kochte vor Wut. Sie schubste Karl grob zur Seite, griff nach Alex' Hand und zog ihn mit sich. Der desaströse Abend endete damit, dass sie die Feier frühzeitig verließen und in ihrer Abendgarderobe an einem McDonalds hielten.

»Karl ist so ein Ekel. Ich hätte wissen müssen, dass er nur auf Ärger aus ist. Ich denke, er ist immer noch wütend darüber, dass Papa und der Vorstand mich zum CEO gewählt haben und nicht ihn.«

Lily kaute auf einem etwas labbrigen Cheeseburger herum, während Alex Cola aus einem Strohhalm schlürfte.

»Irgendwie war es fast schon komisch, aber ich glaube, deine Eltern fanden es nicht so lustig.«

»Ach was, die regen sich schon wieder ab. Heute Abend schon zerbricht sich mein Vater nur noch den Kopf darüber, welche Auspuffwetterkappen wir für unsere neue Traktorserie verwenden sollten.«

Der einzige Vorteil an Lilys und Karls Streit war, dass das ewige Versteckspiel ein jähes Ende fand, wenn auch nicht das erhoffte. Alex sah Lily das ganze Wochenende nicht, weil sie sich zu Hause auf eine wichtige Präsentation vorbereitete. Alex ging am Montag mit einem beklemmenden Gefühl zur Arbeit. Er überlegte vor Arbeitsbeginn, sich krankzumelden, entschied sich jedoch im letzten Moment dagegen. Seltsamerweise behandelte Lilys Vater ihn an diesem Morgen jedoch ungewöhnlich zuvorkommend. Er bestand sogar geradezu darauf, dass Alex ihn zum Mittagessen begleitete. Als sie sich gemeinsam bei den Lindenbaums zu Hause in der Küche einfanden, die Alex seit seiner Schulzeit nicht mehr betreten hatte, waren Lily und ihre Mutter schon dort. Alex ließ sich befangen auf den freien Stuhl neben Lily gleiten. Sie drückte seine Hand und lächelte ihm aufmunternd zu. Lilys Mutter sprach ein kurzes Tischgebet, dann begannen sie schweigend zu essen.

»Vielen Dank für die Einladung, Herr Lindenbaum«, traute Alex sich schließlich die Stille zu unterbrechen. Lilys Vater legte sein Besteck weg.

»Ach, jetzt lass doch endlich diese Förmlichkeiten, Junge. Ich darf dich doch duzen, oder nicht? Schließlich bist du jetzt mein Schwiegersohn. Für dich heiße ich Wilhelm.«

Alex traute seinen Ohren kaum, doch Lilys Vater fuhr unbeirrt fort:

»Wir müssen uns jetzt natürlich überlegen, was wir mit dir anfangen.«

»Was meinen Sie ... Ich meinte, was meinst du, Wilhelm?«

»Na, du wirst ja kaum weiter für mich arbeiten wollen, nicht wahr? Wir brauchen eine andere Aufgabe für dich. Lily, hast du eine gute Idee? Vielleicht etablieren wir eine neue Geschäftsführerposition oder kaufen ein nettes Unternehmen hier in der Gegend.«

»Das mit der Stelle bei uns war nur als Übergangslösung gedacht, Papa. Eigentlich möchte Alex etwas mit Musik machen.«

»Musik? Ach du Schande! Wie willst du denn von Musik meine Tochter ernähren, Junge?«

Lilys Vater lachte und klopfte Alex mit väterlichem Wohlwollen auf die Schulter. Alex lächelte verunsichert.

»Kennst du denn nicht diesen französischen Musikproduzenten vom Reiten, Papa? Du weißt schon, der mit dem tollen Weingut in Südfrankreich. Der für seine Tochter dein Springpferd gekauft hat. Er hat doch schon mit allen möglichen Stars zusammengearbeitet.«

Lilys Vater wiegte zustimmend den Kopf, und als wäre es das Selbstverständlichste auf der Welt, verkündete er:

»Ich werde ihn nachher mal anrufen und mit ihm sprechen.«

Der Anruf von Lilys Vater öffnete Alex Tür und Tor in die internationale Musikwelt, von der er vorher nur hatte träumen können. Der französische Produzent, der eigentlich in Kalifornien lebte und den polnischen Namen Murawsky hatte, war hervorragend vernetzt, und er war bereit, Alex zu ein bisschen Bekanntheit zu verhelfen, unter der Voraussetzung, dass Alex seinem Musikstil eine kommerziellere Note verlieh und ein paar überzeugende Samples für ihn produzierte. Als Alex die gewünschten Samples bei ihm ein paar Wochen später ablieferte, hielt der Produzent sein Versprechen und spielte Alex den Kontakt einer US-amerikanischen Starsängerin zu, an deren neuen Album Alex als Newcomer mitarbeiten durfte. Außerdem bot er ihm an, ihn bei seinem Label unter Vertrag zu nehmen.

»Ich kann das alles gar nicht glauben«, sagte Alex zu Lily, der sich fühlte, als hätte er eine solche Chance überhaupt nicht verdient und als hätte er sich unlauterer Mittel bedient, um sie zu bekommen. »Ich habe Angst, dass mich jemand kneift und ich aufwache und das alles nur geträumt habe.«

XVIII

Alex musste überrascht feststellen, dass die Lindenbaums überaus familiäre und herzliche, wenn auch
etwas konservative Menschen waren. In Lilys Familie
fühlte er sich entgegen all seinen ursprünglichen Befürchtungen keinesfalls wie eine *persona non grata*, sondern aufrichtig und bedingungslos willkommen. Selbst
als das Gerede um Lilys Beziehung zu Alex sich zu ver-
dichten begann und Lilys Eltern durch Mitarbeiter der
Firma und Bekannte aus Moosbach zu Ohren kam, dass
Alex in Wirklichkeit ein Prominenter mit einer äußerst
fragwürdigen Reputation sein sollte, schien dies Lilys Vater herzlich wenig zu interessieren, während Lilys Mutter
betonte, dass sie Alex' besonnene und ausgeglichene Art
mochte. Außerdem ließ sie ihn bei einem Gespräch unter
vier Augen wissen, dass er Lily sichtlich guttun würde
und dass sie glücklich darüber wäre, ihn an ihrer Seite zu
wissen. Mit der Zeit wurde es zur Selbstverständlichkeit,
dass Alex Lily zu jedem familiären Anlass begleitete.

Die Lindenbaums nahmen gesellschaftliche Verpflichtungen, Spenden für wohltätige Zwecke, Gottesdienste,
Feste mit Nahestehenden und Verwandten und nicht
zuletzt den Reitsport außerordentlich ernst. Als Lily im
Sommer auf dem Dressur-Derby in Hamburg ritt, luden
Lilys Eltern Alex dazu ein, mit ihnen zusammen hinzu-
gehen. Sie stellten Alex ihren gehobenen Bekannten und
Freunden ohne Umschweife als ihren Schwiegersohn vor,
und während Alex mit einem Glas Champagner und einem Kaviarhäppchen auf der Serviette zwischen Wilhelm
und Caroline Lindenbaum in der überdachten Loge saß,
hakte sich Lilys Mutter vertraulich bei ihm unter.

»Alex, Schätzchen«, sagte sie freundlich. »Wilhelm und
ich werden uns mit unseren Freunden das Spring-Derby

ansehen, aber warum gehst du nicht gleich ohne uns rüber zu den Dressurplätzen und feuerst Lily ein bisschen bei ihrer Kür für uns mit an?«

»Das mache ich gerne, Caroline.«

»Bitte tu mir den Gefallen und mach ein paar schöne Fotos für mich, ja?«

Alex tat wie geheißen und suchte sich auf den überfüllten Tribünen einen Platz mit guter Sicht auf das Dressurviereck. Die Prüfung war schon in vollem Gange, und während Alex einer von Lilys Konkurrentinnen, die gerade eine Galopppirouette ritt, zusah, tauchte plötzlich ein Mann neben ihm auf. Alex erkannte ihn gleich als den Sylter Gastgeber Alfred von Marquardt, der in ein stilvolles Reiteroutfit gekleidet war.

»Was dagegen, wenn ich mich kurz dazusetze?«, fragte er Alex. »Ich bin gerade fertig mit meiner Springrunde und möchte mir auch Lilys Kür ansehen.«

»Nein, überhaupt nicht.«

Freddie setzte sich mit verschränkten Armen auf den freien Platz neben Alex.

»Es muss ziemlich anstrengend sein, sich in einer so Pferde vernarrten Familie wie den Lindenbaums zurechtzufinden, wenn man es vom eigenen Zuhause nicht kennt, oder?«, fragte Freddie Alex und plötzlich fand Alex ihn erfrischend sympathisch.

»Ich kenne Lily seit der Schulzeit«, entgegnete er. »Ich habe sie schon als Pferdemädchen kennengelernt.«

Freddie lächelte.

»Lily ist eine sehr talentierte Reiterin. Vielleicht sogar die talentierteste, die ich persönlich kenne. Früher ist sie mit Karl und mir zusammen Springen geritten, aber Dressur war dann irgendwie doch mehr ihr Ding. Eigentlich hätte sie das Zeug dazu, für den ersten Kader zu reiten und an den Olympischen Spielen teilzunehmen. Aber nun ja, im Gegensatz zu mir hat sie außer dem Reiten auch noch andere Verpflichtungen, was natürlich sehr schade und beinahe verschwendet ist, bei ihrem Talent ... Oh, da kommt sie ja.«

Der Kommentator kündigte Lily und ihr Pferd an, während sie im Galopp majestätisch eingeritten kam. Das Glöckchen ertönte, Lily grüßte die Richter, und die Prüfung begann. Alex verfolgte Lilys Kür zu einem von ihm vorbereiteten Ed-Sheeran-Remix gebannt, während Freddie neben ihm Lilys Ritt sachkundig kommentierte. Freddie begeisterte sich für Lilys aufsehenerregende Traversalen, bemängelte aber eine Taktunreinheit und die schwerfälligen Piaffen und kündigte dann bereits vor Ende der Kür an, dass sie gut geritten wäre, es für einen Sieg aber nicht ausreichen würde. Lily beendete ihre Runde und landete letztendlich, wie von Freddie prophezeit, mit ihrer Punktzahl auf dem vierten Platz. Alex ging nach der Siegerehrung zu ihr. Er sah ihr sofort an, dass sie über alle Maßen unzufrieden war. Sie trug noch ihr Jackett und quetschte unwirsch an ihren Reithandschuhen herum, während ihre Pferdepfleger das Pferd versorgten.

»Das war ja mal nichts.«

»Freust du dich denn gar nicht? Du bist super geritten und du bist von all den Teilnehmern Vierte geworden. Das ist fantastisch, Lily.«

»Nein, das ist es nicht. Ich hasse es, zu verlieren.«

Sie blickte zu Disney und seufzte tief.

»Er ist heute so schlecht in Form gewesen wie lange nicht. Freddie hatte recht und ich habe mich geirrt. Er ist zu alt und taugt einfach nichts mehr für den großen Sport.«

Alex tätschelte den verschwitzten und schaumigen Hals des Pferdes, das ihn aus dunklen und müden Augen anblickte.

»Sei nicht ungerecht. Er hat echt sein Bestes gegeben.«

Doch Lily hörte gar nicht richtig hin.

»Ich brauche dringend ein neues, besseres Pferd. Freddie hat gesagt, dass er ein paar ganz tolle Grand-Prix-Nachwuchspferde für mich in Aussicht hat. Ich werde sie mir in den nächsten Wochen und Monaten mit ihm zusammen ansehen.«

Lilys neue Angewohnheit, sich allem zu entledigen, was Ärger oder Probleme verursachte, löste bei Alex Unbehagen aus. Ihrem unstillbaren Ehrgeiz haftete beinahe etwas Zwanghaftes und Getriebenes an, und ihr Perfektionsstreben hatte einen in seinen Augen bedenklichen Höhepunkt erreicht. Alex erkannte in ihr kaum noch das fröhliche, sorglose Mädchen von früher. Lily arbeitete wie ein Tier und quälte sich in ihrer ohnehin schon sehr spärlichen Freizeit im Dressursport verbissen zu Höchstleistungen. Alex hatte das Gefühl, sie kaum noch schlafen oder essen zu sehen. Lily war schon immer schlank gewesen, aber er fand, dass sie mit ihren scharf hervorstehenden Hüftknochen nun beinahe mager wirkte. Lily überlegte, ihre Brüste vergrößern zu lassen, obwohl Alex ihr stets versicherte, dass er sie perfekt fand, wie sie war. Ihre mittlerweile halb renovierte und im Landhausstil eingerichtete Jagdhütte in Moosbach wirkte so klinisch und unpersönlich wie ein Museum, dennoch hatte Lily innerhalb weniger Wochen schon die dritte Haushälterin entlassen, weil sie es nicht ordentlich genug fand.

Im Spätherbst wurde Alex' Zusammenleben mit Lily von einem anderen Ereignis überschattet.

Zunächst stellte sich heraus, dass Kasy bei seinem Medizinstudium betrogen hatte. Nachdem Kasy drei Mal durch das Physikum durchgefallen und exmatrikuliert worden war, hatte er, ohne jemandem davon zu erzählen, sein Medizinstudium fortgesetzt, als wäre nichts gewesen. Weil Kasy durch einen komischen Zufall nie von den Kurslisten gestrichen worden war, blieb das weitgehend unentdeckt, bis er seine Arztprüfungen und seine Approbation fälschte und alles im Universitätsklinikum, wo er seine Ausbildung fortsetzen wollte, aufflog. Er wurde angezeigt, und ihn erwartete unvermeidlich eine Verurteilung wegen Urkundenfälschung und Betrugs.

»Als ich zum dritten Mal durchgefallen bin und exmatrikuliert worden bin, konnte ich einfach nicht akzeptieren, dass alles umsonst gewesen sein sollte. Die ganzen Jahre des Lernens ... Die unzähligen Entbehrungen ... Dass ich versagt habe, obwohl ich alles, wirklich ausnahmslos alles, gegeben habe. Ich habe mich immer noch als Medizinstudent gesehen, verstehst du? Es war der Mittelpunkt meiner Identität und meiner Geschichte geworden. Es war das Einzige, worauf ich wirklich stolz war. Meine Zeugnisse zu fälschen, kam mir damals wie die einzig richtige, sogar die einzig mögliche Lösung vor. Es war jedenfalls einfacher, als sich der Wirklichkeit zu stellen. Ich habe nicht nur alle anderen, sondern vor allem mich selbst betrogen und damit mein Leben zerstört«, klagte Kasy, als Alex ihn in St.Pauli in einer Kneipe auf ein Bier traf.

»Dein Leben ist nicht zerstört, Kasy«, entgegnete Alex mitfühlend. »Du bist erst 26. Es liegt alles noch vor dir.«

»Das ist ein netter Versuch der Ermutigung, Alex. Aber es ist leider so, wie ich sage. Ich habe einen wichtigen Teil von mir verloren, den ich nie wieder zurückbekommen werde.«

Kasy war so am Boden zerstört, dass er nicht einmal zur Babyparty erschien, die Ced und Yumi für ihre neugeborene Tochter Luisa gaben. Alex ging ohne Lily hin, die wie üblich geschäftlich eingebunden war, und als das Baby aus seinem Mittagsschläfchen aufwachte, beugten sich die Gäste mit schmunzelnden Gesichtern über das Babybett.

»Darf ich sie mal halten?«, fragte Alex verlegen.

Ced hob das Baby behutsam aus dem Bett und reichte es Alex.

»Du brauchst keine Angst zu haben. Nimm sie nur. Ja, genau so.«

Und bevor Alex es richtig realisieren konnte, lag Ceds Tochter in seinen unbeholfenen, steifen Armen. Das Baby schaute ihn aus verträumten, tiefblauen Augen an. Fasziniert betrachtete Alex den winzigen Kopf, den dunklen, fast schwarzen Haarflaum und die rosige, zarte Haut. Alex war sofort in sie verliebt. Die Vorstellung, dass dieser kleine, hilflose Mensch ein Produkt aus Ced und Yumi war, erschien ihm absurd. Er bemerkte, dass er unwillkürlich gelächelt hatte. Ceds Blick ruhte gebannt auf ihm. Er lächelte ebenfalls.

»Habe ich gut hingekriegt, was?«

»Klar hast du das. Ich bin wirklich stolz auf dich, Ced.«

Das Baby wurde einmal unter ergriffenen Ausrufen herumgereicht, dann zog sich Yumi mit dem Baby ins Schlafzimmer zurück, um es zu stillen. Abends zog Alex, mit Lilys Einverständnis, noch einmal mit Ced und Cartman los, um die Geburt von Luisa in angemessenem Ausmaß zu feiern. Sie fuhren zur Reeperbahn und ließen Champagner, Wodka und Whiskey in Strömen fließen. Nach der exzessiven Party torkelte Alex früh morgens betrunken in den Kastanienhof, in den Lily und er aufgrund der Nähe zur Firma übergangsweise eingezogen waren, und schlief den Kater seines Lebens aus. Er wachte am Sonntag auf, als Lily sich im Bademantel neben ihn aufs Bett setzte und mit ihren kühlen Fingern wirre Haare aus seiner Stirn strich. Er unterdrückte ein Gähnen, dann rollte er sich auf den Rücken und legte einen Arm hinter seinen Nacken.

»Wie spät ist es?«

»Halb zwei«, antwortete sie und lächelte matt. »Ich bin gerade erst vom Reiten zurückgekommen.«

»Komm zu mir, Lily«, bettelte er. Lily legte sich in seinen Arm und ließ sich von ihm küssen. Dann stemmte sie ihre Hände gegen seine Brust und rümpfte die Nase.

»Du riechst wie ein Aschenbecher.«

»Tut mir leid«, entgegnete er schmunzelnd. »Ich gehe gleich duschen.«

»Lass uns lieber ein Bad nehmen«, schlug Lily vor.

Lily erhob sich wortlos und ging ins angrenzende Badezimmer. Alex hörte das Wasserrauschen. Lily kam nicht wieder ins Schlafzimmer zurück, also stand Alex mit schmerzenden Gliedern und Kopfschmerzen auf und trottete ins Bad. Als er hineinkam, strömte dampfendes Wasser, auf dessen Oberfläche riesige Schaumberge heranwuchsen, in die Badewanne.

Lily saß im hellen Sonnenlicht ausgezogen auf dem Wannenrand und hielt ihre Füße unter Wasser. Ihre Blicke kreuzten sich im Spiegel, dann ließ sie sich ins heiße Wasser sinken. Alex nahm eine Aspirin-Tablette aus dem verspiegelten Badezimmerschrank, dann setzte er sich hinter sie, damit sie ihren Rücken gegen seine Brust lehnen konnte.

»Ich muss dir etwas sagen, Alex.«

Lily fing an zu weinen. Dann erzählte sie ihm, dass der Vorstand der AG sich gegenüber ihrem Vater dafür ausgesprochen hatte, sie als CEO abzusägen.

»Sie sagen, ich sei zu jung und unerfahren. Mein Führungsstil ist ihnen zu extrem. Die Verkaufszahlen stimmen nicht. Sie glauben nicht an meine Visionen. Natürlich können sie mich nicht einfach abwählen, weil das Unternehmen immer noch Papa gehört, aber wie soll ich die Geschäftsleitung in einem Unternehmen halten, in dem mich alle meine Führungskräfte hinterfragen?«

Alex versuchte, Lily so gut es ging zu trösten und zu besänftigen, und dann probierte er, ihre Gedanken auch für neue Ideen und Perspektiven zu öffnen.

»Wie wäre es, wenn du die CEO-Rolle einfach abgeben würdest? Manchmal liegt der Erfolg darin, sich einzugestehen, dass man Misserfolg hatte. Außerdem habe ich nicht den Eindruck, dass CEO zu sein dich besonders glücklich macht.«

»Das kann ich nicht!«, sagte Lily entsetzt. »Was passiert dann mit dem Unternehmen?«

»Meinst du wirklich, dein Vater findet keinen anderen CEO? Ich wette, Karl würde nichts lieber tun, als deine Nachfolge anzutreten. Und hat dein Vater nicht sogar die Idee gehabt, das Unternehmen an eine Investmentfirma zu verkaufen? Es gibt so viele Möglichkeiten.«

»Aber was sollen alle denken?«

»Warum ist es wichtig, was *alle* denken? Wem willst du etwas beweisen? Denkst du, deine Eltern lieben dich weniger, wenn du dich dazu entscheidest, kein CEO mehr sein zu wollen? Vertrau mir. So wie ich sie kennengelernt habe, werden sie das verstehen und akzeptieren.«

Lilys Finger fuhren zu ihren Schläfen. Sie seufzte gequält.

»Aber wie soll ich mir dann mein Leben finanzieren, Alex? Der Kredit für das Haus, meine Autos, meine Reiterei und all die anderen vielen Dinge ... Ich möchte wirklich nicht mehr von meinen Eltern abhängig sein, verstehst du?«

»Du kannst einen anderen Job finden, der dir mehr Spaß macht. Und wenn du das nicht willst, hast du immer noch mich. Ich bin natürlich nicht annähernd so reich wie dein Vater, aber ich kann dir ein angenehmes Leben bieten, vor allem, wenn das neue Album ein Erfolg wird. Ich verspreche dir, dass du dir um Geld erstmal wirklich gar keine Sorgen machen musst, Lily. Egal, was passiert. Was mir gehört, gehört dir.«

Lily antwortete ihm nicht auf sein ernstgemeintes Zugeständnis. Sie schien fieberhaft nachzudenken und tief in Gedanken versunken zu sein. Alex begann, sie sanft an den Schultern zu massieren. Er arbeitete sich an ihrem Rücken entlang bis zu ihren Oberschenkeln. In dieser Position verharrten sie schweigend, bis der Schaum in sich zusammengesunken war und das Wasser sich lauwarm auf seiner Haut anfühlte und bis Lily anfing, sich endlich ein wenig unter seinen Berührungen zu entspannen. Alex kannte Lilys Körper so gut wie seinen eigenen, und wenn sie es zuließ, konnte sie wie Wachs in seinen Händen sein. Sie schliefen miteinander, und später lagen sie nah beieinander in seinem Bett und sahen sich mit halb zugezogenen Vorhängen, hinter denen es grau und verregnet war, den Paten an. Lily hatte ihre Arme um seinen Oberkörper gelegt.

»Ich beneide dich wirklich«, sagte sie irgendwann.

»Wofür?«, fragte Alex ungläubig und ein wenig amüsiert.

»Dafür, dass du so frei, ungezwungen und gelassen bist. Ich wünschte, ich könnte auch so sein.«

»Ich zeige dir, wie es geht. Heute machst du schon einen ganz guten Anfang, indem du einfach mal einen ganzen Tag mit mir zusammen im Bett faulenzt.«

XIX

Anders als Lily gierte Alex überhaupt nicht danach, sich in der Welt einen Platz in den vorderen Reihen zu erobern oder ein möglichst großes Stück des Kuchens für sich zu erkämpfen. Gerade weil er ihre hochtrabenden Ambitionen nicht teilte, fiel es ihm manchmal schwer, sie zu begreifen und ihre Gefühle nachzuempfinden. Lily war nie selbstherrlich oder arrogant, aber Alex kam nicht umhin zu bemerken, wie sie aufblühte, wenn sie für Lokalzeitungen interviewt wurde. Sie genoss es, sich in exklusiven Verbänden und Organisationen mit anderen Unternehmern, Bürgermeistern und Landräten zu treffen, die sie nicht leiden konnte, um über Themen zu diskutieren, die sie gar nicht interessierten. Sie setzte es als Selbstverständlichkeit voraus, immer und überall eine Bevorzugung oder Sonderbehandlung zu erfahren, einzig und allein aus dem Grund, weil sie Amelie Lindenbaum war. Lily schien diese Dinge mit der gleichen Notwendigkeit zu brauchen wie die Luft zum Atmen. Nach außen hin gab Lily sich gerne als erfolgreiche und durchsetzungsfähige Geschäftsfrau, nur Alex gegenüber zeigte sie sich authentisch. Sie erzählte ihm unbeschönigt von ihren Problemen und Sorgen, suchte seinen Rat und vertraute sich ihm an, wenn sie zweifelte oder Angst hatte. Alex war der Bezugsrahmen, an dem Lily sich orientierte, um sich zu beruhigen und sich von ihrem aufreibenden Arbeitsalltag zu erholen.

Im Gegensatz zu Lily hatten Alex' Wünsche und Hoffnungen sich in eine gänzlich andere Richtung entwickelt. Wenn er aus den großen Fenstern im Kastanienhof in den weitläufigen Garten blickte, der vollständig von Wald umgeben war, sah er in seiner Vorstellung manchmal bereits ihre gemeinsamen Kinder friedlich auf den Wiesen spielen oder Fahrrad fahren. Alex träumte davon, mit Lily, die er in all ihren Facetten vorbehaltlos liebte, im Kastanienhof sein Leben zu verbringen. Oft wünschte er sich sehnlichst, seine Mutter würde noch leben, um mit ihr wenigstens noch ein einziges Mal zu sprechen, Kaffee zu trinken oder Klavier zu spielen und um ihr Lily richtig vorzustellen.

Auch wenn Alex sich darüber im Klaren war, dass es Lilys Empfinden nach noch viel zu früh für einen solchen Schritt sein würde, kaufte er Ende des Jahres bei Tiffany einen Verlobungsring für sie. Manchmal öffnete er die türkisfarbene Box, fuhr mit dem Daumen über den eingefassten Diamanten im Samt und überlegte sich tausend Situationen und Gelegenheiten, in denen er Lily die große Frage stellen könnte. Doch wenn er Lily dann wiedersah, spürte er nie, dass der richtige Augenblick dazu gekommen war.

Alex sah seine Freunde nur noch selten. Kenan lebte in Berlin, Kasy gab sich noch immer seinem unermesslichen Selbstmitleid ohne Verlangen nach Gesellschaft hin und Ced und Yumi waren von ihrer Rolle als frischgebackene, junge Eltern zu eingenommen und erfüllt für allzu regelmäßigen Austausch.

An Weihnachten ging Alex mit Lily und ihren Eltern zum Gottesdienst, und später fanden sie sich gemeinsam mit Karl und Lilys verwitweter Großmutter in Lilys Elternhaus ein, um zusammen zu feiern. Alle Reibereien und Auseinandersetzungen der Familienmitglieder schienen an diesem Abend vergessen zu sein. Während der Bescherung flackerte der mit Tannenzweigen und Christbaumkugeln behangene Kamin stimmungsvoll im opulent geschmückten Wohnzimmer der Lindenbaums, und Alex bekam sogar von Karl, der an diesem Abend bester Laune war, ein originelles Weihnachtsgeschenk. Beim Fondue unterhielt sich Alex dann einige Zeit mit Lilys Bruder,

der erstaunlich geistreich und umgänglich sein konnte, wenn ihm danach war, und nach dem üppigen Dessert bestand Lilys Mutter noch darauf, dass Alex ein paar Weihnachtslieder auf dem etwas verstaubten Steinway-Flügel zum Besten gab. Während er spielte, wurde ausgelassen dazu gesungen, und für Alex fühlte sich dieser gemütliche Weihnachtsabend inmitten Lilys Familie, die er mittlerweile in sein Herz geschlossen hatte, wie zu Hause an. Lilys Eltern verreisten nach Weihnachten nach St. Moritz zum Skifahren. Sie boten Alex und Lily an, sie zu begleiten, aber weil Lily in Moosbach reiten und in der Nähe der Firma bleiben wollte, um zu arbeiten, verbrachten sie schließlich die Festtage gemeinsam im Kastanienhof. Silvester feierten sie zu zweit. Als es Mitternacht wurde und sie zusammen im Wintergarten auf Lilys 26. Geburtstag mit einem Glas Sekt anstießen und er sie küsste, bemerkte Alex den Anhänger, der an Lilys Hals baumelte. Er ergriff ihn und betrachtete ihn genauer in seiner ausgestreckten Handfläche.

»Das ist doch die Kette, die ich dir geschenkt habe, als du ins Internat gegangen bist ... Das ist jetzt genau zehn Jahre her. Du hast sie nach all der Zeit noch?«

Als Lily lächelte, sagte Alex zu ihr: »Ich habe ein Geburtstagsgeschenk für dich, Lily.«

Lily blickte ihn neugierig an. Alex nahm ihre Hand und bedeutete ihr, ihm zu folgen. Sie zogen ihre Jacken an und Alex fuhr Lily zum Reitstall. Er führte sie in die Stallgasse, in der ihre Pferde standen und zeigte ihr eine Box, aus der eine Fuchsstute mit einer Blesse den Kopf herausstreckte, um die nächtlichen Besucher näher in Augenschein zu nehmen. Lily schlug sich eine Hand vor den Mund und drehte sich zu ihm um.

»Das ist doch das Pferd, das ich vor ein paar Wochen in München probegeritten habe! Der Besitzer hat nur kurze Zeit später gesagt, dass er sie bereits verkauft hat.«

»Deine Mutter hat mir erzählt, dass du dich in sie verliebt hast und nicht aufgehört hast, von ihr zu schwärmen. Deswegen habe ich sie für dich gekauft.« Alex fuhr mit den Fingerknöcheln sanft über die weichen Nüstern des Tieres und er musste belustigt lächeln, als er hinzufügte: »Dein Vater hat sich natürlich nicht nehmen lassen, mit dem Besitzer noch zu handeln, aber schließlich sind wir uns einig geworden, und jetzt gehört sie dir.«

»Bist du verrückt geworden, Alex? Du kannst mir doch nicht ein solch teures Pferd zum Geburtstag schenken!«

»Ich möchte dich glücklich sehen, Lily. Alles andere ist zweitrangig für mich.«

Als Antwort darauf fiel Lily ihm um den Hals und sagte ihm, dass sie ihn liebte und dass sie ihn eigentlich gar nicht verdient hatte. Vielleicht, so überlegte Alex im Nachhinein oft, wäre dies der perfekte Augenblick gewesen, vor Lily auf die Knie zu sinken und sie zu fragen, ob sie ihn heiraten wollte. Aber Alex tat es nicht, obwohl er den Verlobungsring in seiner Jackentasche bei sich trug, und so kam ein paar Monate später alles anders, als von Alex geplant oder erwartet. Lily machte im Frühjahr eine besonders schwere Phase in ihrer Rolle als CEO der AG durch. Der Boykott des Vorstandes, eine ärgerliche Klage eines Partnerunternehmens und die Insolvenz eines wichtigen Zulieferers bereiteten ihr Sorgen, die an ihr nagten und sie sich nachts schlaflos im Bett wälzen ließen.

»Versuch, dich ein bisschen zu entspannen und zu schlafen, Lily«, seufzte Alex irgendwann frühmorgens, nachdem sie ihn zum wiederholten Male durch ihre unruhigen Bewegungen geweckt hatte.

»Ich kann nicht schlafen. Hast du eine Ahnung, was ich gerade durchmache? Leite du mal eine Firma dieses Maßstabes und dann sag mir nochmal, dass ich mich entspannen soll.«

»Sei bitte nicht gleich so eingeschnappt. Ich will dir nur helfen.«

»Du kannst mir nicht helfen, weil du mich nicht verstehst. Für dich ist ja immer alles so einfach und unproblematisch, oder?«

»Nein, das ist es nicht, auch wenn es vielleicht auf dich so wirken mag.« Er drehte sich zu ihr um. Lily lag auf ihrem Kopfkissen und blickte an die Decke. »Natürlich hatte ich noch nie so viel Verantwortung wie du, aber das heißt nicht, dass ich deine Probleme nicht nachvollziehen kann. Eigentlich wollte ich dir vorhin nur sagen, dass es dir nicht weiterhilft, wenn du dich nachts um deinen Schlaf bringst. Du ziehst dich damit nur noch mehr runter.«

Ohne etwas darauf zu erwidern, schlug Lily die Bettdecke zur Seite und schob sich aus dem Bett.

»Ich gehe jetzt zum Training«, kündigte sie an, dann verschwand sie aus dem Schlafzimmer. Alex blieb ein paar Minuten reglos im Bett liegen, doch schließlich erhob er sich ebenfalls. Er zog die Vorhänge auf, dann duschte er im Badezimmer, bevor er hinunter in die Küche ging, um sich einen Kaffee zu machen, während er sich seine Haare mit einem Handtuch trocknete. Abrupt blieb er im Türrahmen stehen.

In der Küche stand Lily unter den Kristalllampen, die das Sonnenlicht in allen Farben auf die cremefarbene Decke streuten. Sie hielt die Box mit dem Verlobungsring in ihren Händen und fuhr zu ihm herum. In ihrer Miene spiegelte sich Bestürzung.

»Es tut mir leid, Alex. Ich habe gerade nach deinem Autoschüssel gesucht und stattdessen das hier in deiner Jacke gefunden. Ist es das, was ich denke, dass es ist?«

Alex stieß ein Seufzen aus.

»Ich wollte ihn dir nicht geben. Noch nicht jedenfalls.«

Sie starrte ihn sprachlos an.

»Aber jetzt, wo du ihn gefunden hast ... Willst du, Lily?

Ich meine, willst du mich heiraten? Ich möchte mit dir alt werden.«

Seine Rede fiel wesentlich kürzer aus, als er erwartet hatte, aber nach diesen wenigen Sätzen fühlte er, dass er ihr alles, was entscheidend war, gesagt hatte. Ihm fiel auf, dass er vergessen hatte, sich hinzuknien, aber das war nebensächlich. Alex sah Lily hoffnungsvoll an. Sie wirkte mit seiner Ankündigung sichtlich überfordert, und sie mied im ersten Augenblick seinen Blick. Vielleicht waren es sogar nur wenige Sekunden, die ihr Zögern überhaupt andauerte, aber dann war die Grenze des Erträglichen für Alex bereits überschritten. Obwohl eine innere, eisig kalte Starre ihn noch in ihrem Bann gefangen hielt, spürte Alex, wie fragil das Fundament seiner Empfindungen war, und er fürchtete sich vor dem Augenblick, wann es beginnen würde, unter der Wirklichkeit der Ereignisse einzustürzen, wann der Schmerz ihn überfluten würde, wie ein Fluss einen gebrochenen Damm. Er stand schließlich auf und ging in sein Schlafzimmer, um seine Reisetasche zu holen. Als er ein paar seiner Klamotten hineingeworfen hatte und den Reißverschluss der Tasche geschlossen hatte, holte Lily ihn ein.

»Was tust du denn da?«

»Ich gehe ins Hotel.«

»Ins Hotel? Aber warum denn?«

»Weil es jetzt kein Zurück mehr für uns beide gibt, Lily.«

»Alex, jetzt warte doch mal!«

Das war das Letzte, was Lily zu ihm sagte, bevor er sich die Tasche über die Schulter warf und ging. Dicke weiße Schneeflocken segelten vom Himmel hinunter. Es war kalt draußen und so verschneit, als hätte jemand die Welt umgestülpt. Himmel und Erde zeigten sich in einem kränklichen, grellen Weiß und dazwischen lag die neblige, graue, plastische Wirklichkeit aus schmucklosen, verwischten Häuserreihen und Straßenlaternen. Alex zog zu Kenan nach Berlin und Kenan wurde während dieser Zeit wieder sein Manager. Ein paar Wochen nach seiner Trennung von Lily bot Lilys Vater an, ihm Lilys Pferd, dessen offizieller Besitzer Alex war, abzukaufen, aber Alex wollte von ihm dafür kein Geld annehmen und Wilhelm wollte das Pferd nicht behalten, ohne dafür zu bezahlen, deswegen wurde der Kauf rückabgewickelt und die Stute ging wieder an ihren ursprünglichen Besitzer aus München zurück.

Durch Murawsky bekam Alex schließlich ein Angebot als Resident DJ in einem renommierten Nachtclub in L.A., das für ihn wie gerufen kam. Alex sah darin voller Zuversicht die Möglichkeit, alles hinter sich zu lassen und neu anzufangen. Kurz vor der Veröffentlichung des neuen Albums wollte Alex sich auf den Künstlernamen *Disneyworld* festlegen, vielleicht um einen Bogen zu seiner Kindheit zu spannen oder sogar eher, um Lily ein wenig damit zu ärgern. Weil der Name jedoch nicht in die Marketingstrategie des Labels passte, Murawsky den Namen nicht ausstehen konnte und es allerlei rechtliche Implikationen gab, wurde einfach ein anderer Name daraus, womit Alex sich auch zufriedengab.

Wie es die Ironie des Schicksals wollte, traf Alex, der nach Hamburg gefahren war, um ein paar organisatorischen Verpflichtungen nachzugehen, ein paar Tage vor seinem Abflug nach L.A. ausgerechnet Karl vor dem Hotel Vier Jahreszeiten. Karl war wie immer exquisit gekleidet und trug ein paar große Einkaufstaschen von Brioni bei sich.

»Du und Lily habt euch also letztlich doch getrennt nach all den Jahren«, stellte er fest, und Alex, der eigentlich eher eine gehässige oder selbstgefällige Bemerkung erwartet hatte, war überrascht, als Karl beinahe bedauernd gestand: »Schade, dabei hatte ich gerade angefangen, mich an dich zu gewöhnen.«

Karl berichtete Alex, dass der Druck vom Vorstand auf

Lilys Vater so stark geworden war, dass Lily schlussendlich die CEO-Rolle abgeben musste und dass Karl an ihre Stelle getreten war, um die Firma zu leiten. Außerdem erzählte Karl ihm, dass Lily daraufhin fast schon fluchtartig zu Freddie nach Hannover gezogen war, der seine Frau und seine beiden Kinder, ohne lange zu überlegen, für sie verlassen hatte. Im Gegenzug erzählte Alex Karl, dass er bald schon nach L.A. umziehen würde. Karl lächelte mit versöhnlicher Anerkennung auf die Art und Weise, auf die nur wahre Erzfeinde lächeln konnten. »Ich schätze, du hast immer noch etwas gut bei mir, weil du Lily und meinen Eltern nie von Oleg und mir erzählt hast. Vielleicht bin ich ja eines Tages dazu bereit, es selbst zu tun. Aber wie dem auch sei. Wenn du wieder mal in der Gegend bist, lass von dir hören. Dann gebe ich dir einen aus.«

Alex blieb lange Zeit Resident DJ in L.A. und legte dort, wenn sich die Möglichkeit ergab, jede Woche auf, aber ansonsten stand sein Koffer beinahe immer reisebereit. Nach dem großen Erfolg des von ihm coproduzierten Albums tourte Alex durch Europa, die USA und Asien, legte auf, produzierte und schlief kaum, wie schon in der Zeit nach dem Tod seiner Mutter. Manchmal verhalfen ihm sogar Drogen zu der kostbaren Zeit, die ihm fehlte, als seine Nächte immer länger und die Tage immer kürzer wurden. Er befand sich permanent auf einer schmalen Schnittstelle zwischen Traum und Realität, Wahrnehmung und Verständnislosigkeit. Alex etablierte sich in der Musikszene und stieg als DJ und Produzent in den Olymp auf. Er produzierte einen erfolgreichen Podcast. Er drehte einen Parfümwerbespot mit einer schönen Hollywoodschauspielerin. Er gewann zwei Grammys. Er wurde nach Tomorrowland eingeladen. Seine Lieder wurden millionenfach auf YouTube aufgerufen. Seine Gagen erklommen astronomische Höhen. Als ein russischer Milliardär ihn für einen Privatauftritt auf seine Jacht nach Mykonos einlud, bekam Alex für einen einzigen Abend 300.000 Euro, und später, als die Party längst vorbei war und der alte Mann betrunken in seiner Kajüte schlief, vergnügte Alex sich mit seiner zwanzigjährigen Modelfreundin. Alex schaffte, mit ein paar zusätzlich drangehängten Semestern, zum großen Erstaunen Kenans, sogar noch seinen Bachelor in BWL. Natürlich dachte Alex auch in jedem Winkel dieser Erde immer viel an Lily, auch wenn er auf dem überfüllten Platz vor dem Burj Khalifa in Dubai die Wasserspiele betrachtete, am Puerto Portales auf Mallorca einen Cocktail trank oder in Sydney auf einer verlassenen Strandpromenade auf den schier unendlichen Pazifischen Ozean hinausblickte – in seinen Gedanken begleitete Lily ihn überall mit hin. Aber Alex dachte an Lily nicht mit der gleichen Verzweiflung und Hilflosigkeit wie bei ihrer ersten und zweiten Trennung. Er war zunächst zutiefst enttäuscht von ihr, dann war er wütend, traurig und betrübt und schließlich überraschend besänftigt. Der Gedanke, Lily könnte ohne ihn glücklich werden, schmerzte nicht mehr, sondern freute ihn aufrichtig. Als er diesen Gedanken verfolgte, erkannte er, dass ihm Lilys Glück mehr als sein Stolz und seine Liebe zu ihr bedeutete, und er rechnete eigentlich nicht mehr damit, sie jemals wiederzusehen. Mit dieser neu gewonnen Erkenntnis konnte er größtenteils genießen, was sein Alltag ihm im Überfluss bot: Zerstreuung in Form von Frauen, Geld und Erfolg. Zumindest, bis er sie in Monte Carlo wiedertraf.

XX

Als Alex in seinem Gesicht Wärme spürte und die Augen öffnete, war der Regen versiegt und die Wolken waren strahlendem Sonnenschein gewichen, der durch die Fenster lachte. Kenan und Alex verbrachten den ganzen Tag am Pool in der Villa. Als der Abend anbrach, zog Alex sich um und betrat Kenans Schlafzimmer, um ihn abzuholen, doch Kenan saß noch im Bademantel auf dem Bett und las Zeitung.

»Möchtest du nicht mitkommen, Kenan?«, fragte Alex erstaunt.

»Nein, danke. Ich bleibe lieber hier.«

»Wirst du dich nicht langweilen?«

»Ganz und gar nicht. Ich finde schon eine Beschäftigung. Außerdem möchte ich nicht stören.«

»Aber du störst doch nicht. Lily freut sich, wenn du uns Gesellschaft leistest.«

»Das glaube ich kaum«, erwiderte Kenan mit einem amüsierten Lächeln und faltete die Zeitung zusammen. »Meine Intuition sagt mir, dass ihr euch noch etwas zu sagen habt, das nicht für meine Ohren bestimmt ist.«

Alex kam ein wenig zu früh in Menton an. Dieses Mal bat Lily ihn herein und zeigte ihm das Haus ihrer Eltern, das Alex' Erwartungen entsprechend im unverkennbaren Lindenbaum-Stil eingerichtet war. Sie aßen im Esszimmer gekochte Artischocken und Chateaubriand und tranken Rotwein. Als Lily sich nach dem Hauptgang kurz frischmachen ging, betrachtete Alex nachdenklich die eingerahmten Bilder an der Wand des Esszimmers. Die meisten Ereignisse konnte Alex zuordnen, obwohl er auf keinem dieser Fotos zu sehen war. Lilys Drittplatzierung in den Europameisterschaften im Dressurreiten der Junioren. Das 60-jährige Firmenjubiläum der Lindenbaum AG, an dem Lily zum CEO ernannt worden war. Lilys Abschluss-feier in Montreux. Das letzte Bild war Lilys Hochzeit mit Freddie. Lily trug ein schlichtes cremefarbenes Kleid aus Satin und einen luftigen Brautstrauß. Das Paar stand lä-chelnd in der Mitte, an beiden Seiten flankiert von den jeweiligen Elternpaaren. Als Lily neben ihn trat, wandte Alex sich zu ihr um.

»Warum hast du ihn geheiratet, Lily?«

»Alex ...«

»Ich möchte es verstehen. Warum ausgerechnet ihn?«

»Ich weiß es nicht. Ich kann es dir nicht wirklich erklä-ren. Als du mich damals gefragt hast, habe ich mich ein-fach noch nicht bereit gefühlt. Wenn du wissen möchtest, ob ich mit meinen Entscheidungen glücklich geworden bin, dann lautet die Antwort darauf: nein. Aber vielleicht bin ich nicht in der Lage, mich anders zu entscheiden oder ein anderes Leben zu führen, selbst wenn ich es wollte. Vielleicht würde es nichts ändern. Am Ende sind wir in einem gewissen Maß immer die Opfer unserer Umstände, aber auch unserer eigenen Entscheidungen und Taten.«

Sie blickte seufzend zu Boden.

»Komm, lass uns eine Runde spazieren gehen.«

Alex bot ihr seinen Arm, auf den sie ihre Hand legte, dann schlenderten sie schweigend auf einem mit Kies bestreuten Weg durch den Garten, der unter ihren Fuß-sohlen knirschte. Die Luft roch schwer nach Pinien, Hi-biskus und Hyazinthen. Grillen zirpten. Plötzlich blieb Lily stehen und sah ihn an. Traurigkeit und Schwermut verschleierten ihre Augen. Eine Veränderung war plötz-lich in Lily vorgegangen, die Alex verwirrte. Ihre Selbst-sicherheit und ihre Beherrschung waren verglüht. Sie war in diesem Augenblick wie ein kleines, hilfloses Mädchen. Ihr Körper gierte nach Zärtlichkeit und Geborgenheit. Sie wollte von ihm getröstet und beschützt werden. Alex nahm sie in die Arme und Lily klammerte sich an ihn. Sie weinte schluchzend an seiner Brust, bis sein Hemd an der Stelle, an der sie ihr Gesicht vergraben hatte, von heißen Tränen durchnässt war. Er führte Lily schließlich zurück ins Wohnzimmer, kochte ihr einen Tee und legte ihr eine Decke über ihre zitternden Schultern. Irgendwann verebbte ihr Kummer, das Schluchzen wurde seltener und ihre Tränen versiegten. Lily erzählte Alex, dass sie noch immer unter den Ereignissen der Vergangenheit litt und dass sie nach ihrer Niederlage als CEO nie wieder auf die Beine gekommen war. Sie hatte die Arbeit und das Reiten aufgegeben und füllte ihre Tage nun mit unbefriedigenden Aufgaben und Besorgungen. Er hielt ihre Hand, während sie ihm gestand:

»Und das Schlimmste an allem ist, dass ich dich verloren habe, Alex.«

»Oh, Lily.« Er seufzte schwer an ihrem Ohr. »Hättest du damals doch einfach ›ja‹ gesagt.«

Sie entwand ihm sanft ihre Hand. Dann sagte sie leise:

»Ich habe dir nie erzählt, was auf der Brücke passiert ist.«

»Doch, das hast du«, entgegnete Alex verständnisvoll. »Damals, am Telefon. Erinnerst du dich denn nicht mehr?«

»Ich meine, ich habe dir nie alles erzählt.«

»Was meinst du?«

»Die Wahrheit ist, dass ich mich gar nicht mehr erinnere, ob es wirklich ein Unfall war oder nicht.« Sie strich sich mit den Handflächen über ihre nackten Oberarme und fröstelte. »Ich meine damit, ich bin mir manchmal nicht mehr ganz sicher. Manchmal glaubt ein Teil von mir, Fee in einem winzigen Augenblick mit Absicht geschubst zu haben. Doch dieser Gedanke ist dann so schrecklich und unerträglich, dass ich glaube, daran zerbrechen zu müssen. Wahrscheinlich werde ich die Antwort auf diese Frage nie wirklich mit Gewissheit beantworten können, und das frisst mich von innen auf.«

Alex versuchte, es sich vorzustellen. Die beiden kleinen streitenden Mädchen auf der Stahlbrücke. Der Zug, der unter der Brücke hindurchfuhr. Alex war Lily immer nahe gewesen, doch das musste es gewesen sein, was er gespürt hatte. Das Unausgesprochene, das immer im Schatten zwischen ihnen gestanden hatte. Ein Teil von Lily, der von ihr abgesplittert war und der nicht mehr richtig zu ihr gehörte. Wie ein Stein, der in einen Brunnen gefallen war und irgendwo in der Dunkelheit unter dem kalten Wasser begraben war. Alex flüsterte:

»Du warst ein Kind, Lily.«

»Bitte versuch es nicht zu relativieren, Alex. Welches Kind würde so etwas tun, sich so etwas überhaupt vorstellen?« Lily schüttelte den Kopf. »Vielleicht ist es gut, dass alles so gekommen ist. Vielleicht habe ich es wirklich nicht verdient, glücklich zu werden.«

Alex verstand, dass Lily ihm nicht von Fee erzählt hatte, weil sie sich davon Absolution erhoffte, sondern weil er selbst nach allem, was geschehen war, ihr engster Vertrauter war. Lily schlief in dieser Nacht in seiner Umarmung ein, und am nächsten Morgen fuhr Alex sie zum Flughafen. Als sie die Abflughalle betraten, wollte Alex Lily so vieles sagen. Zum Beispiel, dass es sich für ihn wie Schicksal anfühlte, sie wiedergetroffen zu haben, dass er seine Antwort auf die Frage gefunden oder sie insgeheim immer gekannt hatte, dass er noch genauso empfand wie früher, dass er sie liebte und es immer tun würde, aber manche Dinge blieben oft für immer ungesagt, und so fragte Alex sie schließlich nur:

»Ist es dieses Mal ein Abschied für immer, Lily?«

Lily lachte, während ihr Tränen in die Augen traten. Als er ihr hinterherblickte, wie sie die Sicherheitskontrolle passierte und ihm einen letzten Blick über die Schulter hinweg zuwarf, wurde Alex bewusst, dass die Dinge immer unerwartet nur einen Schritt entfernt unter der nächsten

Brücke lauern konnten: Tod, Niederlagen, Freundschaft, Glück, Krankheit, Erfolg, Schuld, Liebe, Ruhm, Verzweiflung, Verrat und Vergebung. Immer nah beieinander und miteinander verwoben. Ihm wurde bewusst, dass es auf beinahe gar nichts eine einfache Antwort oder Erklärung gab. Was blieb Alex also übrig? Während er noch überlegte, ob er alles riskieren sollte, um seine Interessen und Bestrebungen mit aller Tatkraft und Rücksichtslosigkeit zu verfolgen, oder ob er auf den Strom vertrauen und Gefahr laufen sollte, sich darin zu verfangen und darin zu vergehen wie ein Fisch in einem Fischernetz, setzten sich seine Beine bereits in Bewegung, und er fing an zu laufen.